La
première
nuit

第一夜

［法］

马克·李维 / 著

Marc Levy

李月敏 / 译

湖南文艺出版社
HUNAN LITERATURE AND ART PUBLISHING HOUSE

博集天卷
CS-BOOKY

图书在版编目（CIP）数据

第一夜 /（法）李维（Levy,M.）著；李月敏译.— 长沙：湖南文艺出版社，2015.1
ISBN 978-7-5404-7054-8

I. ①第… II. ①李… ②李… III. ①长篇小说－法国－现代 IV. ①I565.45

中国版本图书馆CIP数据核字（2014）第288092号

著作权合同登记号：18-2014-114

La première nuit by Marc Levy
Copyright © 2009 Marc Levy / Susanna Lea Associates
Published by arrangement with Susanna Lea Associates through Bardon－Chinese Media Agency
Simplified Chinese translation copyright © 2014 by China South Booky Culture Media Co., Ltd.
ALL RIGHTS RESERVED

上架建议：外国文学

第一夜

作　　者：[法] 马克·李维
译　　者：李月敏
出 版 人：刘清华
责任编辑：薛　健　刘诗哲
监　　制：蔡明菲　潘　良
策划编辑：马冬冬
特约编辑：汪　璐
版权支持：辛　艳
版式设计：张丽娜
封面设计：棱角视觉
出版发行：湖南文艺出版社
　　　　　（长沙市雨花区东二环一段 508 号　邮编：410014）
网　　址：www.hnwy.net
印　　刷：北京鹏润伟业印刷有限公司
经　　销：新华书店
开　　本：880mm×1230mm　1/32
字　　数：273 千字
印　　张：11
版　　次：2015 年 1 月第 1 版
印　　次：2015 年 1 月第 1 次印刷
书　　号：ISBN 978-7-5404-7054-8
定　　价：36.00 元
（若有质量问题，请致电质量监督电话：010-84409925）

目录
contents

第一部分

001

一定要小心，您不是一个人。切记，阅后即焚。

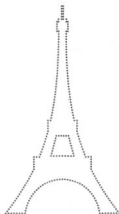

第二部分

087

他将王命名为"伦敦"，后又将其命名为"马德里"。他挥手将自己阵营的所有棋子扫到地毯上，除了被命名为"阿姆斯特丹"的那一枚。

第三部分

251

愿无人知晓其界限，一人的永夜，守卫住一切的源头。愿无人将其唤醒，在虚拟的时间重聚之际，将是空间的终结之时。

后记 337

感谢 338

我们每个人身上都有鲁滨孙的影子，我们都有一个新世界要发现，都有一个星期五要遇见。

——埃莱奥诺尔·伍尔菲尔德

这是个真实的故事，因为是我创造了它。

——鲍里斯·维昂

献 给 宝 玲 和 路 易

我叫沃尔特·格伦科尔斯，是英国皇家科学院的一名管理人员。大约一年前，我认识了阿德里安，当时他刚被紧急调回英国。此前，他在智利阿塔卡马天文台探索星空，寻觅新的星球。

　　阿德里安是名才华横溢的天体物理学家，随着时间的流逝，我们成了真正的朋友。

　　由于他只梦想一件事情，那就是继续研究宇宙的起源，而我在工作上处境尴尬，财务状况也很糟糕，于是我说服他参加了某个科学基金会在伦敦组织的一个奖金丰厚的竞赛。

　　我们用整整几个星期的时间修订了他的提纲，在这期间，我们建立起了美好的友谊。可我已经说过我们是朋友，不是吗？

　　我们没有赢得比赛，大奖颁给了一位年轻的女士，一名狂热而又果断的考古学家。她在埃塞俄比亚的奥莫山谷进行考古挖掘，但一场沙尘暴摧毁了她的营地，迫使她回到法国。

　　这一切开始的那个晚上，她在伦敦，期望获得奖金，然后回到非洲继续研究人类的起源。

　　生命中有着奇特的偶然，阿德里安遇到了这名年轻的考古学家——凯拉；他们相爱过一个夏天，但分手后从未再见过对方。

一个庆祝她的胜利，另一个庆祝他的失败，他们一起度过了夜晚。清晨，凯拉再次出发，给阿德里安留下了昔日爱情的鲜活回忆和一个从非洲带来的奇怪的吊坠，那是埃塞俄比亚小男孩哈里在火山口发现的一块石头。凯拉收养了这个男孩，她非常喜爱他。

　　凯拉离去后，在一个暴风雨之夜，阿德里安发现这个吊坠有着惊人的特质。在强烈光源下，比如闪电穿过它的时候，它就会映出上百万个细小的光点。

　　说起来很惊人，这些光点恰恰是天穹的地图，但并非任意某处的地图，而是四亿年前位于地球上方的那片天空的星空图。

　　带着这不可思议的发现，阿德里安立即出发，去奥莫山谷寻找凯拉。

　　可惜，阿德里安和凯拉并不是唯一对这个奇怪的物体感兴趣的人。在巴黎逗留期间，凯拉去看望她姐姐，并结识了一位人类学老教授——某个名叫伊沃里的人。此人找到了我，用最低劣的手段（我承认）说服了我，要我鼓励阿德里安继续他的研究。

　　作为我服务的回报，他给了我一小笔钱，并许诺，如果阿德里安和凯拉的研究取得成功，他将向科学院捐赠一笔巨款。我接受了这个交易。当时我并不知道，阿德里安和凯拉已经被一个秘密组织跟踪。和伊沃里相反，这个组织要不惜一切代价阻止他俩达到目的、发现其他碎块。

　　受到这名老教授的启发，凯拉和阿德里安很快就得知，在火山口发现的这个物体并非唯一，在这个星球上，还有四五个它的同类。他们决定一一去寻找。

　　寻找之旅把他们从非洲带到德国，从德国带到英国，又从英国带到西藏的边界，然后，他们秘密在缅甸上空飞行，直到安达曼海。在那里，凯拉在纳尔贡达姆岛上挖出了第二个碎块，与她的那一块相似。

　　两个碎块刚放在一起，就发生了奇怪的现象：它们像恋人一样相互吸引，焕发出奇特的蓝色，并开始闪烁无尽的光芒。这个新发现更加激励了他们，阿德里安和凯拉再次出发，前往中国，丝毫不理会秘密组织的警告和威胁。

秘密组织的成员都是以一个大城市的名字作为称呼，其中有一位英国贵族阿什顿爵士，他单枪匹马，决定无论如何都要终止凯拉和阿德里安的旅程。

我为什么要推动他们继续寻找呢？当一位神父在我们眼皮底下被杀害的时候，我为什么没有理解这其中的信息呢？我为什么没有意识到事态的严重性，没有告诉伊沃里教授让他自己单干呢？我怎能不告诉阿德里安，他一直受这个老男人……以及我的掌控，而他还一直当我是朋友呢？

阿德里安和凯拉准备离开中国的时候，遭到了可怕的谋杀。在崎岖的山路上，一辆轿车将他们的越野车撞进了河谷，黄河水将它淹没。阿德里安被事故发生时恰好在岸边的僧人救起，而凯拉再也没有被找到。

阿德里安康复后离开中国，他推掉了伦敦的工作。凯拉的失踪给阿德里安造成了无法弥补的创伤，他回到了希腊伊兹拉岛上童年时居住的房子里。阿德里安的父亲是英国人，妈妈则是希腊人。

三个月过去了。在他饱受爱人失踪之苦的时候，负罪感也深深地折磨着我，直到有一天，我在科学院收到一个从中国寄给阿德里安的匿名包裹。

包裹里面有他和凯拉遗弃在一座寺院的行李以及一沓照片，我立刻认出那上面的女子就是凯拉。她额头上有一道奇怪的伤疤。而此前，这道伤疤我从未见过。我通知了伊沃里，他最终说服我相信，这或许证明凯拉还在人世。

我一再想要保持沉默，别再打扰阿德里安，但是，这样的事情怎么能不告诉他呢？

于是，我去了伊兹拉岛。阿德里安又一次因为我，满怀希望地飞往北京。

我写下这些，是希望有朝一日能把它交给阿德里安，向他供认我的罪过。我每晚都在祈祷阿德里安能读到这些文字，祈祷他能够原谅我对他造成的伤害。

沃尔特·格伦科尔斯

皇家科学院管理人员

9月25日，于雅典

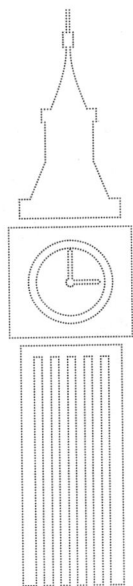

第一部分

一定要小心，您不是一个人。切记，阅后即焚。

Mer de Beaufort 波弗特海

Baie d'Hudson 哈德逊湾

Baie de Baffin 巴芬湾

Groenland 格陵兰

Océan Atlantique 大西洋

Océan Pacifique 太平洋

亚马孙河 Amazone

Pérou 秘鲁

Source de l'Amazone 亚马孙河源头

Atacama 阿塔卡马

Chili 智利

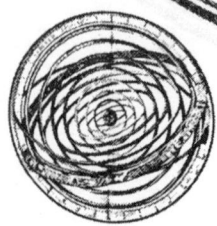

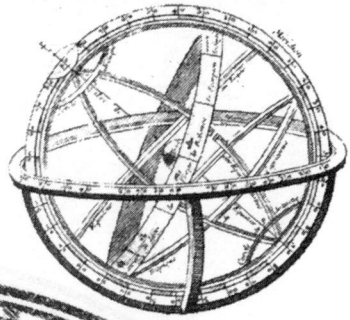

Océan Glacial Arctique
北冰洋

Détroit
de Béring
白令海峡

Mer
de Kara 喀拉海
Kara

白海
Blanche
Mer
Blanche

叶尼塞河 Russie 俄罗斯
Ienissei

Angara
安加拉河

冰岛
Islande
挪威
Norvège

Man-
Pupu-Nyor
曼普普纳

Sibérie
西伯利亚
Ob

Lac Baïkal 贝加尔湖

Îles Féroé 法罗群岛
île de Yell
耶尔岛

Irkoutsk
伊尔库茨克

Moscou
莫斯科

Mongolie 蒙古

Londres
伦敦

Amsterdam
阿姆斯特丹

北京 Beijing

Paris
巴黎

中国 Chine 华山

Mont
Hua Shan
▲

Athènes 雅典

île Hydra
伊兹拉岛

Nil

缅甸 Birmanie

奥莫山谷
Vallée
de l'Omo

île
Narcondam
纳尔贡达姆岛

Ethiopie
埃塞俄比亚

lac Turkana
图尔卡纳湖

Océan
Indien
印度洋

307 房间。第一次住在这里的时候，我丝毫没有留意窗外的风景。那时我很幸福，而幸福会令人心不在焉。我在窗边的小书桌前坐下来，北京城在我面前一览无余，我却感到生命中从未如此迷失。你的缺席像性高潮侵入我的身体，不断地在我体内开疆拓土；又仿佛肚子里住进了一只鼹鼠。早餐的时候，我灌了许多白酒，试图将它麻醉，但即使是白酒也没有起到任何作用。

十个小时的飞行中，我一刻都没有合眼。我应该在赶路前睡一会儿，暂且抛开思绪，这就是我的全部所求。我需要片刻的放松，不再让我们在此经历的一幕幕在眼前回放。

"你在吗？"几个月前，你隔着浴室门问道。

如今，我只听到破旧的水龙头漏水的汩汩声，以及水滴落在暗淡的陶瓷洗脸池上的滴答声。

我推开椅子，穿上大衣，离开了宾馆。出租车把我放在景山公园。我穿过玫瑰园，走上横跨水池的石桥。

"我很开心能来到这里。"

我那时也很幸福。要是我当时知道我们如此醉心于发现之旅，是在无意识中奔向什么样的命运就好了。如果时间能够静止，我真希望能永远停留在这一刻。如果时间能够倒流，我真希望能重新经历这样的瞬间。

我回到了许下这个愿望的地方——景山公园里一条小径旁的一株白玫瑰前，但时间并没有停留。

我从北门进入故宫，顺着道路径直向前走，关于你的记忆引导着我。

我寻找那棵大树下的石凳。那是一块奇特的礁石，不久前，曾有一对中国老人在那里歇脚。找到他们，我或许能得到某种安宁。我曾以为我在他们的微笑中看到了我们俩的未来；或许他们仅仅是在嘲笑等待着我们的命运。

我终于找到了石凳，没有人坐在那里。我在上面躺下来。柳枝在风中摇曳，它们懒洋洋的舞蹈让我得到抚慰。我闭上眼睛，你的容颜一如往昔。我沉沉入睡了。

一名警察叫醒了我，请我离开。夜幕降临了，这里不再欢迎游客。

到了宾馆，我径直回到房间。城市的灯光驱散了黑夜。我把被子掀开，铺在地板上，然后蜷缩在上面。来来往往的车灯在天花板上描绘着奇异的图案。我已没有睡意，何必再浪费时间。

我拿起行李，到前台结了账，然后去停车场取车。

车上的 GPS 给我指出开往西安的路。路过一些工业城市时，夜色倏地隐退，直到乡野黑暗才重现。

我在石家庄停下来，给汽车加满油，但没有买食物。你会说我是胆小鬼，你说得或许没错，但我并不饿，为什么要尝试那见鬼的食物呢？

开出 100 公里后，我认出了位于一座山丘顶端的那个被遗弃的小村庄。我开上一条坑坑洼洼的小道，决定去那里看太阳在山谷间升起。有人说，这些地方保留着人们相爱的记忆，这或许是异想天开，但那天早晨，我需要相信它。

我走过记忆中的小道，经过中心广场的饮水槽。你在那座孔庙废墟中发现的圆盘已经不在了。你已经预料到了，有人会拿走它，应该是去妥善利用了。

我在悬崖边的一块岩石上坐下来，静候白天。太阳硕大无朋。然后我重新上路。

和第一次旅行时一样，路过临汾时，空气依然令人作呕，呛人的污染气体灼烧着我的喉咙。我从口袋里掏出那块布，上次你用它临时做了几只口罩。我在有人给我寄回希腊的行李中发现了它；上面已经没有了你的味道，但用它捂住嘴巴，你的每个动作又重新浮现在眼前。

路过临汾时，你抱怨道：

"这气味简直让人难受死了。"

……一切都能成为你抱怨的理由。如今，我却想念你的抱怨。

正是在路过这里的时候，你在背包中翻找时扎破了手指，并在包里找到一个微型监听器。前一天晚上，我本该决定返回，我们对后来的情况没有丝毫准备，我们不是探险家，只是两名科学家，却像孩童一样轻率。

能见度依然很差，我应该甩开这些糟糕的念头，集中精力开车。

我记得，走出临汾时，我把车停在路边，很高兴可以丢掉跟踪器，却对它所代表的危险毫不在意，只担心它会影响我们的亲密。就是在那里，我向你表白，也是在那里，我拒绝告诉你我为什么喜欢你，不是为了逗你，而是因为害羞。

我走近出事的地方，就是在那里，凶手把我们顶进黄河。我双手颤抖。

"你就让他超过去吧。"

汗水在我的额头上闪着光。

"减速吧，阿德里安，我求你了。"

我双目刺痛。

"我现在不能减速，后面的车就快贴到我们的车屁股了。"

"你系好安全带了吗？"

对于这个命令式的问题，你的回答是"嗯"。第一次撞击把我们抛向前方。我看到你用手指紧紧抓着把手，指关节煞白。保险杠是受到了多少次撞击，车子才撞坏了护栏，带我们滑向深渊的？

黄河水把我们淹没，我抱着你。沉没之中，我深深地注视着你的眼睛。我一直和你待到最后一刻，我的爱人。

道路蜿蜒曲折，在每个拐弯处，我都要竭力控制住我那过于神经质的动作，把汽车驶向正确的道路。我走过了通往寺院的那个路口吗？自从我动身前来中国，这个地方就占据了我的一切思绪。接待过我们的那个老人是我在这片陌生的土地上唯一认识的人。除了他，还有谁能指引我找到你，还有谁能给我消息、增强我认为你还在人世的微薄希望呢？一张你的照片——额头上有条无伤大雅的伤疤，一张我每天都要从口袋里掏出上百次的小纸片。在右手边，我认出了那条小路的入口。刹车已经迟了，汽车滑了一段才停下，我开始倒车。

越野车的轮胎陷入秋季的泥潭。昨晚下了一整夜的雨。我在路口折了一根灌木，步行走进去。如果记忆无误的话，我需要蹚过溪流，然后攀登第二座山峰，到达山顶后，我将看到寺院的屋顶。

我几乎用了一个小时才到达。在这个季节，溪水高涨，蹚过去并不容易。巨大的圆石几乎被湍急的水流遮住，石头的表面很滑。如果你看到我用怎样滑稽的动作努力保持平衡，我想，你肯定会嘲笑我的。

这个念头给了我前进的勇气。

泥泞的土地粘着脚底，我感觉自己是在后退，而非前行。到达山顶要费不少力气。我全身湿透，一身污泥，看起来应该像个流浪汉。我很想知道，迎接我的僧人会怎样接待我。

他们一言不发，催促我跟着走。我们终于到达寺院的门前。路上不停地检查我是否掉队的那位僧人把我带到一个小房间——和我们睡过的那间很像。他请我坐下，然后倒了一盆清水，跪在我面前，为我洗手、洗脚以及洗脸。然后，他给了我一条亚麻裤子、一件干净的衬衫，就离开了房间。整个下午，我再也没有看到他。

过了不久，另一位僧人带来安置所需的东西，并在地上铺了一条席子。于是我明白，到晚上，这里就是我的卧室了。

太阳落山了，当落日的余晖在地平线上完全消失时，我要见的人终于出现了。

"我不知道是谁又把您带到这儿的，但如果您不是来静修的，我希望您明天一早就离开。因为您，我们已经有太多麻烦了。"

"您有凯拉的消息吗，就是和我在一起的那个姑娘？您又见到她了吗？"我焦急地问道。

"对于你们俩的遭遇，我感到很遗憾。但如果有人告诉您，您的朋友在那场可怕的事故中活了下来，那就是在说瞎话。我不敢说对整个地区发生的一切都了如指掌，但相信我，如果真有这回事，我会知道的。"

"那不是事故！您跟我们讲过，您的宗教禁止说谎，那么，请您告诉我，您确定凯拉已经死了吗？"

"在这儿，没必要提高嗓门，这对我以及我的弟子都起不到任何作用。我不确定，我又怎么能确定呢？我只知道，河里没找到您朋友的尸体。但水流那么急，河水又那么深，这也没什么好奇怪的。很抱歉要强调这些细节，我想，您听到这些并不好受，但这是您要问的。"

"那么汽车呢，找到了吗？"

"如果这个答案对您很重要，那您应该去问政府，虽然我强烈不建议您这么做。"

"为什么？"

"我跟您说过，我们有些麻烦，但您似乎并不感兴趣。"

"什么样的麻烦？"

"您以为那场事故就不了了之了吗？特警做了调查。一个外国人在中国的土地上消失，这并非寻常事。我们接受了一些不愉快的拜访。我们的僧人受到了严厉的审问，我们承认收留过你们，因为我们不能说谎。您要明白，弟子们并不高兴看到您回来。"

"凯拉还活着，您要相信我，帮帮我。"

"这是您的心在说话，我理解您需要抓住这一线希望，但如果拒绝面对现实，您会遭受更多的苦痛，它会毁了您的内心。要是您的朋友活下来了，她就会在某个地方出现，我们也会收到通知。这群山中没有秘密。而我担心的是，大河将她因在了里面，我真心感到难过，我和您一样伤心。现在我明白了，您为什么要做这次旅行，很抱歉我要成为那个让您认清现实的人。没有需要埋葬的尸体，没有可以拜谒的坟墓，的确很难让您接受人已离去的事实，但您朋友的灵魂一直陪伴着您，您如此爱她，她会一直留在您身边的。"

"啊，这些废话就请您省省吧！我既不信上帝，也不信有比世间更好的所在。"

"这是您最起码的权利；但您这个没智慧的俗人，不也常常进入寺院的院墙吗？"

"要是您的神存在，这些事也就不会发生了。"

"要是您当初听从我的建议，决定不去华山，您今天遭受的悲剧也就不会发生了。既然您不是来这里静修的，在这里多待也无益。今晚好好休息，明天一早就离开吧。我不是在赶您，我也没有能力这么做，但请不要再滥用我们的好客之心了。"

"如果她活下来了，到哪里能找到她呢？"

"回到你们那里！"

老人告退。

我几乎一夜未眠，试图寻求办法。这张照片不可能撒谎。从雅典到北京十个小时的飞行中，我不断地看着它，现在我继续借着烛光观察它。你额头上的伤疤是让我坚信的不可辩驳的证据。由于无法入睡，我悄悄起身，滑开米浆糊就的门板。借着微弱的光线，我穿过走廊，走向一个睡着六位僧人的房间。一位僧人应该是感觉到了我的存在，因为他翻了个身，加重了呼吸。幸运的是，他没有醒来。我继续前行，跨过席地而睡的那些身体，进入寺庙的院子。今夜，月亮有三分之二圆，院子中央有一口井，我在井沿上坐下来。

一个声音把我惊起，一只手捂住我的嘴巴，让我憋回了所有的话。我认出了那位老人，他示意我跟他走。我们走出寺院，在乡间穿行，直到一棵大柳树下，他才转身面对我。

我把凯拉的照片拿给他看。

"您什么时候才能明白，您把我们所有人都置于险境？您可是第一个。您应该离开，您搞了太多破坏。"

"什么破坏？"

"您不是告诉过我，您的事故不是唯一？您以为我为什么要让您远离寺院？我再也不能相信任何人。挑衅您的那帮人，只要您给他们机会，第二次他们就不会再失手。您不够谨慎，恐怕已经有人注意到您在这个地区出现了；若他们没发现，那才是奇迹。但愿您能坚持到回到北京，登上回程的飞机。"

"找不到凯拉，我哪里都不去。"

"要保护她，那也是在以前，现在太晚了。我不知道您和您的朋友发现了什么，我也不想知道，但是，我再一次请求您，快走吧！"

"请给我一个指示，多小都行，给我指一条继续下去的道路，我保证，天亮之前我就走。"

老人定定地看着我，一言不发；他转过身，向寺院走去，我跟着他。回到院子后，他默默地陪我回到我的房间。

天已大亮，时差和旅途的疲劳战胜了我。当老人用木托盘端着一碗米饭和一碗汤走进来的时候，大概已经接近中午了。

"要是有人撞见我把早餐给您端到床前，他们会指责我把这祈祷之地变成客房了。"他微笑着说，"上路前先吃点东西。您今天就走，对吧？"

我点点头。没必要坚持了，我从他这里得不到什么了。

"那么，归途顺利。"说完，老人就离开了。

端起汤碗，我发现了一张折成四折的字条。我本能地将它攥在手心，然后不动声色地放入衣兜。狼吞虎咽地吃完早餐后，我立刻穿戴整齐。我迫不及待地想看看老人给我写了什么，可两位僧人在门口等着我，他们将我送到森林的边缘。

告别时，他们交给我一个用麻绳包扎的牛皮纸包裹。我打开车门，见两位僧人一走远，我就打开字条，阅读为我准备的那席话：

既然您不听从我的劝告，那么，我告诉您，听说在您上次出事几个星期后，另一座寺庙进了一名年轻的僧人。这或许与您的调查毫无关系，但这家寺院几乎不招纳新的弟子。我听说，此人似乎并不愿意退省。没有人能跟我说清楚此人的来历。如果您固执己见，继续这不理智的调查，那就去成都吧。我建议您一到那里就丢掉您的汽车。您接下来要去的地方非常贫困，您的越野车太引人注目，这应该不是您所希望的。到成都以后，换上我让人交给您的衣服，这样，您就能更容易地混进山区的居民里。然后搭上去深山的客车。接下来，我就没什么好建议了，外国人不大可能进入那座寺庙，但谁知道呢，说不定您的运气格外好呢。

一定要小心，您不是一个人。切记，阅后即焚。

成都离此地有 800 公里，要驱车九个小时才能到达。

老人提供的信息并没有给我太大的希望，他完全可以写下这些，仅仅是为了把我赶走，但我不认为他会如此残忍。在去成都的路上，这个念头不停地在我心中打转……

左边，群山向灰蒙蒙的山谷投下了骇人的阴影。公路自东向西穿过平原。前方，两座高炉伸出的烟囱，突兀地矗立在四周的风景上。

村镇遍地是露天采石场，灰暗的天空下，是一小块一小块田地。田地产量极小，景色无限凄凉，到处是废弃的工厂。

天上下着雨，雨没有停过，雨刷几乎刮不净淌下的雨水，道路湿滑。我超过一辆卡车时，卡车司机用奇怪的眼神看着我。在这个地区，应该没有多少人来驱车旅行。

把 200 公里甩在身后，前方还有 600 公里。我想打电话给沃尔特，请他来和我会合；孤独压迫着我，我再也无法承受。可我已把年轻时的自私丢进了混浊的黄河水。瞥一眼后视镜，我发现我的样貌已经改变。沃尔特会说，我这是太累了，可我知道，我已经渡过了难关，再也回不到过去了。我本该早点认识凯拉，那样就不至于浪费那么多年，相信幸福只在我要完成的事业中。幸福是更卑微的事，它在别人身上。

走到平原的尽头，一座山的屏障矗立在我面前。路牌上用西方文字写着：离成都还有 660 公里。到达隧道，高速公路深入山洞里，这里听不到广播，但没什么大不了的，我已经受不了这些亚洲流行歌曲了。桥梁悬在深深的峡谷上方，一座接着一座，绵延 250 公里。我在一个服务站停下来。

咖啡的味道并没有那么坏。

我把一盒饼干带在身上，重新上路。

每当我走近一个峡谷，就会发现几个小村庄。已经过了晚上 8 点，我到达一座高科技之城，现代化程度惊人。在一条河边，矗立着许多玻璃和钢铁的大厦。夜幕降临了，疲劳沉重地压迫着我。我应该停下来，好好睡一觉，以恢复精力。我研究了一下地图；到达成都后，乘客车去地图上唯一的那座小庙还需要几个小时。不管我有多急切，今晚也到不了。

我找到一家宾馆。我把车停在那里，沿着河边的水泥人行道向前走去。雨已经停了。有几家餐馆供应晚餐，潮湿的露天座被煤气灯照得暖暖的。

对于我的口味来说，食物有些油腻。远处，一架飞机在巨大的轰鸣声中起飞，它升到城市上空，转向南方。这或许是夜间最后一次航班。坐在明亮舷窗里的乘客，是要往哪里去呢？伦敦和伊兹拉岛是如此遥远。我感到一阵沮丧。如果凯拉还活着，为什么会没有消息？为什么她不向我显示出任何生命的迹象？发生了什么事，才会让她如此失踪？那位僧人或许是对的，我大概是疯了，才会相信这样的幻觉。缺乏睡眠加重了黑暗的想法，而夜的黑暗也将我占据。我双手汗津津的。这种潮湿侵入我的整个身体。我开始打战，身体忽冷忽热。服务员向我走来，我猜他是要问我怎么了。

我想要回答他，可是我一个字都说不出来。我汗流浃背，继续用餐巾擦着脖子，服务员的声音越来越遥远；露天座上的灯光变得惨白，在我周围，一切都在旋转，直到我什么都看不见。

眩晕过后，我渐渐恢复了清明。我听到一些声音，两个，还是三个？有人在用一种我听不懂的语言和我说话。一片清凉落在我的脸上，我努力睁开眼睛。

是一位老妇人的面孔。她抚摸着我的脸颊，试图让我明白，最糟糕的时刻已经过去了。她沾湿我的嘴唇，低声和我说着一些话，我猜，她是想让我放心。

有一些刺痛的感觉，血液重新在血管里流动起来。我感到不适，由于疲劳，由于某种初露端倪的疾病，或者某些我本不该吃的东西。我太虚弱了，已经无力去思考。有人让我躺在餐馆后厅的一张仿皮漆布沙发上。一个男人来找照顾我的老妇人，那是她的丈夫。他也冲我微笑，他脸上的皱纹比妻子的还要多。

我试着和他们说话，我想要感谢他们。

老先生将一只杯子凑到我嘴边，灌我喝下去。汤剂很苦，但中药的效果是不容置疑的，所以我也就任由他那么做了。

这对中国夫妇与我和凯拉在景山公园遇到的那对夫妇很像，人们会以为他们是双胞胎，这个印象让我安心。

我合上双眼，睡意袭来。

睡觉，等待恢复体力，这就是我能做的最好的事，所以，我等着。

巴黎

伊沃里在客厅里来回走着。棋局对他不利，维吉尔刚刚走了马，让他腹背受敌。他走到窗边，把窗帘拉开，看着塞纳河上的游船。

"您愿意和我谈谈吗？"维吉尔问道。

"谈什么？"伊沃里回答。

"谈谈您现在正担心的事。"

"我看起来很担心吗？"

"我是从您下棋的方式猜到的，除非您想让我赢；而如果真是这样，故意把胜利送给我，可就是小看我了，我更希望您能跟我说说您的烦恼。"

"没什么，我昨晚几乎没睡着。要知道，以前我可以两天两夜不睡觉。我们到底做了什么，才会让上帝用衰老这种残忍的方式惩罚我们？"

"不是自夸，我觉得上帝对我们已经很宽容了。"

"别怪我。今晚最好就此结束吧。不管怎样，您用四招就把我打败了。"

"三招！看来，您比我想象的更加忧虑，不过，我不想强迫您。我们是朋友，等您觉得时机合适的时候，再告诉我吧。"

维吉尔站起身，向门厅走去。他穿上雨衣，回过头去，伊沃里还在看着窗外。

"我明天就回阿姆斯特丹，来住几天吧，清凉的运河或许能帮您恢复睡眠。您是我的贵客。"

"我觉得，我们最好不要一起露面。"

"档案已经封了，我们没必要再玩这些复杂的游戏了。还有，别再内疚了，责任不在您。我们本该想到阿什顿爵士会抢占先机。这件事就这么了结了，我和您一样遗憾，但是，您也无能为力。"

"所有人都怀疑阿什顿爵士早晚会插手，而所有人都泰然处之。你我都清楚这一点。"

"我向您保证，伊沃里，如果我能想到他会这么快下手，我会用一切力所能及的办法阻止他的。"

"什么是您力所能及的？"

维吉尔直直地盯着伊沃里，然后低下了头。

"到阿姆斯特丹的邀请一直有效，您愿意的时候就来吧。还有，今晚的棋局，我希望不要记录在我们的比分表里。晚安，伊沃里。"

伊沃里没有回答。维吉尔关上公寓的门，走进电梯，按下了一楼的按钮。脚步声在大厅里回响，他拉开大门，穿过了街道。

夜色温柔，维吉尔沿奥尔良码头走着，他回过头看了看公寓楼的正面，伊沃里客厅的灯光刚刚熄灭。他耸耸肩，继续赶路。走到勒赫格拉蒂耶街的街角时，一辆车的前灯闪了两下，把他引向那辆停靠在人行道边的雪铁龙。维吉尔打开副驾驶车门，坐上车。司机准备发动汽车，但维吉尔制止了他。

"稍等片刻，如果可以的话。"

两个男人静静地等待着。驾驶座上的人从口袋里掏出一包烟，抽出一支放在唇边，然后擦亮了火柴。

"是什么让您那么感兴趣，还要在这里等待？"

"我们对面的那个电话亭。"

"您在胡说什么？码头上哪儿有电话亭。"

"拜托，把烟灭了吧。"

"现在您不喜欢烟味了？"

"不，可我不喜欢点燃的那一头。"

一个男人沿码头走来，靠着护墙站住。

"是伊沃里？"司机问维吉尔。

"不，是教父！"

"他在自言自语？"

"他在打电话。"

"给谁？"

"您故意要这么蠢吗？他半夜从家里出来，到码头上打电话，很可能是不想让人知道他在跟谁通话。"

"我们又听不见他在说什么，躲在这里有什么用？"

"证实我的直觉。"

"我们可以走了吗，既然您已经证实了您的直觉？"

"不，接下来要发生的事我也很感兴趣。"

"您知道接下来要发生什么？"

"洛伦佐，您话真多！他一挂断电话，就会把手机卡丢进塞纳河。"

"您打算跳进塞纳河，把它捞出来吗？"

"您真是太蠢了，我可怜的朋友。"

"与其这么羞辱我，您能告诉我，我们在等什么吗？"

"过会儿您就知道了。"

伦敦

电话铃声在老布朗普顿路上的一间小公寓里响起。沃尔特从床上爬起来，披上睡袍，走进客厅。

"来了，来了。"他喊着跑向小圆桌，电话就放在那里。

他立即听出通话者的声音。

"还是没有消息？"

"没有，先生，我傍晚才从雅典回来。他到那里才四天，我希望很快就会有好消息。"

"我也希望如此，但我忍不住要担心，我昨晚一整夜都没合眼。我感觉自己很无力，这让我害怕。"

"先生，说实话，我最近也睡不好。"

"您认为他有危险？"

"人家跟我说的情况正相反，要有耐心。但看到他的处境，的确令人难受。诊断很保守。"

"我想知道，这一次是不是有人预谋的。我会查清楚的。您什么时候回雅典？"

"明晚，最晚后天，如果科学院的工作没有做完的话。"

"您一回到那里，就打电话给我，这段时间，尽量好好休息吧。"

"您也是，先生。明天见，我希望。"

巴黎

伊沃里扔了手机卡，往回走。出于本能，维吉尔和他的司机缩在座椅里，但以这个距离，他们在观察的人几乎不可能看到他们。伊沃里的身影消失在街角。

"现在好了，可以走了吧？"洛伦佐问道，"我在这儿窝了一晚上，我饿了。"

"不，还不能走。"

维吉尔刚刚听到一辆汽车发动的声音。两盏车灯扫过码头。汽车在伊沃里刚刚站立的地方停下来。一个男人从车里下来，走到护墙边。他探下身，观察下方的河岸，然后耸耸肩，回到车上。轮胎摩擦着路面，汽车走远了。

"您是怎么知道的？"洛伦佐问道。

"那该死的预感。而现在，我还看到了那辆车的牌照，这就更糟了。"

"那个牌照上有什么？"

"您是故意要这么蠢，还是想让我今晚高兴点？那辆车是英国外交使团的，您要我给您画出来吗？"

"阿什顿爵士在跟踪伊沃里？"

"我觉得，我今晚听到和看到的太多了，您愿意送我回酒店吗？"

"够了，维吉尔，我不是您的司机。您告诉我有重要任务，要我一动不动地守在车里，当您在温暖的地方品着白兰地的时候，我在车里冻了两个小时。我看到的是，您的朋友走了，并且出于我不知道的原因，把电话卡丢进了塞纳河，而女王陛下领事机构的一辆车看到他做了这个动作，其中的意味我还不太明白。所以，要么您自己走回去，要么您跟我讲清楚到底是怎么回事。"

"既然您现在两眼一抹黑，我亲爱的罗马，我会试着为您把灯点亮的！伊沃里之所以半夜还要跑出家门打电话，是因为他足够谨慎。英国人之所以在他楼下守着，是因为我们近几个月来忙的事并不像我们所有人认为的那样已经了结了。您明白我的话吗？"

"我没您以为的那么蠢。"洛伦佐发动了汽车。

汽车开出了码头，从玛丽桥上驶过。

"伊沃里之所以这么谨慎，那是因为他之前耍了花招。"维吉尔接着说道，"我本以为今晚的棋局是我赢了，看来，他总会给我惊喜。"

"您打算怎么做？"

"什么都不做，您今晚知道的这些，一句都不要提。为时尚早。如果我们通知其他人，每个人都会在各自的角落里要阴谋，就像以前，谁都不信任谁。我知道，我可以信任马德里。而您，罗马，您站在哪边？"

"目前，我似乎恰好在您的左边，这应该能回答您的问题，不是吗？"

"我们要尽快确定这个天体物理学家的位置。我敢保证，他已经不在希腊了。"

"回去问问您的朋友。如果您揭穿他，他或许会向您招出来。"

"我怀疑，他知道得不比我们多，他大概失去了他的联系。他心不在焉。我认识他太久了，这点不会弄错的，他在密谋什么。您一直能联系上中国那边的人吗？您能请他们帮忙吗？"

"这要看我们要他们做什么，以及我们准备向他们提供什么。"

"试着了解一下，我们的阿德里安是不是最近到了北京，他有没有租车，以及他是否恰好用信用卡取过钱、付过宾馆的账单，或者做了其他什么。"

他们不再说话。巴黎的街道上空无一人，十分钟后，洛伦佐把维吉尔送到蒙塔朗贝尔酒店的门口。

"我会尽力找到中国人办成这件事，但我要同样的回报。"他边停车边说。

"看结果再说吧，不要急着开价，我亲爱的罗马。回头见，谢谢您带我出去。"

维吉尔从雪铁龙上下来，走进了酒店。他跟前台的服务员要钥匙，服务员在柜台后面探下身，把一封信一并交给他。

"先生，有人给您留了这封信。"

"有多久了？"维吉尔惊讶地问道。

"就在几分钟前，一个出租车司机交给我的。"

维吉尔惊讶地向电梯走去。到达他在五楼的套房后，他打开了信封。

我亲爱的朋友：

恐怕我不能接受您热情的邀请去阿姆斯特丹与您见面了。不是因为我不想去，也不是因为我要弥补今晚失败的棋局，或许您也想到了，我还有事，要留在巴黎处理。

希望不久后就能见到您。对此，我有理由相信。

您忠诚的朋友，

伊沃里

又及：说到我今晚小小的散步，您早已让我养成了谨慎有加的习惯。在那辆漂亮的黑色还是深蓝色的雪铁龙里，坐在您旁边抽烟的是谁？我的视力越来越差了……

维吉尔把信重新折好，抑制不住地笑了起来。平淡的日子让他感到不安。他知道，这次行动很有可能是他职业生涯中的最后一次，想到伊沃里已经找到办法（不论是什么办法）重新开动机器，他并没有感到不快，而是恰恰相反。维吉尔在套房的小办公桌前坐下来，拿起电话，拨了一个西班牙的号码。他向伊莎贝拉表示抱歉，这么晚还要打扰她，但他有十足的理由相信，一切又重新启动了，他等不及第二天再告诉她这个消息。

中国

　　我在清晨醒来。整夜都陪伴在我身边的那位老妇人正坐在一张宽大的扶手椅上打盹儿。我掀开她为我盖的毯子，坐起身来。她睁开眼睛，向我投来温和的目光，然后把一根手指放在唇边，似乎要告诉我，动作轻一点。然后，她起身去取放在生铁炉子上的茶壶。一道可以折叠的隔板把这个房间和餐馆隔开。在我周围，我看到了这个家庭的其他成员，他们正在地上的垫子上休息。两个三十多岁的男人躺在唯一的窗户边。我认出，那是昨夜为我端晚餐的服务员和他那在厨房干活的兄弟。他们的妹妹，大约 20 岁，还在煤炉子边的铺位上睡觉。那位临时为我提供住处的老妇人的丈夫则躺在一张桌子上，头下放着枕头，被子盖到肩膀处；他还穿着一件套头衫和一件厚羊毛外套。我则占据了这对夫妇每晚睡前才打开的沙发床。每晚，这个家庭都将餐馆的几张桌子拼在一起，后间也就成了他们的宿舍。就这样看到他们私密的生活，也可以说如此私密的生活，我感到非常不安。在伦敦我生活的街区，有谁会将自己的床让给一个陌生人呢？

　　老妇人给我倒了一杯热气腾腾的茶。我们只能打着手势交谈。

　　我接过茶杯，悄悄地走到客厅。在我身后，她拉上隔板。

　　人行道上空无一人，我一直走到河道的护墙边，看着河水向西流去。河流笼罩在清晨的薄雾中。一叶带帆的小舟缓缓滑行。前方甲板上的船夫冲我挥了挥手，我也立即回应了他。

　　天有些冷，我把双手插进衣兜，指尖触到了凯拉的照片。

　　为什么在这个时刻，我会清晰地回忆起我们在内布拉度过的夜晚呢？我记得，和你度过的那个夜晚虽然很混乱，却大大拉近了我们的距离。

稍后，我将出发，我不知道还要多久才能到达，也不知道我怎么才能进入寺院，但有什么关系，这是将你找回的唯一途径……如果你还在人世的话。

为何我感觉如此虚弱？

在人行道边，离我几步远的地方，有一个电话亭。我想听听沃尔特的声音。电话亭有着 20 世纪 70 年代的媚俗风格。打电话可以用信用卡。在我还在按电话号码的时候，就听到了占线的声音，在这个地方，应该不能接通国外的号码。重新试了两次，我放弃了。

是时候感谢接待我的这家人，支付昨天的餐费，然后重新上路了。他们坚决不收钱。我不断地向他们道谢，然后离开了。

将近中午的时候，我终于抵达成都。这个受到污染的省会城市躁动不安，咄咄逼人。然而，在摩天大楼和居民楼之间，还保留着一些灰泥脱落的小屋。我寻找着通往长途汽车站的路。

南郊公园里繁花似锦，一些仿古船只在垂柳的掩映中，缓缓地滑行在湖面上。

我注意到一对年轻人，从外表看来，我猜他们是美国人。他们告诉我，他们是来成都交流的大学生。

他们很高兴听到有人讲他们的语言。他们告诉我，长途汽车站在城市的另一个方向。姑娘从背包里拿出一个小本子，写了几个字，然后递给我。她的中文写得非常好。我利用这个机会，请她帮我写下我要去的地方。

我把汽车留在一个露天停车场。我拿出老人为我准备的衣服，在车里换上，然后在包里塞了一件圆领衫和其他衣物。我选择将越野车留在这里，打车前往。

司机看了看我出示的字条，半个小时后，将我送到了长途汽车站。我来到售票窗口，出示了那张用中文写就的珍贵字条，工作人员卖给我一张20元的车票，并且告诉我是在12站台。然后，他挥挥手，请我快点，如果我不想误了发车时间。

大客车灰溜溜的，我最后一个爬上车，一直走到车尾才找到一个座位，卡在一个极为肥胖的女人和一只竹笼之间，竹笼里装着三只肥硕的鸭子。这些可怜的家伙或许一到目的地就要被做成烤鸭，但是，如何能让它们知道等待着它们的命运呢？

我们穿过大桥，驶上一条快道，变速箱开始噼啪作响。

汽车在中途停下来，一位乘客下了车。我对旅途的长短没有任何概念，在我看来，旅途永无止境。我给邻座的女人看了看用中文写就的字条，又指了指我的手表。她在表盘上6点的位置轻轻敲了敲。那么，我到傍晚才能到达。今晚我要睡在哪里？我一无所知。

道路在群山中蜿蜒。窗外的景色越来越荒凉，我也越来越深地陷入迷惑。什么事会促使凯拉来到这个与世隔绝的地方？只有寻找化石，才会让她深入世界的边缘，此外，我找不到任何解释。

20公里后，汽车在一座木桥前停住了。木桥用两根锈迹斑斑的钢绳吊着。司机命令所有乘客下车，要减轻汽车的重量，尽可能地降低风险。透过车窗，我看到了需要越过的峡谷，不由得佩服司机的英明。

由于坐在最后一排位置上，我是最后一个下车的。我起身时，车厢里几乎空了。我用脚踢了踢挡住竹笼门的竹竿，鸭子们骚动起来，命运由它们自己掌控了。它们的自由就在右侧走道的尽头；它们还可以从座椅底下钻出来，冒着被卡住的危险，一切看它们的了。三只鸭子高兴地跟着我的脚步。每一只都选择了不同的道路，一只走通道，一只走右边的座椅，还有一只径直走向左边；但愿它们会让我先出去，否则别人会指责是我放了它们。不管怎么样，它们的主人已经站在桥上了，她紧紧抓着缆绳向前走，眼睛半闭着，以克服眩晕。

我过桥的表现并不比她勇敢。乘客们过桥后都大叫着，指手画脚地引导他们勇敢的司机缓缓开过颤颤巍巍的木板桥。大家都能听到令人惊心的咔嚓声，缆绳嘎吱作响，桥面摇摇晃晃，但还能挺住。15分钟后，每个人都回到了自己的位置上，除了我。我利用这个机会，占据了第二排空出来的位置。汽车重新启动，两只鸭子错过了召唤，第三只鸭子重新出现在通道中间，愚蠢地扑向农妇小腿间的空隙。

我们正经过一个村庄，当我的旧邻座趴在走道上满地寻找另外两只鸭子时，我禁不住笑了。她到站下车了，情绪非常不好，但很难因为这个指责她。

乡镇和村庄在整个旅途中交替出现；我们的车顺着河道，开始往令人眩晕的高处爬行。我应该还没有完全康复，浑身打战。听着马达的轰隆声，我时不时打个盹儿，直到一阵摇晃将我弄醒。

左边，白云低低地掠过冰川。我们到了整个行程中的最高点。在海拔接近4 300米的高处，我感到太阳穴直跳，头也开始痛起来。我又想到阿塔卡马。不知我的朋友埃尔文怎么样了。我好久都没有他的消息了。如果我几个月前没有在智利感觉不适，如果我没有违反安全命令，如果我听了埃尔文的话，那么，我就不会来到此地，凯拉也就不会在混浊的黄河水中消失了。

我记得在伊兹拉岛，为了安慰我，妈妈告诉我："失去所爱的人确实很可怕，然而最可怕的是未曾与之相遇相知。"她想到了父亲。然而，如果自己对爱人的死亡负有责任，意义就大为不同了。

窗外的湖水平静无波，像镜子一样倒映出白雪皑皑的峰顶。向某座山谷进发的途中，我们加快了速度。与阿塔卡马沙漠不同，这里遍地都是茂盛的草木。牦牛群从肥沃的草丛中走过。白桦树和白蜡树在这片镶嵌在群山中的宽阔草场上相得益彰。我们从海拔4 000米的高处往下走，头痛也大为减轻，不再折磨我。然后，汽车猛然停下。司机回头看看我，该下车了。除了这条大路，我只看到一条碎石路。司机挥舞着手臂，嘟哝了几个词。我猜想，他是请我去门外思考。他刚刚打开折叠门，冰冷的空气就直钻进来。

我把包放在脚边，寒冷直袭双颊。我瑟瑟发抖地看着汽车远去，直到它消失在转弯处。

在这空旷之地，风沿着山丘袭来，目之所及，只有我一个人。这里的风景没有时间的痕迹，土地已是大麦茶和黄沙的颜色……我却没有看到一丝我要寻找的寺庙的痕迹。露宿旷野必死无疑，应该迈开脚步。可是要走向哪里？我不知道，但唯有前进才能抵御寒冷造成的麻木，除此之外，没有其他自救的办法。

带着逃避夜晚来临的荒唐希望，我小跑起来，从一个山坡跑到另一个山坡，奔向夕阳。

在这一望无际的荒原上，一个藏族小女孩朝我走来。她大约三四岁，是一个脸蛋红得像苹果、双眼亮晶晶的小不点。我这个陌生人并没有让她感到害怕，在她看来，谁都不会令自己惧怕，她自由地去自己想去的地方。我的不同让她感觉有趣，她大笑起来，笑声在山谷间回荡。她张开手臂，朝我奔跑过来。在离我几米远的地方，她停下来，又朝她的家人跑去。一个男人走出帐篷，迎接我的到来。我朝他伸出手，他则双手合十，弯腰致意，请我跟他进去。

用木头柱子支起几块巨大的黑色帆布，就形成了一顶帐篷，里面很宽敞。在一个石炉里面，干柴噼啪作响，一个女人正在做一种肉汤，食物的香气充满了整个空间。男人示意我坐下，他为我倒了一碗米酒，与我干杯。

我和牧民一起享用了他们的家庭晚餐。打破寂静的，只有那有着红苹果脸蛋的小女孩的笑声。最后，她蜷缩在妈妈的怀里睡着了。

夜幕降临了，牧民把我拉到帐篷外面。他在一块石头上坐下，给了我一支他自己裹的烟卷。我们一起看着夜空。我很久都没有这样观察天空了。我认出只有在秋天才会在仙女座东边看到的一个美丽星座。我指着星星，把它的名字告诉这家的主人。"英仙座。"我大声说。男人顺着我的目光，重复着"英仙座"；他笑了，和他女儿一样的笑声，灿烂得就像我们头顶上方照亮苍穹的星光。

我睡在他们的帐篷里，躲避了严寒和刺骨的风。一大早，我就把字条拿给男主人看。他不识字，因而并没有注意；况且天亮了，他有许多活要做。

在帮忙收集木柴的时候，我冒险说出我要去的地方，每次都改变发音，希望有一个能让他有所反应。但毫无作用，他依然没有反应。

收集完木柴，我们去取水。牧民给我一只空的羊皮袋，并把另一只扛到肩膀上，给我示范怎样保持平衡，然后，我们走上一条通往南方的小道。

我们走了足足两个小时。我从山丘顶部看到一条河在茂密的草丛中流淌。牧民比我早到了许多。当我赶到的时候，他已经在洗澡了。我也脱下衬衫，跃入水中。河水冰冷彻骨，这条河的源头应该就在我们远远看到的冰川那里。

牧民把羊皮袋按入水中，我模仿着他的动作。两只羊皮带鼓了起来，我费了好大力气，才将我的羊皮袋拖到河岸上。

一踩上坚实的土地，他就拔了一束草，使劲擦着身体。擦干以后，他穿上衣服，席地坐下来休息。"英仙座。"牧民说着，用手指了指天空。然后，他指给我看一处河湾。就在离我们几百米远的河的下游，有二十来个男人在那里洗澡，还有四十多个在耕田，他们推着犁铧，划出笔直的犁沟。他们的着装立即让我认了出来。

我向他道了谢，准备向僧人们冲去，但是牧民站起身，拉住了我的手臂。他神情忧郁。他摇头示意我别过去，然后拉着我的衣袖，给我指了指回去的路。我能看出他脸上的惊恐，于是，我同意了，跟着他爬上斜坡。走到山丘的高处，我又回头看了看那些僧人。那些刚才还在洗澡的僧人已经穿上僧袍，开始干活。他们在田里划出奇怪的犁沟，像巨型心电图一样弯弯曲曲。当我们沿着山丘的斜坡往下走的时候，那些僧人离开了我的视线。一找到机会，我将离开这家人，回到这座山谷。

虽然我受到了这个牧民家庭的热情接待，但按照他们的风俗，我应该配得上每天分给我的食物。

女人走出帐篷，把我带到正在一块田里吃草的牦牛群那里。当她哼着歌，吃力地拖着一个容器的时候，我并没有多加注意，直到她在一头四足动物旁跪下来，开始挤奶。过了一会儿，她似乎觉得示范的时间已经足够长，就把位置让给了我。她把我留在那里，离开的时候，眼睛看着奶桶，于是我明白，不挤满一桶奶是不能回去的。

事情并没有如她预计的那么简单。由于我缺乏信心，或者由于这头该死的亚洲奶牛不配合（它显然不愿意让一个路过的生手挤它的奶头），每次我向它的乳房伸手，它就会前进一步或后退一步……我用了各种计谋、诱惑、说教、请求、发火、赌气，它一概不回应。

向我伸出援手的，是那个只有四岁的小姑娘。我没什么好自豪的，恰恰相反，但情况确实如此。

脸颊像苹果一样又红又圆的小姑娘突然出现在田里，我想，她应该在那儿待好久了，以这番景象为消遣，在发出那爽朗的笑声之前，她应该已经憋了许久，而这笑声暴露了她的存在。她似乎为嘲笑我而感到不好意思，于是走上前来，用肩膀轻轻碰了我一下，然后一把抓住牦牛的乳房。当牛奶开始汩汩地流到桶里时，她又一次开心地笑起来。挤奶竟这么简单，她把我推到牦牛身侧，我应该接受她发出的挑战。我跪下来，她审视着我的动作，当我终于成功地挤出几滴牛奶时，她鼓起掌来。她在草地上躺下来，双臂交叉，就这样待在那里看着我。虽然她只是个小不点，但她的存在让我有些心安。那个下午宁静而愉快。不久，我们结伴返回。

另外有两顶帐篷靠着我昨夜借住的那顶帐篷扎了起来，从此，三个家庭在一个篝火边相聚。我在我的小主人的陪伴下回到了营地，男人们迎上前来，男主人示意我继续往前走。女人们在等着我，而他们要去赶牲口。比起她们交给我的任务，这项我被排除在外的工作更有男人气概，这让我很恼火。

一天结束了，我看着太阳，最多一个小时后，夜幕就会降临。我脑中只有一个念头，偷偷地离开我的牧民朋友，去看看下面的山谷里会发生什么。我想跟随那些即将回到寺庙的僧人。然而，正当这些想法在脑海中盘旋的时候，接待我的男主人回来了。他拥抱了妻子，又抱起女儿，把她紧紧地拥在怀里，然后，他走进帐篷。片刻后，他洗漱完毕，从帐篷里走了出来，正好看到我远远地坐着，凝视着地平线。他在我旁边坐下，递给我一支烟卷。我谢绝了。他把烟卷点燃，也静静地看着山丘的顶端。不知为什么，我想给他看看你的面孔。或许是因为我想你想得发疯，或许是因为这是再看一眼你的照片的最好借口。你的照片，是我能与他分享的最珍贵的东西。

我从衣兜里掏出照片，递给他看。他冲我笑了笑，还给了我。然后，他长长地吐了一口气，用手指掐灭烟头，离开了我。

夜幕降临了，另外两家人加入了我们，我们一起分享了炖肉。小女孩坐在我旁边，对于我们的亲密，她的父母似乎并不介意。相反，她的妈妈抚摸着孩子的头发，把她的名字告诉了我。她叫热达。后来我才知道，只有当前头一个孩子夭折，人们才会给接下来出生的孩子取这样的名字，以避免悲惨的命运。是因为可以抹去在她出生前上演的悲剧，热达的笑声才如此清澈吗？这是要提醒她的父母，她已将欢乐带到了这个家庭吗？热达在妈妈的膝上睡着了，即使在看似沉沉的睡眠中，她仍然一脸笑意。

晚餐结束了，男人们套上宽大的裤子，女人们则解开外套右边的袖子，任其在风中摇摆。大家都手拉手，围成一圈，男人站一边，女人站另一边。大家一起唱歌，女人们舞着袖子，当歌声停止，舞者就一齐高呼。之后，圆圈开始朝另一个方向转动，节奏加快。人们跑着、跳着、喊着、唱着，直到力竭。我深受这快乐舞蹈的感染，任由自己沉浸在米酒和西藏舞蹈带来的醉意中。

一只手摇着我的肩膀，我睁开双眼，在半明半暗中认出牧民的面孔。他一言不发，要我跟他走到帐篷外面。辽阔的平原沐浴在夜色退去前的灰白光线中。男主人已经拿来我的背包，把它扛在肩上。我丝毫不明白他的意图，但我猜想，他是要把我带到我们要分道扬镳的地方。我们又走上了昨天走过的那条小路。他对于行程只字不提。我们走了足足一个小时，当我们到达最高的一座山丘的顶部时，他又走上了右边的岔路。我们穿过一片满是白蜡树和榛子树的小树林，他似乎熟知那里的每条小道、每个斜坡。当我们从树林中走出来的时候，天空还未出现鱼肚白。我的向导在地上躺下来，要我跟他做同样的动作；他在我身上覆满枯叶和腐殖土，向我示范怎样打掩护。我们就这样静静地待着，像两个窥视者，但我丝毫不知道我们在窥视什么。我猜想，他是带我来偷猎的，而我自问，我们手无寸铁，又能捕获什么样的猎物？或许他是来检查陷阱的。

我完全想错了，但我又耐心地等待了一个多小时，才终于明白他为什么把我带到这里。

白天终于来临了。伴随着初升的曙光，我们面前出现了一座巨大的寺庙的围墙，它宛若一座难以攻克的堡垒。

一个晚上，我向他提供了悬在他的平原上空的星座的名字；一个早晨，这个藏族牧民将同样的东西赠还于我，告诉了我这个地点——相比广袤宇宙中的任何星座，这是我更期望发现的地方。

同伴示意我不要移动，被人发现似乎很可怕。我不明白有什么好担心的，寺庙在百米开外呢。但是，当我的双眼适应了半明半暗的光线后，我才发现，寺庙的围墙外面满是身穿僧袍的人在顺着圆形的道路巡逻。

他们在戒备着出现什么样的危险呢？我和他们不是敌人。如果我是独自一人，我会立即站起来，朝他们跑过去。但我的向导拽着我的胳膊，坚定地制止了我。

寺院的大门刚刚打开，一队做工的僧人正往东边的果园走去。沉重的大门在他们身后关上了。

牧民猛然站起来，撤回到小树林中。在白蜡树的掩护下，他把背包交给我。我明白，他是在向我道别。我拉过他的双手，握在我的手中。这个示好的动作让他笑了起来，他看了看我，然后转过身，离去了。

从大客车上下来后，我一路行走，逃避着黑夜和严寒，在这座高原上，我还从未体验过如此深切的孤独。有时候，只需一个眼神、一个示意、一个手势，就足以超越横亘在我们之间的不同，让友谊萌发；只需伸出一只手，就足以将一张面孔印刻在脑海中，永不磨灭。哪怕到我生命的最后一刻，我也依然能够清晰地回忆起这个牧民和他那有着苹果一样红扑扑脸蛋的女儿的面孔。

我挪到了树林的边缘，从那里可以更好地看到正前往山坳做工的僧人们的队列。我所在的地方更便于窥视他们，我数了数，他们有六十多人。和昨天一样，他们先脱衣服下河沐浴，然后才开始做工。

一整个上午过去了。太阳高高地挂上天空以后，我才感到寒气已经侵入身体，可怕的潮气浸湿了我的后背。我全身都在发抖。我翻翻背包，找到一包牛肉干，这是来自牧民的礼物。我吃掉一半，留下另一半供晚上充饥。僧人们动身归来的时候，我要跑到河边饮水，但现在，我得忍耐着咸肉干导致的口渴。

为什么这场旅行让我的感官加倍鲜明——饥饿、寒冷、炎热以及极度的疲劳？我把这些不适的原因都归于高海拔。一整个下午，我都在思索进入寺院的办法。疯狂的念头逐一在我的脑海里盘旋，我这是失去理智了吗？

6点，僧人们停下了工作，原路返回。当他们被一处山坡顶遮住时，我离开我的藏身处，奔跑着穿过旷野。然后，我一头扎进水里，直到喝饱了才停下来。

回到岸边的时候，我寻思着该在哪里过夜。睡在小树林里丝毫不能吸引我。回到平原上我的牧民朋友那里，是低头承认自己的失败，而更糟糕的是，那是在滥用他们的好意。连续为我提供了两顿晚饭已经让他们付出太多了。

最后，我在小山丘的一侧发现了一个凹陷处。我就地挖掘我的藏身处；蜷缩在地下，盖上我的背包，我就能在夜间活下来。在夜色席卷天空之前，我把剩余的肉干吃掉，然后等待第一颗星星升起，就像人们等待一位女性朋友来访，帮你驱除那些黑色的念头。

夜幕降临了。我浑身打着哆嗦，沉沉入睡。

不知过了多久，一阵窸窸窣窣的声音把我惊醒。有什么东西在靠近我。我压住惊恐，如果是野兽在附近捕食，就不必成为它的猎物；比起在黑夜中跟跄而行，藏在洞穴里，我反而有更多的机会逃脱。多么明智的想法，但当心脏怦怦跳的时候，却很难去执行。那是什么样的肉食动物？而我，我到底在做什么，蜷在离家几千公里的土穴里？我到底在做什么，满头污垢、手指僵硬、鼻涕直流？我在做什么，就这样追在一个六个月前还对我并不重要的女人的影子后面，迷失在陌生的国土？我想回到埃尔文那里，回到我的阿塔卡马高原，回到我舒适的房间和伦敦的街道。我希望身在别处，而不是被一只该死的狼啃得只剩骨头。不要动、不要颤抖、不要呼吸，合上眼睑，不让明亮的月光在双目中反光。多么明智的想法，但当恐惧扼住你的咽喉、疯狂地摇晃你的时候，却很难去执行。我感到自己只有 12 岁，失去了一切防护、一切自信。我瞥见一支火把，那么，或许只是一个偷农作物的家伙想要拿走我那微薄的行李。有什么能阻止我自卫呢？

应该从洞里出去，离开黑夜，直面危险。我跋山涉水来到此地，可不想被小偷拦路抢劫，也不想被当作不起眼的猎物撕碎。

我睁开双眼。

火把在朝着河边移动。手持火把的那个人很清楚自己要去哪里；他步伐坚定，毫不怀疑有任何陷阱、任何沟壑。然后，火把被插进一个斜坡的泥土里。在火光的映衬下，两个身影浮现出来。一个身影比另外一个稍显纤细，从两个影子来看像是少年。一个站着一动不动，另一个则走到河边，脱下衣服，钻进冰冷的水中。恐惧过后，希望接踵而来。这两位僧人或许是不顾禁令，利用夜色来沐浴；这两个偷时间的人或许能帮我混入堡垒。我在草丛中匍匐前行，靠近了河流，然后，我一下子屏住了呼吸。

这个纤细的身体上，没有一处线条是我陌生的。双腿的轮廓、浑圆的臀部、背部的曲线、腹部、肩膀、颈部——那骄傲头颅的港湾。

你就在那儿，赤裸着身体在与我看着你淹死的那条河相似的河里沐浴。在月光下，你的身体仿佛一个幻象，我本可以在上百个身体中认出你。你就在那儿，只有几米远的地方；但怎么才能靠近你？在这样的情况下，我怎么出现在你面前，才不会让你吓得尖叫，发出警报？河水一直覆到你的腰部，你用双手舀着水，任其从你的脸上滑落。轮到我爬向河边了，轮到我用清凉的河水冲洗掉脸上的灰尘了。

陪你前来的僧人给了我充裕的时间，因为他背对着你。他站得远远的，或许是害怕看到你的裸体。我心里怦怦直跳，视线模糊，慢慢向你靠近。你径直朝我右边的河滩走来。当你的眼睛掠过我的目光时，你停下了脚步，头微微低下来，你在观察我。然后，你从我面前走过，继续赶路，仿佛我并不存在。

你目光空洞，比这更糟的是，我在你的双眼中看到的不是你的目光。你默默地穿上了僧袍，仿佛你的喉咙发不出一个字，然后回到护送你的僧人那里。你的同伴拿起火把，和你一起踏上了小路。我跟着你们，不让你们怀疑我的存在。大概有一次，我踩到了一粒碎石，僧人回头看了看，然后你们继续前行。到达寺院门前的时候，你顺着院墙，从一道道大门前走过，然后，我看到你们的身影在沟里消失。火光摇曳着，然后就熄灭了。我尽可能长久地等着，冻得浑身麻木。最后，我奔向你们消失的地方，希望能在那里找到一条通道。可我只发现一扇小小的木门，锁得紧紧的。我蹲下来，理了理思路，然后又像一只动物那样，回到了树林边缘的藏身处。

夜里晚些时候，一阵窒息的感觉把我从昏睡中惊醒。我的四肢已经麻木。气温骤降，没有办法让手指活动起来，我解开背包上的结，并抓住什么东西盖在身上。我筋疲力尽，动作更加迟缓。脑海中又浮现出那些登山者的故事，在陷入永久的沉睡之前，大山会轻柔地抚慰他们。我们身处海拔4 000米的高处，我怎么会如此笃定，相信自己能在夜里存活下来？我要完蛋了，就在这片长满榛子树和白蜡树的小树林里，在寺院院墙的外面、离你几米远的地方。有人说，在死亡的时刻，会有一条漆黑的通道在你面前打开，通道的尽头闪烁着亮光。我丝毫没有看到类似的东西，唯一在我眼前闪光的，是你在河里沐浴的画面。

在最后惊醒的意识中，我感到有几只手抓住了我，把我拽了出来。有人拖着我，但我无法站起来，无法抬起头，看看带我走的这些人；还有人架着我的胳膊。我们走在一条小路上，我清楚地感觉到自己经常陷入昏迷。我能记起的最后一个画面，就是高高的围墙和在我们面前打开的大门。或许是你死了，我终于可以来和你会合了。

雅典

"如果不是这么担心，您就不会冒险来找我。别告诉我您请我吃饭，是因为不想一个人打发晚上的时间。我敢肯定，乔治国王饭店的客房服务比这家中国餐馆好多了。另外，我发现，就这里的环境来说，选这张桌子相当不谨慎。"

伊沃里一直看着沃尔特，他取了一片姜糖，递给他的客人。

"我和您一样，也开始感觉时间太漫长了。糟糕的是，自己对此无能为力。"

"您知不知道，这一切都是阿什顿指使的？"沃尔特问道。

"我不敢确定。我还无法想象，他已经走到了这一步。凯拉失踪对他来说应该已经足够了。除非他已经知道了阿德里安的行踪，并且已经选择先下手为强。他没有达到目的，简直就是奇迹。"

"就差一点。"沃尔特咕哝道，"您认为凯拉的事是寺庙老人告诉阿什顿的？但他为什么要这么做？如果他不是要帮助阿德里安找回凯拉，那为什么要把他的行李寄回来呢？"

"没有任何迹象能让我们确定，老人和这个小礼物有直接的关系。他身边的人也完全可以偷走相机，在我们的考古学家落入河里的时候把她拍下来，然后再放回原处，任何人都不会意识到那是什么。"

"这个人会是谁，他为什么要冒这样的险？"

"只要有僧人看到凯拉落水，并且拒绝背叛他发誓要遵守的信条就足够了。"

"什么信条？"

"其中之一是永不说谎，但很有可能，那位老人迫于秘密的压力，而让他的某个弟子担任了信使。"

"先生，我不明白您在说什么。"

"沃尔特，您应该学学下国际象棋，要想赢，抢先一步是不够的，而是要抢先三步甚至四步，唯有抢占先机，才能胜利。再来看看那老人，他应该是左右为难，在特殊情况下，永不撒谎和永不伤生这两个信条无法兼顾。试想，凯拉之所以能活下来，是因为人们以为她已经死了，这就让我们的智者陷入了困惑。如果他说出真相，就会将她的生命置于危险中，同时也违背了他的信仰中最为神圣的东西；而如果他撒谎，让人以为她已经死了，则要违背另一个信条。真让人恼火，不是吗？在象棋里，这种局面叫作'无子可动'。我的朋友维吉尔最讨厌这个。"

"您的父母是怎么培养出您这么一个复杂的头脑的？"沃尔特说着，也从罐子里取了一片姜糖。

"恐怕这不关我父母什么事，我倒是愿意归功于我的父母，但我都不知道他们是谁。要是您不嫌烦，改天我跟您讲讲我的童年。现在要谈的，并不是我的事。"

"您怀疑，老人面对这样的困境，指使他的一名弟子说出真相，而他自己则通过保持沉默来保护凯拉的性命？"

"这个推理中最让我们感兴趣的并不是老人。您明白我的意思吗？"

沃尔特撇撇嘴，对这个问题的回答模棱两可。伊沃里的推理，他似乎一点都不明白。

"您真让人发愁，老伙计。"老教授说道。

"我或许是让您发愁，但是，是我注意到放在最上面的那张照片的不同之处，是我把它与其他照片做了比较，是我得出了我们二人皆知的结论。"

"这我承认，但您也说了，那张照片在最上面。"

"我最好是像那位老人那样缄口不语，我们就不必在这里一边窥探阿德里安的消息，还一边祈祷他能给我们提示更多了。"

"我不怕再重复一遍，这张照片在最上面！很难相信这只是巧合，它必定是一个信息。现在只需知道，阿什顿是不是和我们同时认识到了这一点。"

"或者一个我们愿意不惜一切代价看到的信息！从咖啡渣占卜来的信息，我们也会这么看重。您也完全可以把凯拉救活，好激励阿德里安继续为你们工作……"

"啊！请别想得这么龌龊！难道您更愿意看着他可怜巴巴地在小岛上郁郁度日，浪费他的才华？"伊沃里也提高了嗓门，"您认为我会残忍到连自己都不相信凯拉还活着，就派他回去找她吗？在您眼里，我就是一个魔鬼吗？"

"我并不是这个意思。"沃尔特同样激烈地反驳道。

他们短暂的争执吸引了邻桌顾客的注意。沃尔特放低了声音，继续说："您刚才说，让我们感兴趣的并不是老人，那么，不是他又会是谁？"

"将阿德里安的生命置于危险境地、怀疑他已经找到凯拉，并做好一切准备的那个人。这让您想到什么人了吗？"

"您没必要这么趾高气扬，我可不是您的跟班。"

"重修科学院的屋顶要花费巨资，我想，那个巧妙地为您平衡收支、不让您的雇员发现您管理才能平平的人，得好好考虑考虑，对不对？"

"好吧，我明白了，您是在指责阿什顿爵士。"

"他知道凯拉还活着吗？有可能。他不愿意冒一丝的风险？很有可能。坦白地说，如果我早点想到这个，就不会把阿德里安派往第一线。现在，让我担心的不仅是凯拉，我更为他担心。"

伊沃里付了账，离开了桌子。沃尔特从衣帽架上拿下他们的衣服，在街上追上了他。

"您的雨衣，您差点忘了拿。"

"我明天再来。"伊沃里说着，伸手招了一辆出租车。

"这么做谨慎吗？"

"既然我都来了，而且，我觉得自己有责任，我要看到他。他的下一次分析报告应该什么时候到？"

"每天早上都有。结果在改善，最坏的时刻似乎已经过去了，不过，也不排除反复的可能。"

"报告到的时候，打电话到我的酒店，但不要用手机，要在电话亭打。"

"您真的认为，我的手机被监听了？"

"我也不清楚，我亲爱的沃尔特。晚安。"

伊沃里钻进出租车。沃尔特决定步行回去。时值深秋，雅典的空气依然和煦，微风掠过城市上空，他需要一点清凉来帮助自己整理思路。

回到酒店后，伊沃里请门房把酒吧的国际象棋送到他的房间，在夜里这个时间，很难相信会有其他客人在使用它。

一个小时后，在套房的小客厅里，伊沃里放弃了跟自己下的棋局，上床睡觉。他躺在床上，双手交叉放在脑后，一一回顾他在职业生涯中与中国方面建立的所有联系。名单很长，但清点中令他尤为气恼的是，他想到的人中，没有一个还在人世。他打开灯，掀开让他觉得太热的毯子。他坐在床边，套上便鞋，审视着壁橱门上镜子里的自己。

"啊！维吉尔，在我如此需要您的时候，为什么我不能信任您？因为您不能信任何人，老蠢货，因为您觉得不论什么人都无法信任！看着吧，这十足的傲慢会把您带到哪儿。您形单影只，还幻想操控一切。"

他站起身，开始在房间里来回踱步。

"如果这次是中毒，阿什顿，您要付出昂贵的代价。"

他挥手掀翻了棋盘。

晚上第二次发火这件事让他久久地陷入沉思。伊沃里看着地毯上散乱的棋子，白象和黑象并肩站在一起。清晨，他决定打破以前定下的规矩。他拿起电话，拨了一个阿姆斯特丹的号码。维吉尔拿起电话，听到他的朋友提出一个再简单不过的问题：有没有一种毒物会引发急性肺炎的症状？

维吉尔也不知道，但他许诺去了解详情。出于风度或友谊，他没有向伊沃里要任何解释。

中国

两个男人架着我，第三个男人猛烈地为我擦拭上身。我坐在椅子上，双脚放在温水盆里，我恢复了一些气力，几乎能自己坐直。有人脱去了我那潮湿肮脏的衣服，给我换上了一件类似纱笼的衣服。我的身体几乎恢复到正常的体温，虽然我偶尔还会打哆嗦。一位僧人走进房间，将一碗汤和一碗米饭放在地上。他将流食送到我唇边的时候，我才意识到我有多么虚弱。吞下这顿饭，我就在一张席子上躺下来，瞬间便陷入昏睡。

清晨，另一位僧人来叫我，让我跟他走。我们沿着一条拱顶走廊走，每隔十米，就有一间大门敞开的大厅，在那里，弟子们聆听师父的教诲，我仿佛置身于英国以前的教会学校。来到这个庞大堡垒的另一个侧翼，沿着宽敞的走廊走到尽头，他把我带到一个没有任何家具的房间。

我独自在那里待了大半个上午的时间。有扇窗朝向寺院的内院，我在那里看到了一幕奇特的景象。刚刚有人敲响了正午的锣，百余位僧人列队走进来，每个人之间保持同样的距离，席地坐下来冥想。我不禁想象凯拉也穿着僧袍隐藏其中。如果我昨夜的记忆是真实的，她应该就藏在这座寺院里，或许就在这个院子的某个地方，在这些祷告的僧人中。他们为什么要把她留在这里？我只想再次找到她，带她远离此地。

地板上掠过一道阴影，我回头，看到一位僧人站在门口，一名弟子从他面前走过，来到我的面前，头上罩着一顶风帽。风帽掀开，我简直无法相信我的眼睛。

你的额头上有一道很长的伤疤，但它丝毫没有破坏你的魅力。我想把你抱在怀里，你却后退了一步。你的头发很短，脸色比以往更苍白。看着你却不能触摸你，是最残忍的折磨；你近在眼前而我不能拥抱你，则是令人无法忍受的粗暴惩罚。你盯着我，不让我靠近一步，仿佛两情相悦的时刻已彻底结束，仿佛你的人生已经走上一条不再欢迎我的道路。我还在疑惑，而你的话比眼前强加的距离更加伤人。

"你必须走。"你用苍白的声音小声说道。

"我是来找你的。"

"我可没让你这么做，你走吧，别再打扰我了。"

"你的挖掘，还有那些碎块……你能放弃我，但不能丢了这些呀！"

"不必了，我的吊坠把我带到这里，我在这里发现了比其他地方更多的东西。"

"我不信，你的人生并不属于这座远在天边的寺院。"

"这只是你的看法，地球是圆的，你比任何人都清楚。而由于你的错误，我的人生差点结束。我们那时很轻率。运气不会有第二次。走吧，阿德里安！"

"我不会轻率到不遵守我为你许下的诺言。我发过誓，要带你回到奥莫山谷！"

"我不会回去了。回伦敦吧，或者不管哪里，但你要离这里远远的。"

你戴上风帽，低下头，缓缓地走了。最后一刻，你回过头，一脸的坚定。

"你的衣服洗干净了，"你看着僧人放下的背包说道，"你可以在这儿过夜，但明天一早，你就走吧。"

"哈里呢？你连哈里也不要了吗？"

我看到你的眼睛里闪着泪光，我明白了，你是在向我发出无声的呼唤。

"那扇在沟里的小门，"我问你，"你夜里去河边时走的那扇小门在哪里？"

"在地下室，就在我们正下方，但我求你别去那儿。"

"门几点开？"

"23 点。"你说完就走开了。

白天剩下的时间里，我就把自己关在这个房间里。在这里，我又见到了你，却立刻失去了你。我像疯子一样，在房间里转圈。

傍晚，一位僧人来找我，他把我带到院子里。在僧人们做完最后一次祷告后，我被允许在户外散散步。天气已经相当凉爽，我明白，黑夜将是真正的卫士。穿越平原而不被冻死是不可能的，我已经深有体会。但不论风险有多大，我都要找到办法。

我利用散步的机会来认识环境。寺院有两层，如果算上凯拉说的地下室，就有三层。有 25 扇窗户朝向内院。一楼的走廊有高高的拱顶。在每个拐角处都有螺旋状的石梯。我重新计算了一下，只要半路上不撞见任何人，从我的单间到达石梯最多需要五六分钟。

吃完晚餐后，我躺在席子上，装作睡着了。看守我的人也很快打起了呼噜。房门没有上锁，没有人会考虑在深夜离开这个地方。

走廊上空无一人。在屋顶上沿着环形道来回走动的僧人看不到我，天色太黑，他们不会注意到我在拱顶下走动。我紧紧贴着墙壁。

我的手表显示 22 点 50 分。如果凯拉的确是在约我，如果我准确地理解了她的意思，那我只有十分钟的时间到达地下室，找到我昨天在藏身的树林里看到的那扇小门。

22 点 55 分，我终于到达石梯。门上牢牢地挂着铁钩，挡住了去路。

得成功地抬起它而不发出任何声响,可旁边的房间里就睡着二十来位僧人。门吱呀作响,我打开一条缝,迅速逃离。

我在黑暗中摸索着走下台阶,石级被磨得非常光滑。保持平衡并不容易,而且我对寺院深处的距离没有丝毫概念。

手表的夜光针几乎走到了 23 点。我的双脚终于踩上了疏松的土地,几米远的地方,一支插在墙上的火把微弱地映出一条通道。稍远处,我看到另一支火把,便继续前行。嗡,我听到背后有一些声响,我还没来得及转身,就感到蝙蝠绕着我乱飞。有好几次,它们的翅膀拂到我身上,它们的影子在火把的微光中颤动。得向前走,已经 23 点 5 分了,我已经有些迟了,而我依然没有看到小门。我走错路了吗?

"运气不会有第二次。"凯拉说过。我不能搞错,现在不能。

一只手抓住我的肩膀,把我拽到一个隐蔽的角落。凯拉藏在一个凹室里,她用双臂拥住我,把我紧紧地抱在怀里。

"老天,我多么想你啊。"你低声说。

我没有回答,而是用双手捧起你的脸,与你拥吻。这个长长的吻有着泥土和灰尘的味道以及汗水和盐的气息。你把头靠在我的胸口,我抚摩着你的秀发,你哭了。

"你得走,阿德里安,你必须走!你这样做,给我们两个人都带来了危险。我活下来的条件,就是让人以为我已经死了;如果有人知道你在这儿,知道我们又见面了,他们会杀了你。"

"那些僧人?"

"不。"你摇着头说,"他们是我们的同盟,把我从黄河里救了出来,为我治疗,然后把我送到这里藏起来。我说的是那些想杀我们的人,阿德里安,他们不会放手的。我不知道我们做了什么,也不知道他们为什么要追杀我们,但为了阻止我们的研究,他们不会在任何事物面前让步的。如果知道我们见面了，他们就会找到我们的。是我们见过的那位老人、我们寻找白金字塔时取笑我们的那位老人帮我脱身的……而我也向他发了誓。"

雅典

伊沃里猛地惊醒了。有人按了门铃。楼层服务员交给他一封加急电报，有人打电话到前台，要求立即把电报交给他。伊沃里接过信封，向年轻人道了谢，等他走远后，才拆开信封。

罗马请他通过安全的线路立即打电话给自己。

伊沃里连忙穿好衣服，走到街上。他在酒店对面的亭子里买了一张电话卡，然后在旁边的电话亭里接通了洛伦佐的电话。

"我得到许多奇怪的消息。"

伊沃里屏住呼吸，集中精力聆听通话者。

"我在中国的朋友又找到了考古学家的行踪。"

"她还活着？"

"是的，但她并不想回欧洲。"

"为什么？"

"您或许会难以接受，她被抓住了，给监禁了起来。"

"真不可思议！为什么抓她？"

洛伦佐，又名罗马，他的消息为伊沃里补充了拼图中缺少的几块，为他拼出一个完整的图案。阿德里安和凯拉的越野车冲进黄河的时候，华山上的僧人们就在岸边。三位僧人跳进河里，想把他们从湍急的水流中托起。阿德里安第一个被从车里拽出来，并立即被过路的卡车上的工人送往医院。接下来的事情，伊沃里就很清楚了，自己去中国照顾他，并为他的回国事宜做了必要的努力。而对于凯拉，事态的发展完全不同。那些僧人大概试了三次，才把她从漂流的车厢里救了出来。他们把凯拉抬上岸的时候，卡车已经走了。他们只好把她带回寺院。那位老人很快就得知，这起谋杀的背后支持者是当地的一个团伙。他把凯拉藏了起来，而接下来的几天，他不断受到前来拜访的人的骚扰。他发誓说，虽然他的弟子们跳进河里去救这两个西方人，但那个姑娘已经淹死了，弟子们无能为力。救人的三位僧人也受到了同样的讯问，谁都没有把真相说出来。凯拉昏迷了十天，伤口感染让她迟迟不能康复，但僧人们最终克服了困难。

凯拉康复后，在身体状况适合远行的时候，老人把她送到远离寺院的某个地方，在那里，仍有可能受到打扰。在等待事态平息的那段时间里，他一直让她扮成僧人。

"后来发生了什么事？"伊沃里问道。

"您可能无法相信，"洛伦佐回答，"因为，很可惜，老人的计划并没有按预期进行下去。"

谈话又持续了十分钟左右。伊沃里挂断电话的时候，电话卡上的金额已经用完了。他冲到酒店，卷起行李，立即跳上一辆出租车。在路上，他用手机打电话给沃尔特，通知沃尔特火速碰面。

半个小时后，伊沃里到达雅典山丘上的高层建筑脚下。他乘电梯到达三楼，跑进走廊去寻找307房间。他敲了敲门，就走了进去。沃尔特听着伊沃里给他讲的一切，嘴巴张得大大的。

"就是这样，亲爱的沃尔特，这一切您差不多都知道了。"

"18个月？这太可怕了！您有办法把她救出来吗？"

"没有，我一点办法也没有。但是，从积极的方面来看，我们现在可以肯定她还活着。"

"我寻思，阿德里安接到这个消息会怎么样？"

"他要是知道这个消息，我就能放心了。"伊沃里叹了口气，"他那里有什么消息？"

"唉，什么都没有，除了每个人都看起来很乐观。有人告诉我，假以时日，或许只是几个小时，我就能和他说话了。"

"但愿乐观的理由能得到证实。我今天回巴黎，我得设法把凯拉解救出来。您还是操心阿德里安的事吧，如果您有机会就跟他说几句，但什么都别透露。"

"我无法隐瞒凯拉的消息，我做不到，他会活活掐死我的。"

"我可不这么认为。别把我们的顾虑告诉他，现在还为时过早。我这么做是有道理的。回头见，沃尔特，我会再联系您的。"

中国

"你向那个老人许诺了什么？"

你一脸歉意地看着我，然后耸了耸肩。你告诉我，谋杀我们的人只要知道你还活着，就会立即开始追杀行动，哪怕我们在国境之外。如果他们找不到你，就会首先对我下手。那个老人给了我们许多帮助，作为交换，他要求你给他两年的生命。两年时间的归隐，你可以用来好好思考，决定你今后的人生。运气不会有第二次，他曾经告诉你。用两年的时间来思索差点失去的人生，这个交易也没那么坏。事态平息下来后，老人会设法让你出境。

"用两年的时间拯救我们俩的生命，这就是他的全部要求，我接受了。我经受得住，因为你脱离了危险。在这个隐蔽之处，我有多少次想象你过的每一天，有多少次回忆我们一起走过的地方，有多久流连在你那伦敦的小屋里……我的每一天都充满这些想象的瞬间。"

"我向你保证……"

"以后吧，阿德里安，"你说着，用手捂住我的嘴巴，"明天你就走吧。我还要耐心等待 18 个月，别为我担心，这里的日子没那么艰苦，我可以到户外，我有思考的时间，许许多多的时间。别用一副看圣女或宗教幻想者的样子看着我。不要以为你有你自己认为的那么重要，我这么做不是为你，而是为我自己。"

"为你自己？你又能从中得到什么？"

"别再出事了。如果不是我告诉僧人们你来了，昨晚你已经在树林里冻死了。"

"是你告诉他们的？"

"我不能任由你冻死！"

"不管有没有对老人许诺，我们都可以逃走。不管你是自愿还是被我强迫的，我都要带你走，哪怕需要把你打昏。"

这么长时间过去了，我再次看到你的笑容，发自内心的微笑。你把手放在我的脸颊上，轻轻地抚摩着。

"好啊，我们逃走吧。无论如何，看到你离开我会挺不住的。我会恨你把我留在这儿。"

"在你的看守发现你不在房间之前，我们还有多少时间？"

"可是，他们不是看守，我是自由的，我想去哪儿都可以。"

"那么，陪你去河边的那个僧人，他不是在监视你吗？"

"只是陪我，以防路上发生什么事。我是这座寺院里唯一的女人，所以，我每晚都得去河边沐浴。话说回来，我整个夏天和初秋的每天晚上都去，而昨晚是最后一次了。"

我打开背包，掏出一件毛衣和一条裤子，然后递给你。

"你在干什么？"

"穿上这些衣服，我们马上出发。"

"昨晚的经历对你来说还不够吗？现在外面应该只有零度，一小时后就只有零下十摄氏度了。夜里我们没有任何机会穿越这片平原。"

"而在大白天也没有更多的机会不被发现！一小时的路程，你认为我们能活下来吗？"

"离这儿最近的村子是只要一小时的车程，但我们没车！"

"我跟你说的不是村子，而是游牧者的宿营地。"

"如果你说的宿营地是游牧者的，那它很有可能已经搬走了。"

"它会在的，那儿的牧民也会给我们帮助。"

"别争了，去你说的宿营地吧！"你说着，套上了毛衣和裤子。

"那扇该死的门在哪里？"

"就在前面……还没到呢！"

一走到外面，我就把你拽向树林，你却拉着我的胳膊，带我走上通往河边的小路。

"没必要在树林中迷失，在寒冷来袭之前，我们没有多少时间了。"

你比我更了解这个地区，我服从了，任由你带着我。在河边，我认出了通往山顶的小路。我们需要十分钟才能走到那里，然后需要 45 分钟翻过山口，到达宿营地所在的大山谷。只需要 55 分钟，我们就能解脱了。

黑夜比我预计的更加冰冷。我已经开始打哆嗦，而河边还不见踪影。你一言不发，完全专注于要走的路。我不能责怪你如此沉默，你或许有节约力气的理由，我却感到，每走一步，力气就减弱一分。

当我们走到僧人们白天劳作的田地的尽头时，我开始为把你拖入这个局面而感到焦虑。几分钟的时间，我一直努力不让自己陷入麻木。

"我永远也到不了。"你上气不接下气地告诉我。

你每说一个字，就有一团白雾从你的口中冒出来。我紧紧地抱着你，摩擦着你的后背。我想吻你，可我的双唇已经冻僵了……而你让我恢复了理智。

"我们一分钟都不能浪费，不能一动不动地站着，赶快去你所说的宿营地，否则我们就要冻死了。"

我冷得全身都在发抖。

山坡似乎随着我们的前行延伸了。坚持住，再加把劲，最多十分钟，我们就能到达山顶，在明朗的夜空下，肯定能从那里看到远处的帐篷。一想到那里的温暖，我们就充满了勇气和力量。我知道，只要到了山顶，往下走，到达山谷最多需要一刻钟；即便我们的体力已经达到极限，只要喊"救命"就可以了。运气好一点的话，我的牧民朋友们会在夜里听到我的叫声。

你摔倒了三次，三次我都把你扶了起来，第四次摔倒的时候，你的脸色白得吓人。你的嘴唇发青，就像在黄河水中你在我面前溺水时的样子。我把你扶起来，胳膊放到你的腋下，架着你。

在路上，我向你吼着"坚持住"，不许你闭上眼睛。

"别朝我喊了，"你呻吟着说，"这样已经够难受了。我跟你说过不要这么做，可你偏不听。"

100米，只要100米就可以到达山顶了。我加快了步伐，我感觉你变轻了，你又恢复了一些力气。

"最后一口气了，"你说，"回光返照。走吧，快点，别再这么一脸狼狈地看着我了。你看着我笑不出来了吗？"

你在硬撑，你麻木的双唇艰难地吐着每个字。然而，你自己站了起来，把我推开，一个人走了起来，还赶在了我前面。

"你太慢了，阿德里安，你太慢了。"

50米！你和我拉开了距离，我徒劳地迈着双腿，却还是赶不上你，你一直遥遥领先。

"来吧，嗯？加油，快点！"

30米！山顶不远了，你几乎到了。我需要在你之前到达那里，我想第一个看到那救命的宿营地。

"你这样拖拖拉拉的，永远也到不了，我也没办法回来找你，快点，阿德里安，赶紧的！"

10米！你已经到山顶了，你像一根棍子那样直直地站在那里，双手放在胯上。我从背后看着你，你一言不发地看着山谷。5米！我的肺几乎要爆炸了。4米！现在撼动我全身的不再是发抖，而是痉挛。我筋疲力尽，瘫倒在地上。你丝毫没有注意到我。我需要站起来，再走两三米，而土地如此柔软，天空在清亮的月光的映照下如此美丽。我感到微风吹拂着我的脸颊，抚慰着我。

你向我俯下身来。一阵可怕的咳嗽几乎要把我的肺咳出来。夜色很白，白得就像白天。这应该就是寒冷，我蜷缩着。光亮令人无法忍受。

"你看，"你指着山谷说，"我跟你说过，你的朋友们已经走了。别怪他们，阿德里安，他们是游牧民，不论是不是朋友，他们都不会在同一个地方待很久。"

我艰难地睁开双眼，在平原的正中央，在我倾注了如此多希望的宿营地那里，我远远地看到了寺院的扶壁。我们一直在转圈，我们又走回来了。可是，这不可能，我们不在同一座山谷，我没有看到小树林。

"我很抱歉，"你低声说道，"别怨我。我发过誓，我们不能就这么摆脱誓言。你发誓要把我带回亚的斯亚贝巴，如果你能遵守诺言，你会这么做的，不是吗？看看你因为自己无能为力而感到多么痛苦，那么，你就能理解我了。你会理解我的，对吗？"

你吻了吻我的额头，你的唇冰冷。你笑了笑，然后走远了。你的步伐听起来如此坚定，仿佛寒冷一下子对你不再有任何影响力。你在夜色中平静地前行，走向寺院。我再也没有挽留你的力气，也没有力气去追你。我成为自己身体的囚徒，它拒绝做任何动作，仿佛我的四肢被牢牢地束缚。无能为力，就像你抛弃我之前说的那样。当你走到寺院的围墙前面，寺院的两扇大门洞开，你最后一次回过头来，然后，你走了进去。

你远远地离去了，远到我听不到你的声响。然而，你清亮的声音传到了我这里。

"耐心点，阿德里安，我们还有可能再见面。18 个月，对于相爱的人来说并没有那么可怕。别怕，你会脱身的，你内心有那种强大的力量，而且有人来了，他就要到了。我爱你，阿德里安，我爱你。"

寺庙沉重的大门关上了，挡住了你纤细的身影。

我在黑夜里吼叫着你的名字，我吼叫着，就像一只掉进陷阱的狼，已经看到了死亡的来临。我用尽全力捶打着自己，虽然四肢依然僵硬。我喊着，喊着，然后听到在旷野中有个声音跟我说："安静点，阿德里安。"这个声音很熟悉，是一个朋友的声音。沃尔特又重复了一遍这句毫无意义的话："天哪，阿德里安，快点停下来。您会把自己弄伤的！"

雅典，医疗教学中心，肺部感染科

"天哪，阿德里安，快点停下来。您会把自己弄伤的！"

我睁开双眼，想坐起来，可是我被绑住了。沃尔特俯下身来，他看起来非常憔悴。

"您这次是真的回到我们中间了，还是您在经历新一轮的癔症？"

"这是在哪儿？"我喃喃地问道。

"首先，您回答一个小问题：您知道自己在和谁说话吗？我是谁？"

"啊，沃尔特，您是傻了还是怎么的？"

沃尔特鼓起掌来。我丝毫不明白他为什么如此激动。他冲到门口，朝走廊大声喊我醒了，这个消息似乎让他充满了喜悦。他一直把头探在门外，然后气恼地转过身来。

"我真不知道您在这个国家是怎么生活的，好像一到午饭时间生活就中止了。连一个护士都没有，真不敢相信。啊，我答应过要告诉您我们在哪儿。我们在雅典的医院三楼的肺部感染科 307 房。您能起身的时候，一定要看看这儿的风景，太美了。从这儿甚至能看到港口，医院很少会有这么棒的视野。您妈妈和您那可人的伊莲娜小姨为了让您住进单人病房，闹得天翻地覆。医院的行政部门连喘息的机会都没有。相信我，您妈妈和您可人的小姨真是了不起的女人。"

"我在这儿做什么，为什么绑着我？"

"您要明白，绑住您的这个决定是迫不得已的。您发作了好几次，都是非常疯狂的癔症。我们认为，保护您不受伤害才是谨慎的决定。而护士也经常发现您半夜睡在地上。您睡梦中的举动非常奇怪，简直令人不敢相信！嗯，我想我并没有权利这样做，但既然所有人都在睡午觉，我就权当自己是唯一的权利人，我这就给您解开。"

"沃尔特，待会儿您告诉我，我为什么要住院。"

"您什么都不记得了？"

"要是还记得什么，我就不会问您了。"

沃尔特走向窗户，看着外面。

"我有些犹豫，"他沉思着说，"我希望等您恢复得好些，我们再谈这件事，我说到做到。"

我在床上坐起来，头转向一边，沃尔特立马跑过来，以防我摔倒。

"您听到我说的了，快躺下来，别激动。您妈妈和您那可人的小姨都非常担心您，她们傍晚的时候会来看您。别白白耗费精力。加油！这是命令！在医生、护士乃至整个雅典都在午睡的时候，这里归我管！"

我口干舌燥，沃尔特递给我一杯水。

"慢点，老兄，您一直在输液，我不知道您现在能不能喝水。别再找麻烦了，就这样吧。"

"沃尔特，我给您一分钟时间告诉我我现在的处境，否则我就把这些管子都拔下来！"

"我真不应该给您松开。"

"50 秒！"

"不应该由您来要挟，您太让我失望了，阿德里安！"

"40 秒！"

"等您见到您妈妈……"

"30 秒！"

"那就等医生来了，确定您已经康复了。"

"20 秒！"

"您这么没耐心，真让人受不了，我夜以继日地守着您，不管怎样，您都可以换种口气跟我说话！"

　　"10秒！"

　　"阿德里安！"沃尔特大吼，"立马把手从输液管上拿开！我警告您，阿德里安，只要有一滴血滴在这雪白的床单上，我就一个字也不告诉您。"

　　"5秒！"

　　"好吧，您赢了，我把一切都告诉您，但您要知道，我也会对您毫不留情的。"

　　"开始吧，沃尔特！"

　　"您什么都不记得了？"

　　"嗯。"

　　"不记得我来到伊兹拉岛？"

　　"这个，对，我记得。"

　　"我们还一起在您那可人小姨的商店隔壁的咖啡馆里喝过咖啡。"

　　"这个也记得。"

　　"我给您看了凯拉的照片。"

　　"我当然记得。"

　　"这是个好兆头，然后呢？"

　　"后来就很模糊了，我们乘坐雅典的机场巴士，然后在机场道别，您回到伦敦，我前往中国。但我也不知道，这是真实发生的事，还是一个漫长的噩梦。"

　　"不，不，我向您保证，这些都是真的，您上了飞机，虽然您并没有去多么远的地方。再从我来到伊兹拉岛开始吧。哦，干吗这么浪费时间呢，我有两个消息要告诉您！"

"先说坏消息吧。"

"办不到！不先听听好消息，您就没法明白坏消息。"

"那么，既然我没得选，就先说好的吧……"

"凯拉还活着，这不是假设，而是可靠的消息！"

我从床上跳起来。

"好了，原则我们已经说定了，要不我们先休息一会儿，等您妈妈或者医生或者他们都在的时候再说？"

"沃尔特，别再装腔作势了，坏消息是什么？"

"还有一件事，您问过我您在这里做什么，那么，我来解释给您听。要知道，您让一架波音747改变了航线，这可不是谁都能做到的。您能捡回一条命，多亏了空姐的果断。飞机起飞一个小时后，您的身体就开始感到非常不适。您落入黄河后，大概携带了一些病菌，使您得了非常严重的肺部感染。再来说说飞往北京的那趟航班。您当时看起来是在座位上安静地睡着了，可是当空姐给您端来餐盘的时候，她被您苍白的脸色和额头上的汗水吓了一跳。她想把您叫醒，却没成功。您当时呼吸困难，脉搏也很微弱。面对这么严重的情况，飞行员掉了头，立即把您送到这里。第二天，我回到伦敦后得到了消息，就立即赶了回来。"

"我并没有到中国？"

"没有，我为您感到遗憾。"

"凯拉呢，她在哪儿？"

"她被那些接待过你们的僧人救了，就在那座什么山旁边，名字我忘了。"

"华山！"

"没错！她得到了治疗，可是，她刚痊愈就受到了当局的审问。被捕八天后，她受到了法庭的判决，被判在没有证件，也就是没有得到政府许可的情况下潜入中国境内，并在中国驾驶。"

"可她身上不可能有证件，证件都随着车沉入河底了。"

"这一点我们都同意。但恐怕在辩护过程中，她的指定律师没有在这一点上做丝毫停留。凯拉被判坐18个月的牢。"

"18个月？"

"是的。但根据我们领事馆的说法，结果还可能更糟。"

"更糟？18个月，沃尔特！您能想象在中国坐18个月牢是什么概念吗？"

"坐牢就是坐牢，但我从心底认为您说得有道理。"

"有人试图谋杀我们，坐牢的却是她！"

"在中国政府看来，她是有罪的。我们将向使馆申诉，寻求他们的帮助，我们会尽全力的。我会尽一切可能来帮助你们。"

"您真的认为，我们的使馆会蹚这浑水，并冒着损害经济利益的危险还她自由吗？"

沃尔特又转向窗口。

"恐怕，不论她受的苦还是您的遭遇都不会触动多少人。我怀疑，我们得让自己有高度的耐心，祈祷她能更好地承受这个判决。我真的很抱歉，阿德里安，我知道这种情况有多可怕，可是……您对您的输液管做了什么？"

"我要走了。我得去找她，我必须设法让她知道，我会为释放她而抗争的。"

沃尔特冲到我面前，用力拉住我的胳膊，以我目前的状态，我没法挣脱。

"好好听我说，阿德里安，您到这里的时候没有丝毫的免疫力，感染面积每小时都在扩大，扩大的方式也非常可疑。您连续好几天都在说胡话，还有好几次高烧到差点没命。医生不得不人工让您昏迷一会儿，来保护您的大脑。我一直陪在您身边，有时候您妈妈和您那可人的伊莲娜小姨来替换一下。您妈妈在十天里老了十岁，所以，别再这么孩子气，有个大人样吧！"

"好吧，沃尔特，我明白您的意思，您可以把我放开了。"

"我警告您，再让我看到您的手接近输液管，就等着吃我的巴掌吧！"

"我保证不动。"

"这才对嘛，这些日子，我已经受够您的癔症了。"

"您不会知道，我的梦有多奇怪。"

"相信我，除了观察您的体温以及到咖啡吧吃饭，我津津有味地听了您的不少胡话。这地狱般的地方唯一的安慰，就是您那可人的伊莲娜小姨带给我的蛋糕。"

"等等，沃尔特，您和伊莲娜是怎么回事？"

"我不懂您在说什么！"

"我那'可人的'小姨？"

"我有发现您小姨可人的权利，不是吗？她有可人的幽默感，她的厨艺可口，她笑容可掬，她说的话可爱，我看不出这有什么问题！"

"她比你大20岁。"

"哈，多了不起的品性，我还不知道您有这么狭隘呢！凯拉比您小十岁，这么说来，您没觉得为难吗？宗派主义分子，说的就是您！"

"刚才不是您说您为我小姨的魅力所倾倒吗？那么，简金斯小姐又算什么？"

"和简金斯小姐在一起的时候，我们永远是在谈论我们各自的兽医领域，要知道，性感的问题可不是涅槃这么简单。"

"因为，和我小姨在一起，就是性感的问题？别回答我，我不想知道！"

"您可别把我没说过的话安到我头上！和您小姨在一起时，我们无话不谈，我们以此为乐。您可不能因为我们有所消遣而指责我们，尤其是在您给我们制造了这么多麻烦之后。那就太过分了。"

"随你们怎么做吧。况且，这关我什么事……"

"很高兴听您这么说。"

"沃尔特，我得履行我的诺言，我不能就这么待着，什么也不做。我得去中国找凯拉，我必须把她带回奥莫山谷，我本不该让她远离那儿的。"

"先把您自己养好了，接下来我们再看。医生该来了，您休息一会儿，我要去买些东西。"

"沃尔特？"

"嗯？"

"我说胡话的时候，都说了些什么？"

"您叫了凯拉的名字1 763次，不过，这只是大约，我大概漏数了几次；相反，您只叫了我三次，这真叫人恼火。您说的事情断断续续的。在惊厥过后，您有时会睁开双眼，眼神虚空，相当吓人，然后，您会重新失去意识。"

一名护士走进来。沃尔特松了一口气。

"您终于醒了。"她在换输液瓶的时候说道。

她在我嘴里塞了一支体温计，把血压带绑在我的胳膊上，然后在一张纸上记录下来。

"医生马上就来看您。"她说。

她的脸孔和她肥胖的身躯让我隐约想起某个人。当她扭着骨盆走出房间的时候，我认出她是旅途中长途大客车上的那名乘客。一名养护人员在打扫走廊，他从门前经过，给我们——我和沃尔特，一个灿烂的笑容。他穿着一件套头衫和一件宽大的羊毛外套，和我在发烧的时候遇到的餐馆女老板的丈夫一模一样。

"有人来看我吗？"

"您妈妈，您小姨，还有我。为什么这么问？"

"没什么。我梦到您了。"

"天哪，太恐怖了！我命令您，再也不要提起！"

"别傻了。您和我在巴黎遇到过的一名老教授在一起，凯拉认识他，我分不清梦和现实。"

"别担心，一切都会慢慢恢复的。关于这名老教授，很抱歉，我没什么好说的。但我一个字都不会透露给您小姨，她要是知道您在幻梦中把她当作老太太，她会恼羞成怒的。"

"都是因为发烧，我想。"

"或许吧，但我不确定仅仅是发烧就能引起这些……现在您休息吧，我们说得太多了。我傍晚的时候再来。我要去给我们的领事馆打电话，督促他们解救凯拉。我每天都按时打。"

"沃尔特？"

"还有什么事？"

"谢谢。"

"这没什么！"

沃尔特走出房间，我试着站起来。我的双腿颤抖着，但借着支撑物，先是床边扶手椅的椅背，然后是活动餐桌，最后是散热器，我成功地走到了窗前。

风景的确很美。医院依山傍水。远处，能看到比雷埃夫斯港。从童年起，我见过这个港口无数次，却从来没有好好看过它，幸福让人心不在焉。今天，在雅典的医院里，从 307 病房的窗口，我以不同的方式看着它。

在下面的街道上，我看到沃尔特走进电话亭。他无疑是在给领事馆打电话。

虽然神情笨拙，但他是个了不起的家伙，有他这样的朋友，我很幸运。

巴黎，圣路易岛

伊沃里起身接起电话。

"有什么消息？"

"一个好消息，还有一个非常恼人的消息。"

"先说第二个吧。"

"您真奇怪……"

"什么？"

"总是选择先听坏消息，也是一种怪癖……我从好消息说起，否则，第二个消息就没有意义！今天上午，他退烧了，恢复了神志。"

"这真是一个绝妙的消息，太让我高兴了。我感觉自己卸下了重担。"

"这的确能让您大大地松口气，没有阿德里安，把您的研究继续下去的一切希望都将落空，不是吗？"

"我是真的为他担心，否则您以为我会冒险去看他吗？"

"或许，您不该来的。我担心，我们讲话的时候离他的床太近了，他似乎听到了只言片语。"

"他记起来了？"伊沃里问道。

"只是一些非常模糊的记忆，他不会放在心上，我告诉他是癔症发作。"

"这种失误不可原谅，我太不谨慎了。"

"您是想在他一无所知的情况下看看他，况且医生保证他当时没有意识。"

"医学还是一门不够精确的科学。您确定他丝毫没有怀疑？"

"放心吧，他考虑的是其他事。"

"您想告诉我的恼人的消息，就是这个吗？"

"不是，让我苦恼的是，他下定决心要去中国。我跟您说过，他是不会袖手旁观地等凯拉 18 个月的。这 18 个月，他更愿意在牢房的窗前度过。她被捕后，和她获释无关的事都吸引不了他的注意。他一旦得到出境许可，就会立即飞往北京。"

"我怀疑他拿不到签证。"

"迫不得已的时候，他会徒步去的。"

"他得拾起他的研究，我怎么都不能等 18 个月。"

"关于他深爱的女人，他也跟我说了同样的话；恐怕，您和他一样，都得拿出耐心来。"

"就我的年纪来说，18 个月有着截然不同的意义。我不知道能否还自诩对人生抱有这样的希望。"

"得了，您精神好着呢。何况人这一辈子有千百种死亡的可能，"沃尔特接着说，"我也很有可能一走出电话亭就被车撞死。"

"无论如何都把他留住，劝他接下来做点什么。尤其是别让他和领事馆取得联系，更别说中国政府了。"

"为什么？"

"因为这盘棋需要外交技巧，而他不能说是精于此道。"

"能告诉我您在想什么吗？"

"在象棋里，这叫作易位。我择日再跟你解释。再见，沃尔特，过马路当心点。"

谈话结束了，沃尔特从电话亭里走出来，去活动活动腿脚。

伦敦，圣詹姆斯广场

黑色的出租车停在一座维多利亚风格的私人酒店门前。伊沃里下了车，付了车费，拿起行李，然后等待出租车走远。在一扇铸铁门的右侧，他拉了拉悬挂在那里的链子。铃声响起，伊沃里听到脚步声传来，一名管家给他开了门。伊沃里递给他一张自己的名片。

"能否请您告诉您的老板，我希望得到接见，有一件相对紧急的事情。"

管家抱歉地说，主人不在城里，恐怕联系不上。

"我不知道阿什顿爵士是在肯特的别墅、打猎的驿站里，还是在某个情妇那里。坦白地告诉您，我毫不在乎。我只知道，如果我没见到他就离开了，您的主人，就像您说的，会很长时间都记恨您。所以，我建议您联系他。我在这栋高贵的房子四周走走，等我回来按门铃的时候，您告诉我他想在哪里见我。"

伊沃里走下通往马路的几级台阶，开始散步，手里拿着他那小小的行李。十分钟后，当他沿着广场的铁栅栏溜达的时候，一辆豪华轿车停在人行道边。司机走出来，为他打开车门。司机接到命令，带他去离伦敦两个小时车程的地方。

英国的乡村和伊沃里记忆中的一样美丽，虽然不如他的家乡新西兰的牧场开阔，也没有那么郁郁葱葱，但必须承认，眼前的风景同样令人愉悦。

　　伊沃里舒服地坐在后座上，利用这段车程休息一番。当汽车轮胎在砾石路上嚓嚓作响时，他从幻梦中惊醒过来。几乎是正午了。汽车正走在一条秀丽的小径上，路边是修剪整齐的桉树。汽车停在一道门廊下面，柱子上爬满了玫瑰枝蔓。一名用人带他穿过屋子，走进一间小客厅，主人就等在那里。

　　"白兰地，波旁威士忌，还是杜松子酒？"

　　"一杯水足矣。您好，阿什顿爵士。"

　　"我们有 20 年没见面了？"

　　"25 年了，千万别说我一点都没变，您看，我们都老了。"

　　"您不是因为这个才来的，我想。"

　　"想不到吧，还真是因为这个！您认为，我们还有多少时间？"

　　"您来说说看，既然您提出来了。"

　　"我说的是我们在这个地球上生活的时间。在我们这个年龄，十年最多了。"

　　"您告诉我这个做什么，况且我也不想知道。"

　　"真是个令人赞叹的地方，"伊沃里看着在巨大的窗户外延伸的花园说道，"您在肯特的别墅似乎跟这里没有丝毫可比性。"

　　"我会向我的建筑师们转达您的赞美。这是您来访的目的吗？"

　　"令人苦恼的是，有这么多产业，却不能带到坟墓里去。花费那么多心血、做出那么多牺牲才积累起来的财富，到最后那一刻，都沦为徒劳，哪怕把您那辆漂亮的捷豹停到墓前。在我们看来，真皮和细木内饰，真是漂亮得不得了！"

　　"但是亲爱的，这些财富会传给我们的后代，就像我们的父辈把它们传给我们一样。"

　　"就您来说，的确是了不得的遗产。"

"我不是不喜欢和您闲聊，但我的时间特别紧张，告诉我您的来意吧。"

"您瞧，时代已经变了，我昨天读报纸的时候才考虑到这些。大财阀们被关在铁窗里面，直到生命尽头都只能蹲在狭窄的牢房里。永别了，宫殿，奢华的庄园。最多九平方米，这还是 VIP 房！而在这期间，他们的继承人大肆挥霍，还试图更名改姓，洗刷他们的父辈留下的耻辱。最糟糕的是，没有任何人能得到庇护，哪怕是最富有的和最有权势的，不受处罚成为一种无价的奢侈。脑袋一颗接一颗掉下来，这成了时髦。您比我更清楚，政客们不再有主意，即使他们有主意，这些主意也令人无法接受。与其掩饰真正的社会计划的缺乏，何不为社会公诉提供素材呢？一些人极度富裕，就得为另一些人的极度贫困负责，如今，所有人都知道这一点。"

"您来我家里烦我，不会是想让我听您的革命颂歌或者您对社会正义的向往吧？"

"革命颂歌？啊，您误会了，没有比我更保守的人了。正义？相反，您高看我了。"

"说实话，伊沃里，您真让我烦了。"

"我想跟您做笔交易，一件正义的事，就像您说的。我拿您将要度过余生的牢房的钥匙，与您交换一名年轻的女考古学家的自由。我掌握了不少您的资料，如果我把它寄给《纽约每日新闻》或《观察家报》……现在您知道我要说什么了吧？"

"什么资料？您有什么权利这么威胁我？"

"贿赂，非法获利，暗中资助众议院，您名下各公司的利益关系，盗用公共财产，偷税……您真是个奇才，老兄，哪怕是买凶杀人对您也不成问题。您雇的杀手下了什么毒，才让您摆脱阿德里安的？他是怎么下的毒？在机场喝的饮料里，还是飞机起飞前拿给他喝的酒里？或者是接触性毒品，过安检时在人群里轻微一刺？您现在可以告诉我了，我很好奇！"

"您真可笑，可怜的老兄。"

"开往中国的长途客机上的肺栓塞。这个标题对警察来说有点长，尤其是罪行远非完美！"

"您这些毫无根据的指责对我来说无关痛痒，滚！否则我叫人把您丢出去。"

"如今，报纸再也没有时间核实它得到的消息，以往媒体的严格已经在大销量的标题的祭台上消耗殆尽。不能指责他们，互联网时代的竞争太激烈了。像您这样一位爵士受到指控，绝对会大卖！不要以为，在您这个年龄，不会看到调查委员会工作结束的那一天。真正的权力已经不在法庭，也不在议会，报纸为诉讼提供素材和证据，报纸找人为罪行做证，法官只要宣布判决就可以了。至于人脉，再也不能指望任何人。没有一个机构会冒险让自己受牵连，尤其是为它的一个成员。对隐患太过恐惧。司法从此获得独立，这不正是我们民主社会的高贵之处吗？看看那个犯下世纪最大诈骗案的美国金融家，不过两三个月的时间，一切都解决了。"

"他妈的，您想让我做什么？"

"您没听我说吗？我刚刚告诉您，用您的权力，让人释放那个女考古学家。而我也会发发善心，让人不再提起您对她和她的朋友耍的手段。可怜的疯子！要是我揭发您不仅试图谋杀他，还把她关进监狱，您会被赶出议会，被一个更加值得尊敬的人取代。"

"您简直可笑极了，我不知道您在说什么。"

"那么，我该告辞了，阿什顿爵士。我能再次滥用您的慷慨吗？您的司机能否把我送回去，至少把我送到一个火车站？不是我害怕走路，而是，如果我在路上出点什么事，而我刚刚拜访过您，这会造成极为不好的影响。"

"我的车随你用，把您送到哪里都可以，走吧！"

"您真是太大方了，我也只好大方一点。我住在多尔切斯特酒店，您可以考虑到今天晚上，打电话给我。我今天早上交给信使的文件，明天早上才会送到，当然，是在我这段时间没有再打电话给他的情况下。我向您保证，相对于人们能在里面发现的东西，我的要求再合理不过了。"

"如果您以为我这么容易就能受到要挟，您就大错特错了。"

"谁说这是要挟？我个人从这笔小交易里得不到任何好处。很美的一天，不是吗？我走了，您好好享受吧。"

伊沃里拿起行李，独自穿过通向大门的走廊。司机正在玫瑰园旁边抽烟，他急忙奔向汽车，为他的乘客打开车门。

"朋友，安静地把烟抽完吧，"伊沃里向他打招呼，"我不赶时间。"

阿什顿爵士从办公室的窗户里看着伊沃里坐进他的捷豹后座，汽车走远时，他暴怒起来。一道藏在书柜后面的门打开了，一个男人走进了房间。

"这太让我吃惊了，我向您保证，我没料到会这样。"

"这个老浑蛋到我家来威胁我，他以为自己是谁？"

阿什顿爵士的客人没有回答。

"怎么？您怎么也拉着脸？您可不能也这样！"阿什顿爵士大发雷霆，"要是这个老家伙敢公开指责我一星半点，律师团就会剥了他的皮。我绝对没什么好自责的。我希望，您是相信我的。"

阿什顿爵士的客人拿起水晶瓶，给自己倒了一大杯波尔图酒，一口气喝了下去。

"您说话呀，好，还是见鬼？"阿什顿爵士大为光火。

"要我选的话，我更愿意跟您说'见鬼'，大不了我们的友谊破裂几天，最多几个星期。"

"滚，维吉尔，带着您的狂妄自大滚出去。"

"我保证，我没有丝毫的狂妄。对于您的事，我很抱歉，但如果我是您，我不会小看伊沃里的。您也说过，他有点疯了，这会让他变得更危险。"

然后，维吉尔一言不发地走了出去。

伦敦，多尔切斯特酒店，午夜

电话响起，伊沃里睁开双眼，看了看壁炉上方挂钟的时间。谈话很短。他待了片刻，然后用手机拨了一个电话。

"我想跟您说声谢谢。他打了电话，我刚挂断，您真是帮了大忙。"

"我没做什么。"

"不，完全相反。下盘棋怎么样？下星期四，在阿姆斯特丹，您家里。您出发了吗？"

给维吉尔打完电话，伊沃里又拨了最后一个电话。沃尔特仔细听着他的指示，没忘了为这个绝招恭喜他。

"别抱太多幻想，沃尔特，我们还有的受呢。即使我们成功地把凯拉弄回来，她也不会完全脱离危险。阿什顿爵士不会放弃的，我狠狠地刺激了他，而且是在他的地盘上，我也是走投无路了。相信我的经验吧，他一有机会就会报复。尤其要记住，我们两人知道就可以了，现在没必要让阿德里安担心，不要让他知道是什么导致他住院的。"

"凯拉的事，我该怎么跟他说？"

"随您编，就说是您促成的。"

雅典，次日

伊莲娜和妈妈在我床边待了一个上午。和我住院以来的每一天一样，她们乘坐 7 点从伊兹拉岛出发的头一班渡轮，8 点到达比雷埃夫斯港后，再奔向公共汽车，半个小时后到达医院。她们在咖啡吧吞下早餐后，就来到我的病房，带着食物、鲜花以及村里人带给我的早日康复的祝福。和每天一样，她们傍晚离开，坐公共汽车前往比雷埃夫斯港，并在那里搭乘最后一班渡轮回家。自从我生病，伊莲娜就关了商店，妈妈把时间用在烹饪上，用满怀爱意和希望准备的菜肴改善每日关怀她儿子健康的护士们的日常生活。

已经是中午了，我完全相信，她们的喋喋不休比肺病后遗症更耗费我的精力。

不过，当听到有人敲门时，她们俩顿时不说了。我从来没见过这种景象，这同炎炎夏日里所有知了都停止歌唱一样惊人。沃尔特进来的时候，注意到了我惊讶的神情。

"怎么，发生什么事了？"他问道。

"没，没什么。"

"得啦，我都看到了，你们每个人的表情都很奇怪。"

"真的没有，您进来的时候，我正在和我可人的小姨以及我妈妈聊天，就这样。"

"你们在聊什么？"

妈妈立刻接过话茬。

"我正在说，这场病很可能有意想不到的后遗症。"

"真的？"沃尔特担忧地询问，"医生这么说？"

"哦，他们呀，他们说他下星期就可以出院了，但他妈妈的意思是，她儿子变得有点呆。如果您想知道的话，医生的总结就是这些。您和我姐姐去喝杯咖啡吧，沃尔特，我有话和阿德里安说。"

"我很乐意，但我得先跟他说几句，别不高兴，我得跟他说几句男人之间的话。"

"既然女人不受欢迎，"伊莲娜站起身，"那我们出去吧！"

她拉着我妈妈，留下了我们——沃尔特和我。

"我有非常好的消息。"他说着，在床边坐下来。

"先说坏消息吧。"

"我们需要在六天内搞定凯拉的护照，但凯拉不在，我们不可能办到。"

"我不明白您在说什么。"

"我也怀疑您能听懂，但是您要我先说坏消息的，说到底，这种偏执的悲观主义真让人恼火。好，听我说，因为我说过，我有好消息要告诉您，这的确是个好消息。我跟您说过吗？我在我们科学院的管理委员会里安插了一些关系。"

沃尔特解释说，我们科学院和中国一些名牌大学之间有研究和交流项目。我并不知道。通过一趟趟旅行，他与外交的各个层面建立起了联系。沃尔特还向我透露，由于他的关系，机器已经悄悄发动，齿轮在不停转动……一名在科学院完成博士论文的中国女生，她的父亲是一名深受权力机构信赖的法官；他还结识了几名在英国使馆签证处工作的外交官；甚至还了解到一名土耳其领事在北京度过了职业生涯的大部分时间，他认识那里的几名高官。齿轮不停地转动，从一个国家到另一个国家，从一个大陆到另一个大陆，直到四川。当地政府热情起来，他们最近质疑，为西方女性辩护的律师在诉讼前的谈话中，是否错过了某些词？他没有告诉负责案件的法官，这名因没有证件受到指控的外国人，实际上拥有一本完全符合法律手续的护照。这种善意是有条件的，只要我们尽快把这个新证据提交到法院，凯拉将得到特赦。到时候，只需去找她，把她带出中国国境。

"您说的是真的？"我一下跳起来，抱住沃尔特。

"我看起来像在开玩笑吗？您本该注意到，为了不让您继续忍受折磨，我甚至都没歇口气。"

我高兴极了，拉着他疯狂地转圈。我妈妈进来的时候，我们还在医院的病房里跳舞。她看了看我们俩，然后关上了门。

我们听到她在走廊里长长地叹了口气，伊莲娜小姨跟她说："您又来了！"

我有点头晕，必须回到床上。

"什么时候，她什么时候能恢复自由？"

"啊，您忘了您选择听的第一个消息了。我再重复一遍好了。只要我们在六天内能提交凯拉的护照，中国那边就会依法放了她。这粒珍贵的芝麻[1]已经沉到河底了，我们需要准备一粒全新的。而在当事人不在的情况下，在这么短的时间里，这几乎不可能。您明白我们现在的问题了吗？"

"六天，这就是我们全部的时间？"

"寄往法院还要一天时间，我们只有五天时间制造出新的护照。除非有奇迹，我不知道我们怎么才能做到。"

"这本护照，一定要全新的吗？"

"要是您的肺部感染已经蔓延到您的脑袋，您看清楚，我头上可没有海关的帽子！我想，只要在有效期内就可以。为什么这么问？"

"因为凯拉拥有法国和英国双重国籍。我的脑袋没事，谢谢您的关心，

[1] 出自"芝麻开门"。

我记得很清楚，我们是用她的英国护照进入中国的，签证就贴在那本护照上面，是我去签证处拿的。她一直随身带着。我们发现监听器的时候，已经翻遍了她的包，那里面没有她的法国护照，我确定。"

"这个消息太让人高兴了，但是，这本护照在哪儿？虽然我不想让您扫兴，但我们的确时间不多了。"

"我也不知道……"

"至少我们可以说，我们已经前进了一大步。我先去打一两个电话，然后再来看您。您妈妈和您小姨在外面等着呢，我可不想让人觉得没有教养。"

沃尔特走出房间，妈妈和伊莲娜小姨随即进来了。妈妈在扶手椅里坐下，打开挂在床对面墙上的电视，一句话也没对我说。伊莲娜不禁笑了起来。

"这个沃尔特很有魅力，不是吗？"小姨说着，在床尾坐了下来。

我盯着她。在妈妈面前谈这个，或许并不是什么好时机。

"而且长得也不错，你没觉得吗？"她无视我的哀求，继续说道。

妈妈眼睛没离开电视，替我回答道："也相当年轻，如果你想听我的意见！不过，就当我不在吧。在男人之间的谈话结束后，姨母和外甥之间再来一场密谈也再自然不过了。妈妈再也没那么重要了！这个节目结束后，我就去找护士们聊天。谁知道呢，她们说不定有我儿子的最新消息。"

"你知道我们为什么谈论希腊悲剧？"伊莲娜说着，瞟了一眼一直背对我们的妈妈。妈妈一直盯着电视，但她关掉了声音，以免错过我们的谈话。

电视里正在播放一部关于非洲草原游牧部落的纪录片。

"讨厌，这个节目至少播了五次。"妈妈叹了口气，关上了电视，"怎么了，脸色怎么这么难看？"

我倾向于不回答她。沃尔特敲了敲门。伊莲娜站起身来，提议和他去咖啡吧，借口要让她姐姐利用一下她儿子。沃尔特二话不说地走了。

"让我利用一下我儿子，你听听！"门一关上，妈妈就大叫起来，"你真该看看她，自从你生病，你的朋友来了以后，她真是青春焕发了。真奇怪。"

"一见钟情又没有年龄界限，更何况，这让她很开心。"

"不是一见钟情让她开心，而是有人在向她献殷勤。"

"你呢，你也可以考虑考虑换一种生活，不是吗？你守寡这么久了。让别的男人进入你的家门，也不会影响你把爸爸放在房间里呀。"

"你怎么能说这种话？我房间里永远只会有一个男人，这个男人，只能是你爸爸。即使他现在躺在坟墓里，他也是在的；我每天起床的时候都和他说话，当我在厨房，当我在阳台上侍弄花草，当我在去村里的路上，以及在我入睡前的夜晚，我都在和他说话。不是因为你爸爸不在，我就会感觉孤独。伊莲娜和我不一样，她从来没有机会遇到你爸爸那样的男人。"

"所以才应该任由她谈情说爱，你不觉得吗？"

"我并不是不希望你小姨幸福，但是，我更希望那个人不是我儿子的朋友。我知道，我这种想法可能过时了，但我也有权利拥有缺点。她只要对来看过你的沃尔特的朋友着迷就行了。"

"哪个朋友？"

"我也不知道，几天前，我在走廊里看到过他，你那时还没醒。我没机会和他打招呼，我到的时候他已经走了。总之，他风度翩翩，琥珀色皮肤，我觉得他非常优雅。而且，他并不比你小姨年轻 20 岁，反而要大上 20 岁。"

"你一点都不知道他是谁吗？"

"我都算不上碰到过他。现在，你休息休息，养养神吧。不说这个了，我听到那对小情人在走廊里笑了，他们就要进来了。"

伊莲娜来找妈妈，她们该走了，否则就会错过最后一班船。沃尔特陪她们走到电梯间，稍后就回来了。

"您小姨跟我讲了您小时候的事，她真逗人。"

"瞎说什么呢。"

"阿德里安，您有烦心事？"

"妈妈告诉我，前几天，您陪一个朋友来看我，是谁？"

"您妈妈应该弄错了，可能是一个探病的人向我问路。既然您现在问起，那我告诉您，事情是这样，一个老先生来看望他的家人，我告诉他护士办公室在哪儿……我想，我找到解决凯拉护照问题的办法了。"

"这有趣多了，我听着呢。"

"她的姐姐让娜或许能帮我们。您知道怎么能找到这个让娜吗？"

"是的，啊，不是。"我为难地说。

"是还是不是？"

"我一直没勇气打电话告诉她，凯拉出事了。"

"您一直没把凯拉的情况告诉她姐姐？三个月来一个电话都没打？"

"通过电话告诉她凯拉死了，我做不到，而去巴黎也超出了我的能力所及。"

"真弱！这太糟了，您想，她得有多么担心啊！另外，如果她没表现出担心，您又该怎么办？"

"让娜和凯拉长时间不联系，也并不稀奇。"

"那么，我请您尽快和她取得联系，我说的'尽快'就是今天！"

"不，我得去看她。"

"别犯傻了，您卧床不起，而且，我们也没时间浪费。"沃尔特说着，将电话听筒递给我，"您自己解决吧，现在就打电话。"

靠我自己解决，我尽力试试吧。沃尔特一走开，留我独自在房间里，我就拨了布朗利河岸博物馆的电话。让娜在开会，不能去打扰她。我拨了一遍又一遍，直到接线员告诉我，这样骚扰她是没用的。我猜测，让娜并不急于和我讲话，在她看来，我是凯拉的同谋，因此，她也怪我一直没有和她联系。我做了最后一次尝试，我向接线员解释说，我必须马上和让娜说话，这是攸关她妹妹生死的问题。

"凯拉出什么事了？"让娜担忧地问道，声音虚弱。

"我们两个人都出了点事，"我回答，心情沉重，"让娜，我需要你的帮助，现在就需要。"

我跟她讲了我们的故事，稍稍带过在黄河的遭遇，只是告诉她我们出了事故，随后立即讲到我们的处境。我向她保证，凯拉已经没有危险了。我向她解释说，由于一件非常愚蠢的证件事件，凯拉被捕了，在中国被拘留。我没有用"监狱"这个词，我清楚地感觉到，我的每句话都是对让娜的重击，有好几次，她都得止住抽泣，而有好几次，我也得控制我的情绪。我不擅长撒谎，真的不擅长。让娜很快就明白，情况比我向她坦白的还要令人担忧。她一再让我发誓，她的妹妹依然健康。我向她保证，一定完好无损地把她带回来，并向她说明，我需要尽快拿到她的护照。让娜不知道护照放在哪里，但她立即离开了办公室，如果需要的话，她会翻遍她的公寓，并尽快给我回电。

挂了电话后，我沮丧万分。向让娜重述事情的经过，又唤醒了我的思念，唤醒了凯拉缺席的重压，简单说来，是唤醒了我的忧伤。

让娜从来没有如此迅速地穿越巴黎。她沿河岸闯了三个红灯，惊险地避开一辆小卡车，在亚历山大三世桥上急闪了一下，最后关头在一片汽笛声中控制住了她的小车。她借用所有的公交车道，在一条人潮涌动的林荫大道上甚至冲上了人行道，差点撞到一个骑车的人，但她还是毫发无损地回到了家。

在住所的大厅里，她拍着门房阿姨的门，请门房阿姨出来帮她一下。赫雷拉夫人从来没有见过让娜这样。电梯被送货员停在了三楼，于是她们四级台阶一步地爬了上去。一进门，让娜就请赫雷拉夫人翻客厅和厨房，而她自己则负责卧室。什么都不能漏掉，要打开所有橱柜，翻遍所有抽屉，不论凯拉的护照在哪儿，都得找出来。

她们一个小时就翻遍了公寓。任何一个小偷都不能把房间弄得这么乱。书直接堆在地上，衣物扔遍了每个房间，她们翻倒了扶手椅，甚至连床都翻遍了。让娜开始丧失希望，突然她听到赫雷拉夫人在门口大叫。她冲了过去。书房的办公桌四脚朝天，但是门房阿姨胜利地挥舞着酒红色封皮的小本子。让娜一把抱住她，大大地亲了两下。

让娜打来电话的时候，沃尔特已经回了酒店，病房里只有我一人。我们打了好长时间的电话，我让她讲讲凯拉，我需要她讲讲她们的童年趣事，来填补凯拉留下的空白。让娜很高兴地答应了我的请求，我想，她和我一样思念凯拉。她允诺把护照快递给我。我告诉她我所在的雅典的医院地址，她于是问我身体状况如何。

次日，医生们查房的时间比往日更长。肺部科的主任对我的症状还满怀疑问。没有人能解释清楚，如此严重的肺部感染竟然没有任何预兆就发作起来。我登机的时候，身体状况的确很好。医生一再说，如果那名空姐没有想到通知机长，如果机长没有中途返回，我很可能还没到北京就死掉了。他的团队一头雾水，这并不是病毒感染，而在他的职业生涯中，他还从来没有碰到过这种情况。重点是，他耸了耸肩膀，说我对治疗方案有了很好的反应。最坏的时刻还没有走远，但我已经脱险了。再经过几天的康复，我就可以恢复正常生活了。肺部科主任向我保证，不出一个星期就可以放我走。他刚走出我的房间，凯拉的护照就送到了。我拆开信封，里面装着珍贵的"安全通行证"以及让娜的几句话："尽快把她带回来吧，我相信你，我就她这一个亲人了。"

我把字条折好，然后打开了护照。凯拉的这张证件照看起来年轻些。我决定穿戴整齐。

沃尔特进来的时候，看到我穿着西裤和衬衫，便问我在做什么。

"我要去找她，别试图劝阻我，那是白费力气。"

他不仅没有试图劝阻我，反而帮我出逃。他总是抱怨，在雅典的午休时间，医院里总是找不到人，而现在，情势恰恰对我们有利。他去走廊望风，此时我穿好衣服，然后由他护送到电梯，以防途中遇到住院部的成员。

从隔壁门前走过的时候，我们遇到一个小女孩，她独自一人站在门口。她身穿一件瓢虫图案的睡衣，向沃尔特挥手。

"小美人，你在呀，"他说着走到她身边，"你妈妈还没来吗？"

沃尔特回头看了看我，我明白，他和我隔壁的邻居很熟悉。

"她经常来看你呢。"他告诉我，并对小女孩会心地眨了眨眼。

我也蹲下来向她问好。她看着我，神情狡黠，然后大笑起来。她的脸颊红扑扑的，就像红苹果。

我们很快就到达一楼，一路上非常顺利。在电梯里，我们遇到一个抬担架的人，但是他丝毫没有注意我们。当电梯门冲着医院大厅的门打开时，我们撞上了我妈妈和伊莲娜小姨。麻烦来了，我们的出逃企图将要变成噩梦。妈妈吼起来，问我戳在这儿做什么。我挽住她的手臂，请她不要声张，跟我去外面。要是我有更多说服她的可能，那请她在咖啡吧中央跳一曲瑟塔基舞（sirtaki）我都愿意。

"医生准许他出来散散步。"沃尔特想要让妈妈放心。

"散个步还要带着旅行包？还是说你住院的时候，也想让我住进老年病房？"她暴跳如雷。

她转向两名路过的医务人员，我立即明白了她的意图：把我带回病房，即使需要使用强制手段。

我看了看沃尔特，这一眼足以让我们明白双方的想法。妈妈开始大叫，我们全速冲向大门，在安保人员对我妈妈的要求有所反应之前，成功地奔了出去。妈妈声嘶力竭地要他们抓住我。

我还没有完全恢复。刚跑到街角，我就感觉肺部在烧灼，随之一阵猛烈的咳嗽袭来。我呼吸困难，心跳几乎要停止，我只好停下来喘口气。沃尔特转过身，看到两名安保人员朝我们的方向跑来。沃尔特简直像天才一样机智。他一瘸一拐地走上前去，一脸懊恼地告诉他们，自己刚刚被两个家伙撞倒，他们沿着旁边的路朝另一个方向逃走了。两名安保人员赶紧追过去，沃尔特则招了一辆出租车，示意我赶快过去。

他丝毫没提要去哪儿。看他突然沉默，我担忧起来，不明白是什么让他沉浸在这种状态中。

他在宾馆的房间成为我们的司令部，我们在那里筹备我接下来的行程。床很大，够我们两个人共享。沃尔特在床中间竖着放了一只长枕头，以此界定我们的地盘。当我休息的时候，他一整天都在打电话；他时不时出去一趟，说去透透气。这几乎是他唯一愿意说出口的话，他几乎不理我。

我不知道发生了什么奇迹，但他从中国大使馆得知，48 小时内将为我发放签证。我不停地感谢他。自从我们从医院逃出来，他就变得完全不一样了。

一天傍晚，我们在房间里吃晚饭的时候，沃尔特打开了电视。他一直拒绝跟我说话，我抓过遥控器，关了电视。

"您为什么一直对我板着脸？"

沃尔特从我手里夺过遥控器，又打开电视。

我站起来，拔下墙上的电源插头，然后站到他面前。

"要是我做了什么让您不高兴的事，现在就给个痛快吧。"

沃尔特看了我好久，然后一言不发地把自己关进了浴室。我使劲拍门，他拒绝打开。几分钟后，他穿着睡衣出现了，并警告我说，要是我对目前的安排不满意，就去门外睡好了。然后，他钻进被窝，没跟我说晚安，就关了灯。

"沃尔特，"我在黑暗中说，"我做错什么了？出什么事了？"

"有时候，帮您也会让人觉得无法忍受。"

沉默再次降临，我意识到这些日子给他带来了怎样的麻烦，我都没有好好感谢过他。这种忘恩负义显然让他觉得受伤了，我对他说抱歉。他回答说，他才不在乎我的道歉呢。但是，他补充到，如果我能有办法让我妈妈，尤其是我小姨原谅我们在医院的行为，他还要感谢我呢。说完，他又转过身去，一言不发。

我打开灯，从床上坐起来。

"又怎么了？"沃尔特问道。

"您真的对伊莲娜动心了？"

"这跟您有什么关系？您脑子里只想着凯拉，您只操心自己的那一摊子事。从来都是为了您的事。不是您的研究和您那些愚蠢的碎块，就是您的健康；好不容易您康复了，却又轮到您的考古学家了，而每次都要老好人沃尔特出面解决。沃尔特来这儿，沃尔特去那儿。而在我想跟您谈心事的时候，您就闪人了。现在可别说，您关心我为什么不安，就这么一次，我想向您敞开心扉，您却嘲笑我！"

"我保证，我没这个意思。"

"啊哈，晚了！现在能睡了吗？"

"不，我们还没讨论完呢。"

"可是，哪里讨论了？"沃尔特怒了，"都是您在说。"

"沃尔特，您真的爱上我小姨了？"

"就这么帮您离开医院，我不愿意看到她不高兴。这个回答您满意吗？"

我摩挲着下巴，思索了片刻。

"如果我把您完全撇清，让您得到原谅，您能不再怨我吗？"

"您去做呀，我们走着瞧！"

"我明天一大早就去。"

沃尔特的面部线条柔和下来，我甚至看到了一抹微笑。他转过身，把灯关上。

五分钟后，他又打开灯，一下子从床上坐起来。

"何不今晚就去道歉？"

"您要我这个时间给伊莲娜打电话？"

"现在才 10 点。我两天就为您搞定了中国签证，您也完全可以一晚上就帮我得到您小姨的谅解，不是吗？"

我坐起来，给妈妈打了电话。足足有一刻钟，我满耳朵都是她的指责，插不进一句话。当她终于词穷，我问她，不论在什么情况下，如果我爸爸身陷危险，她会不会冲到天边去救？她陷入沉思。不必站在她面前，我也知道她笑了。她祝我一路平安，要我别在路上耽搁。我在中国期间，她会准备几道大餐，在我们回国后接待凯拉。

她正要挂电话的时候，我才想起打电话的原因，我要她叫伊莲娜接电话。小姨已经回到客房，但我求妈妈去叫她。

伊莲娜觉得我们这么从医院逃出来浪漫得要命。沃尔特真是一个难得的朋友，为我冒这么大的风险。她让我发誓，永远不把她刚才的话重复给妈妈听。

我找到在浴室里来回踱步的沃尔特。

"怎么样？"他担忧地问。

"我想，周末我飞往北京的时候，您可以乘船去伊兹拉岛。我小姨在港口等您共进晚餐，我建议您为她点一份木莎卡（肉末茄子），这是她最喜欢的东西。不过，这是我们俩的秘密，我什么都没说过。"

说完这些，我筋疲力尽地关上了灯。

星期五，沃尔特送我去机场。飞机准时起飞。当飞机升到雅典上空后，我看着爱琴海在机翼下方慢慢变小，一种奇异的似曾相识的感觉油然而生。十个小时后，我就到中国了……

中国

海关手续一办完，我就乘上了飞往成都的航班。

中国政府紧急派出的一名年轻的翻译在机场等我。他带我穿过整座城市，径直来到法院。我坐在一张极不舒适的长凳上，等待负责凯拉案件的法官接待我们。几个小时过去了。每当我打起瞌睡——我已经二十多个小时没合眼了——我的陪同就用胳膊肘顶顶我；每次我都能看到他唉声叹气，好让我明白，我的行为在这样的场合是不合时宜的。下午将尽，我们期待良久的那扇门终于打开。一个大块头男人走出来，腋下夹着一沓文件，丝毫没有注意到我。我一下子跳起来，小跑着追过去，这可害苦了我的翻译，他忙不迭地收拾他的东西，匆匆跟在我后面。

法官停下脚步打量着我，仿佛我是一只野蛮的动物。我向他解释我来访的目的，他同意我提交凯拉的护照，以废除对凯拉的判决，并签发出狱证。

法官看了看手表。

"把护照给我，在这里等着，我来负责您的事。"

我把文件递给他，他脚步匆忙地走回他的办公室。

伊兹拉岛

沃尔特向伊莲娜表达了歉意，由于情况特殊，还没有得到来自中国的消息，他不能任由手机响着。伊莲娜请他去接电话。沃尔特站起身，离开餐馆的露天平台，朝港口的方向走了几步。伊沃里来打听消息。

"还没有，先生，什么消息都没有。他的航班已经在北京降落，还是只有这些！如果我的计算准确，他这时候应该已经见到了法官，我想，他应该在去监狱的路上，说不定他们已经见面了。让他们好好利用来之不易的亲密时刻吧。您可以想象，他们重逢后会有多么高兴！我向您保证，他一和我联系，我就打电话给您。"

沃尔特挂断电话，回到桌边。

"唉，"他对伊莲娜说，"是科学院的同事，他问些事情。"

他们接着聊天，面前摆着伊莲娜为他们点的甜品。

中国

充当床铺的木板上铺着一张比毯子厚不了多少的草席。身上的疼痛一碰到席子就越发鲜明，但我实在太疲倦了，一躺下来就沉沉入睡。在这可鄙的夜里，我又看到了凯拉，她的面孔一直在我眼前。

第二天早上，回荡在监狱院墙里的锣声把我叫醒。

整个上午，我都在担心她会受到什么惩罚。于是，我这个无神论者跪在床前，像个孩子一样祈祷上帝不要把凯拉关禁闭。

院子里传来囚犯们的声音，应该是放风的时间。我待在监狱外面，凯拉的命运令我忧心如焚。

天空中，太阳已经升得很高，大概是中午了。我想到了让娜，离开雅典的时候，我给她打过电话，并且向她保证今天给她消息。

我的情绪降到谷底，一辆汽车停在访客停车场上，车门打开，我的翻译向我走来。

我感谢他为我们所做的一切。

"凯拉呢？"我问道。

"您回头看。"我的翻译平静地回答。

我看到大门重新打开，你出现了，肩上背着你的小包。你把包放在地上，朝我奔来。

我永远不会忘记我们在监狱门前紧紧相拥的时刻。我如此用力地抱住你，几乎让你窒息，但是你大笑着，我们一起旋转，沉醉在喜悦中。翻译连连咳嗽、跺脚、请求，都没能成功地让我们恢复常态，什么都不能打断我们的拥抱。

在拥吻的间隙，我请你原谅，原谅我把你拖入这疯狂的冒险之途。你伸手堵住我的唇，让我噤声。

"你来了，你来这里找我。"你呢喃着。

"我发过誓，要把你带回亚的斯亚贝巴，你还记得吗？"

"是我让你没办法履行誓言，可我真的好高兴，你遵守了承诺。"

"你呢，这段日子你是怎么过来的？"

"我不知道，这段日子好漫长，漫长得可怕，但是我利用它好好思考了一番，我只有一件事可做。你不要马上送我回埃塞俄比亚，我想，我知道下一个碎块在哪里了，它不在非洲。"

我们一起坐上翻译的汽车。他把我们带到成都，在那里，我们三人一起搭上飞机。

到了北京，你威胁我们的翻译，要是他不把我们送到一家可以洗澡的宾馆，我们就不离开这个国家。他看了看手表，给了我们一个小时的时间。

409 房间。我丝毫没有注意窗外的风景，我跟你说过，幸福让人心不在焉。我在窗前的小桌前坐下来，北京城一览无余，但我完全不在意，除了你躺的那张床，我什么都不想看。你有时会睁开双眼，伸伸懒腰，告诉我，你从未想到，懒洋洋地躺在干净的床上会如此美好。你用力抓住枕头，朝我迎面丢来，我还渴望着你。

翻译大概要气疯了，我们在这里多待了一个小时。你起床后，我看着你朝浴室走去。你说我是偷窥者，我没有找借口。我看到你后背上布满了伤疤，腿上也有许多。你回过头来，从你的眼神里我明白你不想谈这个，至少现在不想。我听到淋浴的声音哗哗地响起，水声重新给了我力量，也让我不再听到那恐怖记忆里循环往复的咳嗽声。一些事情已经改变了，我失去了曾让我如此安心的那种无所畏惧。我害怕独自待在房间里，哪怕只是片刻，哪怕和你只隔一道墙，不过，我不再害怕承认这些，我不再害怕起身去找你，我不再害怕向你吐露这一切。

在机场，我履行了另一个诺言。登机牌一办好，我就把你带到电话亭，我们给让娜打了电话。

我不知道是谁先开始的，在偌大的机场中央，你开始哭泣。时而哭泣，时而微笑。

时间过得飞快，该走了。你告诉让娜，你爱她，你一到雅典就给她打电话。

电话挂断后，你又哭了起来，我都无法安慰你。

我们的翻译看起来比我们还累。我们过了安检后，我看到他终于松了一口气。他应该很高兴摆脱了我们。在玻璃门的另一侧，他不停地朝我们挥手。

登机的时候，天已经黑了。你把头靠在舷窗上，飞机还没有起飞，你就睡着了。

临近雅典，飞机开始准备降落的时候，我们穿过了一个气流带。你抓住我的手，紧紧握着，仿佛你害怕飞机降落。于是，为了让你放松下来，我拿出我们在纳尔贡达姆找到的碎块，凑到你面前给你看。

"你昨天告诉我，你知道另一个碎块在什么地方了。"

"飞机真的能抵抗这种颠簸吗？"

"没必要担心。那么，碎块呢？"

你用空闲的手——另一只越来越紧地握着我的手——掏出你的吊坠。我们正犹豫着是否要把它们放在一起，一股气流让我们完全没了兴致，放弃了这个念头。

"我们落地以后，我会把一切都告诉你。"

"至少先给我一条线索。"

"在北极地带，巴芬湾和波弗特海之间的某个地方，有数千公里要探索。我回头再告诉你为什么，先带我参观你的小岛吧。"

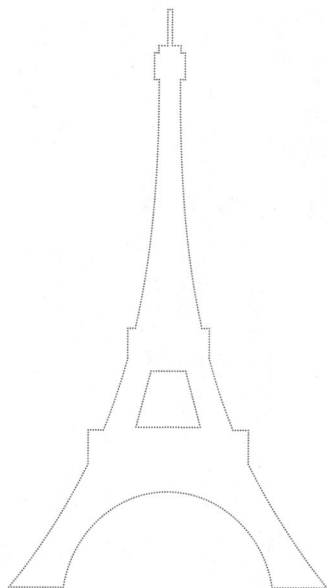

第二部分

　　他将王命名为"伦敦"，后又将其命名为"马德里"。他挥手将自己阵营的所有棋子扫到地毯上，除了被命名为"阿姆斯特丹"的那一枚。

伊兹拉岛

到达雅典后，我们搭上了一辆出租车，两个小时后，我们登上了开往伊兹拉岛的船。你安坐在客舱里，而我向后甲板走去。

"可别告诉我你晕船。"

"我想去吹吹风。"

"你都在打冷战呢，你确定要去吹风？承认吧，你晕船，为什么不说实话？"

"因为，晕船对希腊人来说是个大缺陷，我不觉得这有什么好笑的。"

"就在不久前，还有人嘲笑我晕机呢……"

"我不是说着玩的。"我趴在栏杆上回答道。

"你的脸都发青了，也抖得厉害，快回客舱，不然你真的要病了。"

一阵咳嗽后，我任由你把我拖到里面，且清楚地感觉到，我又发烧了，可是我不愿去想。我如此高兴能带你回我家，我不愿让任何事来打扰这个时刻。

我一直等渡轮驶到比雷埃夫斯港，才通知妈妈。当渡轮停靠在伊兹拉岛时，我已经能料到她的埋怨了。我请求她不要大肆准备，我们都累坏了，唯一向往的就是一觉睡个够。

　　妈妈在她的房子里接待我们。这是我第一次看到你面露羞怯。妈妈发现我们俩气色都差得要命。她在露台上为我们准备了一顿清淡的饭菜。伊莲娜小姨选择留在村里，让我们三个人好好相处。刚在饭桌旁坐下来，妈妈就连连向你发问，我使劲朝她使眼色，让她不要烦你，但没有用。你遵从了这个游戏规则，满怀善意地回答她。又一阵咳嗽袭来，晚餐只好终止。妈妈带我们到我的房间。被褥散发出好闻的薰衣草味道，我们在海浪拍击峭壁的声音中沉沉入睡。

　　一大早，你就踮着脚起床了。你在监狱里度过的日子让你丢掉了睡懒觉的习惯。我听到你走出卧室，但我感觉自己动弹不得。你在厨房和我妈妈聊天，你们似乎相处融洽。我又沉沉入睡。

　　后来，我得知沃尔特中午的时候会来到岛上。

　　前一天晚上，伊莲娜打电话给他，告诉他我们回来了。他立即坐上了飞机。有一天，他向我透露，由于不停地往返于伦敦和伊兹拉岛，我的家乡可是宰了他不少。

　　正午刚过，沃尔特、伊莲娜、凯拉和我妈妈来到我的房间。看到我发着高烧，卧床不起，他们的神色都很复杂。妈妈把纱布放在桉树叶煎的药汁里浸透，然后敷在我的额头上。这是一种古老的药方，但不足以消除我的不适。几个小时后，一个女人来看我，我不记得见过她，但是沃尔特习惯把一切都记下来，他的黑色小笔记本上恰好有这名女医生的电话号码。苏菲·舒沃茨医生在我床边坐下来，拿起我的手。

　　"唉，这次可不是闹着玩的，可怜的朋友，您的体温高得要命。"

　　她听了听我的肺部，妈妈告诉她我的肺部有过感染，她立即诊断出我的肺部感染复发了。她倾向于立即把我送到雅典的医院，但是天气条件不允许。暴风雨就要来了，海上波涛汹涌，连她的小飞机都无法起飞了。无论如何，我都不适合换地方。

"该怎么办就怎么办吧，"她告诉凯拉，"有什么条件就用什么条件吧。"

暴风雨持续了三天三夜。地中海的季风在岛上肆虐了 72 个小时。基克拉泽斯群岛的强风吹弯了大树，房屋破裂，瓦片纷飞。在我的卧室里，可以听到海浪在岩石上碎裂的声音。

妈妈把凯拉安顿在客房里，不过熄灯后，凯拉就会来找我，在我身边躺下。在那些她容许自己享有的休息时间里，医生就接过看护的任务。沃尔特不顾恐惧，每天两次爬坡来看我。我看到他走进房间时，从头到脚都湿透了。他在一把椅子上坐下来，向我讲述他多么感激这场暴风雨。他每次来我家都住客房，然而，客房的屋顶被风吹翻了一部分。伊莲娜立即提出为他提供住处。凯拉在岛上的最初几天被我搅黄了，我很恼火，但是，他们每个人都在眼前，又让我明白，在阿塔卡玛沙漠的高原上感受的孤独，已经一去不复返了。

第四天，季风平息了，高烧也随之而去。

阿姆斯特丹

维吉尔又读了一遍信。传来两下敲门声，维吉尔并没有约人，他下意识地拉开办公桌的抽屉，把手伸进去。伊沃里走了进来，脸色灰暗。

"您该让我知道，您已经在城里了，我还可以派车去机场接您。"

"我是坐大力士火车来的。"

"晚餐我什么都没有准备。"维吉尔不动声色地关上抽屉。

"我知道您一直都很从容。"伊沃里轻声说。

"我很少接待王宫里来的人，更别说没有提前预约的了。走，我们去吃饭，然后再下一盘。"

"我可不是来和您交锋的，我来找您谈事情。"

"这么严肃！老朋友，您看起来思虑重重。"

"原谅我没打招呼就来了，不过，我这么做是有原因的，我需要和您谈谈。"

"我知道有家餐馆可以不受打扰地谈话，离这儿不远，我带您过去，我们边走边聊。"

维吉尔套上他的华达呢上衣。他们穿过王宫的大厅。从镶嵌在大理石地面上的巨大地球平面图走过时，伊沃里停下脚步，看着他们脚下的世界地图。

"研究就要重新启动了。"他郑重地告诉他的朋友。

"不要告诉我您对此感到很惊讶，似乎还是您全力促成的。"

"我希望不必为此感到遗憾。"

"为什么这么一脸惨兮兮的表情？我都认不出您了。平时，您那么兴奋于打破已有的秩序。您就要引起混乱了，您该狂喜才对。还有，我一直在思考，在这场冒险当中，您最大的动机是什么？是发现世界起源的真相，还是报复过去伤害过您的某些人？"

"我想，最初的时候，两者皆有，但在探索中，我发现自己不再是独自一人，被我牵连进来的人曾经并且还在冒着生命危险。"

"这让您害怕了？这些日子，您真的老了。"

"我并没有害怕，而是进退两难。"

"亲爱的伊沃里，我并不是不喜欢这个奢华的大厅，不过我发现，这里回音太大了，不适合这种谈话。我们还是出去吧。"

维吉尔朝大厅的西端走去，一直走到石墙上的一道暗门前，他们从那里的楼梯下到王宫的地下室。他带领伊沃里顺着地下运河上的木桥前行。这里很潮湿，台阶略湿滑。

"注意脚下，我可不希望你掉进这又脏又冷的水里。跟我来。"维吉尔打开手电，继续前行。

他们经过一块厚木板，上面的铆钉控制着某个机关，维吉尔想去信息中心的时候，就会触动它。可他并没有在那里停留，而是继续向前走去。

"好了，"他告诉伊沃里，"再有几步，我们就会到达一个小院子。我不知道有没有人看见您进了王宫，不过放心，您出来的时候不会有人看见的。"

"多么奇特的迷宫，我永远都适应不了。"

"我们本可以走通往新教堂的那条路，不过那里更潮湿，我们会把双脚都弄湿的。"

维吉尔推开一扇门，踏过几级台阶，他们就来到了户外。冰冷的风迎面吹来，伊沃里竖起大衣领。两个老朋友步行爬上滨河道，沿着运河前行。

"那么，您在担心什么？"维吉尔打开话题。

"我保护的两个人又见面了。"

"这是好消息呀。给阿什顿爵士制造了这场恶作剧后，我们应该庆祝，而不是这么一副死了人的表情吧。"

"我不认为阿什顿会就此罢手。"

"您跑到他的庄园里挑衅他，这就有点过火了，我一直建议您谨慎一点。"

"我们当时可没有时间，那名年轻的考古学家需要尽快获得自由。她在铁窗里待得够久了。"

"铁窗却能让她待在阿什顿的手伸不到的地方，而且还可以保护您的天体物理学家。"

"阿德里安的事和阿什顿也脱不了干系。"

"您有证据了？"

"我确定他下了毒！在阿什顿庄园的门廊两侧，我看到了大量的颠茄。它的果实会导致严重的肺部并发症。"

"我也知道，许多人都会在乡下的住所种颠茄，但并没有人会借此下毒。"

"维吉尔，我们俩都知道此人能做出什么事来，或许我行事有些冲动，但并非没有分辨能力，我由衷地认为……"

"您认为，您的研究该重新启动了！伊沃里，您听我说，我理解您的想法，但是继续工作并非没有危险。如果您保护的人开始寻找新的碎块，我也一定会通知其他人。我不能无限期地冒险，让人指责我背叛。"

"目前，阿德里安的病复发了，凯拉陪他在希腊休养。"

"但愿休养会持续尽可能久的时间。"

伊沃里和维吉尔踏上运河上方的桥。伊沃里停下脚步，把胳膊支在栏杆上。

"我爱这个地方，"维吉尔轻声说道，"我想，整个阿姆斯特丹我最爱的就是这里。看，景色多美啊。"

"维吉尔，我需要您的帮助。我知道您很忠诚，我永远都不会要求您背叛组织，但大家早晚会分裂成不同的联盟。阿什顿爵士很会算计他的敌人……"

"您也是，您也很会算计您的敌人。您已经不是圆桌边的一员了，您想让我为您代言，说服大多数人，这就是您想让我为您做的吗？"

"是的，但不仅这些。"伊沃里低声说。

"还有什么？"维吉尔一脸惊讶。

"我需要获取我已经不再拥有的手段。"

"什么手段？"

"您的电脑，用来登录服务器。"

"不，我不同意，我们立刻就会被发现，我会受到牵连。"

"不会的，只要在您的终端安装一个小东西就可以了。"

"什么东西？"

"一个工具，可以非常隐蔽地打开链接，而不被察觉。"

"您低估组织了。在那里工作的年轻的信息学家都是从最优秀的人中挑选出来的，有些人甚至过去可能是黑客。"

"今天的任何一个年轻人，下象棋都赢不了我们，相信我。"伊沃里说着，递给维吉尔一只小盒子。

维吉尔有些反感地看着它。

"您想监听我？"

"我只是想用您的编码连接网络，我保证，您没有冒任何风险。"

"要是我受到怀疑，就很有可能被逮捕，并且被送上法庭。"

"维吉尔，我还可以指望您吗？"

"我需要考虑考虑您的要求，我一决定就告诉您。您这些麻烦事让我一点胃口都没有了。"

"我也不太饿。"伊沃里说道。

"这一切真的值得吗？他们有几分成功的机会，您知道吗？"维吉尔低声询问。

"只靠他们自己的话，没有任何机会，但是，我向他们提供了我在30年的研究中收集的信息，所以，他们也不是没有可能找到缺失的碎块。"

"您知道那些碎块在哪里？"

"维吉尔，您看，就在不久前，您还怀疑这些碎块是否存在，今天，您就开始操心它们藏在什么地方了。"

"您还没有回答我的问题。"

"我觉得我已经回答了。"

"那么，它们到底在哪里？"

"第一个碎块是在中部找到的，第二个是在南方，第三个在东方，至于剩下的两个在哪里，您自己猜吧。维吉尔，考虑一下我的要求，我知道，这个要求并非微不足道，它要您付出代价，但是我也跟您说过，我需要您。"

伊沃里向他的朋友挥挥手，然后走远了；维吉尔跑着追上来。

"我们还要下棋呢，您不是打算就这么走了吧？"

"您能在您家里给我弄点吃的吗？"

"家里应该还有一些奶酪和吐司。"

"那么，再来一杯好酒，也就够了。您等着输吧，我要扳回一局！"

雅典

凯拉和我正坐在露台上。幸亏有女医生毫无保留的照顾，我又有了力气，而且第一次，我在夜间没有咳嗽。我的脸上又有了血色，这让我妈妈大大放心了。女医生也利用这段被迫逗留的时间给凯拉做了检查，给她开了一些植物的煎剂以及维生素补充剂。牢狱生活给她留下了一些后遗症。

大海平静了，风也停了，医生的小飞机今天就可以起飞了。

我们在早餐时又聚在一起，妈妈极为用心地准备了丰盛的早餐，简直把女医生当作女王来招待。我卧床不起的那几天里，女人们在客厅和厨房里一起消磨了许多时间，分享彼此的故事和回忆。妈妈对这名女医生的经历颇为着迷，她是会开飞机的医生，在岛屿之间飞来飞去，赶赴病人的床头。临走的时候，女医生让我发誓先恢复几天，然后再考虑做其他事。妈妈让她重复了两遍这个建议，以免我没听清楚。妈妈一直把她送到港口，我们也终于有了片刻的两相厮守的时间。

只有我们两人在的时候，凯拉来我身边坐下。

"阿德里安，伊兹拉岛是一个迷人的小岛，你妈妈也特别好，我爱这里的所有人，不过……"

"我也受不了了，"我打断她的话，"我想和你溜走。你放心了吗？"

"嗯，放心了！"凯拉叹了口气。

"我想，成功地从这里溜走应该不会有太多困难。"

凯拉看向前方。

"怎么了？"

"我昨晚梦到哈里了。"

"你想回那里？"

"我想见他。这不是我第一次梦到他了。"

"如果你想回奥莫山谷，就回去吧，我答应过你，会陪你回去。"

"我甚至都不知道，那里是不是还有我的位置，况且，我们还要做研究。"

"这些研究让我们付出太多了，我不想让你再冒险了。"

"我可不是要聪明，不过，从中国回来的时候，我的身体比你好多了。

但是我想，是否继续下去该由我们俩一起决定。"

"你知道我是怎么想的。"

"你的碎块在哪儿？"

我站起身，去取放在床头柜抽屉里的碎块，我一回到家里，就把它放在那里了。我回到露台后，凯拉摘下项链，把吊坠放在桌上。她把两个碎块放在一起，它们一会合，我们在纳尔贡达姆岛上见证过的现象又一次发生了。

碎块变成了天蓝色，并且开始发射出强烈的光。

"你想让我们就此放手吗？"凯拉看着手里的碎块，它的光芒正在变弱，"如果我没有揭开它们的奥秘就回到奥莫山谷，我就再也没有办法安心工作了。我会整天考虑，如果我们找到了所有碎块，它会向我们揭示什么样的秘密？况且，说到诺言，你还跟我许过一个呢，为我的研究赢得成百上千年的时间。不要以为我耳朵聋了！"

"我知道我许过什么诺，凯拉，但那时，我们还没有眼睁睁地看着一位神父被杀害，我们还没有差点掉进深渊，还没有人要把我们从悬崖上撞进河里，你还没有被关进监狱。而且，我们知道该往哪个方向寻找吗？"

"我跟你说过，北极地带；还没有更明确的方向，但这起码是条线索。"

"为什么是那儿，而不是其他地方？"

"因为我想，这或许就是那篇吉兹语文章想要为我们指明的，我被关的时候，一直在思考这个问题。我们得回伦敦，在科学院的大图书馆里做些研究，我要用到一些著作，而且，我还要和麦克斯谈谈，我需要问他一些问题。"

"你想回去看你的印刷厂业主？"

"别这样拉着脸，你这样很好笑，况且，我并没有说我想见他，我只是想和他谈谈。这份手稿是他誊写的，如果他有哪怕一丁点发现，利用他的信息也大有益处，我主要想同他核实一些事情。"

"那么，我们回去吧，伦敦给我们提供了离开伊兹拉岛的绝妙理由。"

"如果可以的话，我想在巴黎停一下。"

"为了见见麦克斯？"

"见见让娜！也是为了去拜访伊沃里。"

"我想，老教授应该已经离开他的博物馆，出门旅行了。"

"我也出门旅行了，然后，你看，我回来了。谁知道呢，他说不定也一样？"

凯拉去收拾她的东西，而我去告诉妈妈我们要走了。得知我们要离开小岛了，沃尔特备感遗憾。他把未来两年的假期都用完了，但他想在伊兹拉岛过完周末。我请他不要改变自己的计划，我决定下星期去科学院，我将很高兴在那里见到他。这次，我不会再留下凯拉独自做她的研究了，尤其是她告诉我想先去趟巴黎。所以，我订了两张去法国的票。

阿姆斯特丹

伊沃里蜷缩在客厅的长沙发上。维吉尔为他盖上一条毯子，然后回到了自己的房间。他几乎彻夜思考，无法入眠。他的老伙计请求他的帮助，但是，帮忙就意味着要受牵连。未来的几个月将是他职业生涯最后的日子，被人发现他背叛可不是件妙事。一大早，他就起身去准备早餐。水壶的鸣叫弄醒了伊沃里。

"夜真短，不是吗？"他在厨房的桌边坐下来。

"但是对于这种级别的厮杀来说，太值得了。"维吉尔回答。

"我都没意识到自己睡着了，我还是第一次这样。真抱歉，强行在您家留下来。"

"没关系，但愿这张老切斯特菲尔德沙发没让您的后背太受累。"

"我想，它可没我老。"伊沃里笑道。

"您就吹牛吧，这张沙发可是从我父亲那儿继承来的。"

沉默突然降临。伊沃里紧紧地盯着维吉尔，他喝着茶，嚼了一块饼干，然后起身。

"我不过是在滥用您的好客，也得让您洗漱了。我回酒店了。"

维吉尔一言不发，看着伊沃里走向门口。

"老朋友，感谢您让我度过这么精彩的夜晚。"伊沃里拿起外套，"我们脸色都很差，但是我得承认，我们好久没这么下过棋了。"

他扣上华达呢上衣的扣子，双手插在口袋里。维吉尔依然一言不发。

伊沃里耸耸肩，打开了门闩，此时才注意到门边小桌上摆着一张显眼的字条；维吉尔依然不错眼珠地盯着他。伊沃里犹豫了一下，拿起字条，发现上面写着一串数字和字母。维吉尔依然坐在厨房的椅子上，紧盯着他。

"谢谢。"伊沃里嘟哝着。

"谢什么？"维吉尔低声叫道，"您该不会利用我的好客翻找我的抽屉，偷我的电脑密码吧？"

"不，事实上，我可没这个胆量。"

"这可真让我松了口气。"

伊沃里把身后的门拉上。他只有时间去酒店拿行李，以赶上大力士。

路上，他向一辆出租车招手。

维吉尔在客厅和门口之间来回踱步。他把茶杯放在门边的小桌上，向电话走去。

"我是阿姆斯特丹，"对方一接通，他就说道，"请通知其他人，我们要开会，今晚 8 点，电话会议。"

"为什么不像往常一样，通过网络开会呢？"开罗问道。

"我的电脑坏了。"

维吉尔挂断电话，开始着手准备。

巴黎

凯拉急匆匆地赶往让娜家，我更愿意让她们独处，充分享受属于她们的时间。我想起在玛黑区有一个古董商，他那里有全首都最好的光学器材，我在伦敦的住所每年都会收到他家的产品目录。目录上介绍的器材大都在我的支付能力之外，但是，看看又不用付钱，我有三个小时的时间要打发。

老古董商安坐在办公桌后面，我走进店里的时候，他正在清理一只灿烂夺目的星盘。起初，他丝毫没有注意到我，直到我在一个做工很特别的浑天仪前停下脚步。

"年轻人，您看到的这个模型，是瓜特鲁斯·亚瑟尼乌斯或者戈蒂耶·亚瑟尼乌斯制造的。有人说，他的兄弟里格尼乌斯和他一起校准了这个了不起的小东西。"古董商站起来说。

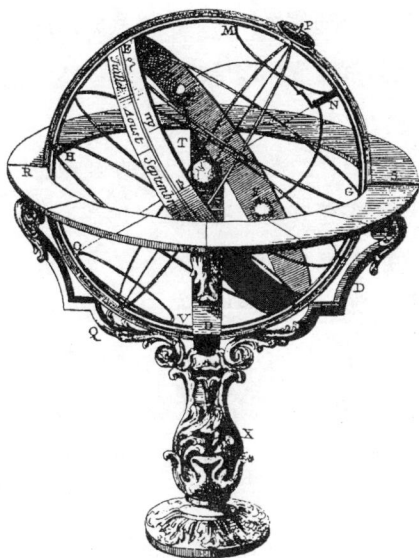

　　他走到我身边，打开橱窗，向我介绍这件珍贵的物品。

　　"这是 16 世纪弗拉芒的作坊里出产的最漂亮的作品之一。有好几个制作者都姓亚瑟尼乌斯。他们只做星盘和浑天仪。戈蒂耶是数学家海马·弗里西乌斯的亲戚，海马于 1553 年在安特卫普发表的一篇论文最早论述了三角测量的原理，还提供了确定经度的方法。您看到的这件的确非常罕见，它的价格也是。"

　　"也就是说？"

　　"不可估量，当然，如果是原件的话。"古董商边说边把星盘放到橱窗里，"可惜，这只是仿制品，可能是 18 世纪末的一个想轰动亲友的荷兰富商制造的。我都厌倦了，您愿意喝杯茶吗？我许久没有和一名天体物理学家聊天了。"

　　"您怎么知道我的职业？"我惊讶地问道。

第二部分
101

"很少有人能这么自如地操作这样的工具，而您看起来也不像商人，所以，不用多少洞察力就能猜到您是做什么的。您来我店里是想找什么样的东西？我还有几件价格更容易接受的。"

"很可能要让您失望了，我只对旧相机的盒子感兴趣。"

"这想法真奇怪，但是开始新的收藏永远都为时不晚。来吧，让我为您介绍几样您会着迷的东西，我敢打包票。"

老古董商走向一个书柜，从那里拿出一本皮面精装书。他把书放到办公桌上，调整了一下眼镜，然后万分小心地翻开书页。

"就是这个，"他说，"您看，这幅图画的是一个制造非常完美的浑天仪。我们认为这是伊拉莫斯·哈伯梅尔的作品，他是鲁道夫二世的数学仪器制造师。"

我弯下腰，惊奇地发现这个复制品与我和凯拉在华山上找到的那只石狮子脚下的图案如出一辙。我在古董商递给我的椅子上坐下来，更加仔细地研究这幅惊人的图。

"您看，"古董商从我身后探过头来，"画工细致得惊人。浑天仪总是让我着迷。"他补充道，"与其说是因为它可以让我们在特定时刻确定天体的位置，不如说是因为那些它没有指给我们而我们猜测存在的东西。"

我从他珍贵的书上抬起头来看着他，很好奇他要告诉我什么。

"虚空和它的朋友——时间！"他给出结论，"虚空里填满了我们看不见的东西。而时间，它匆匆流逝，改变一切，包括星星的运行，用永恒的运动抚慰宇宙。是它让生命的蜘蛛网充满活力，在宇宙的网上漫步。时间处于令人备感奇妙的维度，我们对它一无所知，您没发现吗？我真喜欢您这种对任何小事都惊讶的表情，这本书我就让给您了，给我收购价就可以了。"

古董商趴到我耳边，轻轻告诉我这本书他需要的价格。我想念凯拉了，于是买了这本书。

"再来吧，"古董商陪我走到门边，"我还有好东西给您看，您的时间不会白费，我向您保证。"他欢快地说。

在我身后，他把门锁上。透过橱窗，我看到他消失在后间里。

我腋下夹着这本厚书，又回到大街上。我思考自己为什么要买这本书。手机在口袋里振动。我接通电话，凯拉的声音传来。她建议我过会儿去让娜那里找她，让娜很愿意接待我，让我在她家待一个傍晚和一个晚上。我可以睡在客厅的沙发上，她们俩则睡在床上。仿佛这个计划还不足以美化我这一天将尽的时刻，她向我宣布，要去看麦克斯。印刷所离让娜家不远，步行过去只要十分钟。她补充到，她的确要跟他核实一些事情，并保证一结束就给我打电话。

我面无表情地待着，告诉她，我很高兴在晚餐的时候见到她，然后我们挂断了电话。

站在圣保罗狮子街的街角，我不知该做什么，也不知何去何从。

有多少次我抗议说，必须争分夺秒，不能给自己一点空闲。而在这个午后，漫步在塞纳河畔，我有一种奇特而又不适的感觉，感觉自己被一天中的两个时刻卡住，而它们不愿结合。游手好闲的人应该知道如何打发这样的时间。我经常看到他们安坐在长椅上，阅读或发呆，我经常在公园或广场的转角看到他们，却从没有考虑过他们的命运。我很想给凯拉发一条信息，但是我制止了自己。沃尔特会强烈反对我这么做。我也想去麦克斯的印刷所找她，从那里，我们可以一起回让娜家，并在半路上给她买一束花。在前往圣路易岛的途中，我如此畅想着。这想法虽然容易实现，却找不到合适的理由。凯拉会责怪我吃醋，说到底，这也不是我的作风……

在德蓬路口，我在一家小酒馆的遮阳伞下坐下来。我把书打开，开始沉浸在阅读中。我时不时看看手表。一辆出租车在我面前停下，一个男人走下来。他穿着雨衣，手里拿着行李。他匆匆走向奥尔良码头。我确定自己见过这张脸，却不记得是在什么场合。他的身影在一扇大门后消失。

凯拉坐在办公桌的边缘。

"椅子更舒服。"麦克斯从他研究的文件上抬起头说道。

"这几个月，我都不习惯柔软的东西了。"

"你真的在监狱里待了三个月？"

"我已经跟你说过了，麦克斯。专心看这篇文章吧，告诉我你怎么想。"

"我想，自从你跟那个所谓的前同事交往，你的生活就完全变了样。我更无法理解的是，在经历过这一切之后，你还继续和他在一起。天哪，他毁了你的研究，更别说你通过工作成就获得的捐赠了。像这样的馈赠不会有第二次的，而你，你好像觉得这很正常。"

"麦克斯，就道德教育来说，我姐姐更专业；我向你保证，即使你使出浑身解数，也远远赶不上她。所以，别浪费时间了。你觉得我的理论怎么样？"

"如果我告诉你，你会怎么做？你去克里特岛探测地中海，还要一直游到叙利亚？你真是无所不能，无所不做。你差点把命丢了，你还是一点自我保护的意识都没有。"

"是，一点都没有，但你也看到了，我的小命还好好的。当然，这也不是小菜一碟……"

"别再这么肆无忌惮了。"

"嗯，麦克斯，我真喜欢你用这种老师的语气和我说话。当我还是你的学生的时候，这曾是最吸引我的地方，可是，我已经不是你的学生了。你对阿德里安一无所知，你更不知道我们共同经历了什么样的旅程，所以，如果我请你帮的这个小忙对你来说太难，没关系，把它还给我，我这就走。"

"看着我的眼睛，告诉我，这些文字怎么能对你这些年的研究有所帮助？"

"麦克斯，告诉我，你不也教过考古学吗？你曾经花了多年时间想要成为研究者，却成为教师，现在又成为印刷厂业主？你可以看着我的眼睛，然后告诉我，你的新职业和你过去从事的一切有什么联系？麦克斯，生活充满了意外。我任由自己两次离开奥莫山谷，或许，是时候考虑我的未来了。"

"你迷恋这个家伙到了这种地步，竟然说出这样的蠢话？"

"就像你说的，这个家伙或许满身都是缺点，很散漫，有时候不切实际，还有些笨拙，可是，他身上有我从未见过的东西。麦克斯，他吸引着我。自从我认识他，我的生活的确完全变了样，他让我笑，给我感动，引诱我，又让我安心。"

"那么，这比我想的更糟。你爱他。"

"别把我没说过的话安在我身上。"

"你说过。要是你没有意识到，那可真是蠢透了。"

凯拉从办公桌上下来，朝玻璃窗走去。她看着印刷机飞快地拖着长长的纸卷。折页机断奏的回响一直传到阁楼。机器停下来，封闭的车间里终于安静了。

"这让你困扰吗？"麦克斯又开口了，"你那崇高的自由呢？"

"你到底能不能研究这些文字？"她嘟哝着。

"自从你上次来看我，我就一直在研究这些文字。这是你不在的日子里，我想念你的方式。"

"麦克斯，求你别说了。"

"别说什么？别说我对你还有念想？这跟你又有什么关系呢，这是我的事，跟你没关系。"

凯拉向办公室的门走去，她转动门把，又回过头来。

"过来待着，笨蛋！"麦克斯命令道，"过来在我的办公桌边上坐好，我跟你说说我对你的理论是怎么想的。或许我之前搞错了。被自己的学生超越，可不怎么令人高兴，但是我只好继续教下去。在你的文献里，'极点'（apogée）这个词很可能和'地下墓室'（hypogée）这个词混淆了，很明显，这大大改变了它的含义。地下墓室是那些埃及人和中国人在远古时期建起的陵墓，它们只有一个区别。如果还有通过墓道进入的墓室，那么它就在地下，而不是在某座金字塔或某栋建筑的中央。告诉你这些，或许等于什么都没有告诉你，但是这些解释里至少有一个可以成立。这份吉兹语手稿很可能始于公元前 4000 年至公元前 5000 年。这就为我们确定了原始史时期，亚洲人全面诞生之际。"

"可是，最初使用吉兹语的闪米特人并不属于亚洲。当然，如果我大学的记忆没出错的话。"

"你在课堂上比我想的要专心！不，事实上，他们的语言是亚非共有的，和柏柏尔人以及埃及人的语言类似。公元前 6000 年，他们出现在叙利亚沙漠里。不过，他们之间肯定有接触，也可能记载过对方的历史。在你的理论框架里，你所感兴趣的，属于我在课堂上几乎没有讲过的一个族群——皮拉斯基人。公元前 4000 年初，皮拉斯基人从希腊出发，在意大利南部定居下来。我们在撒丁岛发现了他们的足迹。他们的脚步一直前行到安纳托利亚，从那里开始，他们利用大海，在地中海的岛屿和海岸上建立了新的文明。没有任何证据能证明他们没有取道克里特岛前往埃及。我想跟你说的是，闪米特人或者他们的祖先在这篇文献里很可能是叙述了皮拉斯基人历史上发生的一件事。"

"你认为，可能有个皮拉斯基人沿着尼罗河溯流而上，一直走到了青尼罗河？"

"直到埃塞俄比亚？我对此有所怀疑；无论如何，这样的旅程不是凭一人之力就能做到的，而应该是一群人。通过两三代人的努力，这趟旅程才能到达终点。这么说来，我更倾向于认为这趟旅程是以相反的方向完成的，也就是从源头到三角洲。可能是有人把你那个神秘的东西带给了皮拉斯基人。凯拉，如果你真的需要我的帮助，你得告诉我更多。"

凯拉开始在房间里来回走动。

"在四亿年前，这五个碎块能组成一件独特的物品，它有着惊人的特质。"

"真好笑，凯拉，你就承认吧。当时没有任何生物进化到会制造任何一种材料。你我都知道，这不可能！"麦克斯坚决反对。

"如果伽利略声称有一天人们能够向太阳系的边界发送一台无线电望远镜，他一句话没说完就会被活活烧死；如果阿代尔[1]声称人们有一天能在月球上行走，他的飞行器还没离开地面就会被化为灰烬。就在20年前，所有人都认为露西是人类最早的祖先，如果你在当时发表观点，声称人类的母亲已经有千万年的历史，人家会把你从大学里轰走。"

"20年前我还在上大学呢！"

"总之，如果需要列举所有这些曾经被认为不可能后来却得以实现的想法，我们得花几个晚上才能列完。"

"一个晚上就足以让我幸福了。"

"你太下流了，麦克斯！我敢肯定的是，在我们的纪元开始前的

---

[1] 指克莱芒·阿代尔（Clément Ader），法国人眼中世界上最早的飞机发明者，于1890年10月9日在法国试飞成功。

四五千年，有人发现了这个物品。出于一些我目前还无法解释的原因，或许，它的特质引起了人们的恐惧，由于无法破坏，发现它的那个人或那些人决定把它分成几块。手稿的第一行似乎说的就是这个。"

　　我将记忆之表分离，并将分解下的部分交给了各个教会骑士团……

　　"我并不想打断你，可是，'记忆之表'很可能指的是一种认知、一种知识。如果我接受你的推论，我就要告诉你，这件物品被分开，也有可能是为了让每个部分所携带的信息传递到世界各地。"

　　"有可能，不过，文献末尾并非这么指涉。为了弄清楚，就要知道这些碎块分散在何方。我们已经有了两个，第三个已经被找到，但还有两个。现在，听我说，麦克斯，在监狱的时候，我不停地思考这篇吉兹语文献，确切地说，我是不停地思索句子的第二部分——并将分解下的部分交给了各个教会骑士团。在你看来，这些是什么人？"

　　"一些博学的人。或许就是部落的首领。首领就是头儿，如果你愿意这么理解的话。"

　　"你也曾是我的首领啊？"凯拉用戏谑的口吻问道。

　　"差不多吧，是的。"

　　"那么，亲爱的首领，我的推论是这样："凯拉接着说道，"第一个碎块出现在埃塞俄比亚和肯尼亚边界一个湖泊中央的火山上；另外一个碎块也是在火山上找到的，在安达曼群岛中的纳尔贡达姆岛上。一个在南方，一个在东方。两个中的每一个都离大河的发源地或者河口有几百公里远——第一个是尼罗河和青尼罗河，第二个是伊洛瓦底江和长江。"

　　"那么？"麦克斯打断她的话。

　　"我还没有弄清楚其中的原因，让我们权且认为这个物品是特意被分为四块或者五块，每一块被带往这个星球上的不同方向。一块在东方被发现，一块在南方，而第三块其实是最先被发现的，就在二三十年前……"

"在哪里？"

"我还不知道。别老打断我，麦克斯，真烦人。我准备赌，剩下的两块，一个在北方，一个在西方。"

"我绝没有想烦你，我觉得你自己已经够烦了，但是，北方和西方，范围太广了……"

"好吧，要是只能引你嘲笑，我宁愿告辞。"

凯拉一下子站起来，第二次朝麦克斯办公室的大门走去。

"站住，凯拉！你别总像个小头目一样，这样也很烦人。这是独白还是交流？快，继续你的推论，我再也不打断你了。"

凯拉走回来，在麦克斯身边坐下来。她拿起一张纸，画了一张地球平面图，并草草勾勒出大陆块的位置。

"我们都知道最早让地球遍布人类的大迁徙所采取的路线。他们从非洲出发，第一个部落前往欧洲，第二个前往亚洲。"凯拉一边说，一边在纸上画出箭头，"然后在与安达曼海垂直的位置，一些人继续朝印度进发，穿过缅甸、泰国、柬埔寨、越南、印度尼西亚、菲律宾、新几内亚和巴布亚，最后到达澳大利亚；另一些人，"她又画了一个箭头，"前往北方，他们穿过蒙古和俄罗斯，沿着亚纳河溯流而上，一直到达白令海峡。当时正值冰川时期，第三个部落绕过格陵兰岛，沿着冰冻的海岸前行，在 20 000 年至 15 000 年前，到达阿拉斯加和波弗特海之间的海岸。然后，他们沿着北美大陆南下，在 15 000 年至 12 000 年前[1]，第四个部落到达蒙得维的亚。在 4 000 年前，携带碎块的那些人很可能走的是同样的路线。第一个'信使部落'出发前往安达曼海，他们的长途跋涉最终在纳尔贡达姆岛上终结。

---

[1] 引自：苏珊·安顿，纽约大学；爱莉森·布鲁克斯，华盛顿大学；皮特·福斯特，剑桥大学；詹姆斯·F.奥康纳，犹他大学；斯蒂芬·奥本海默，牛津大学；斯潘塞·威尔斯，国家地理学会；奥弗·巴伊瑟夫，哈佛大学。——原注

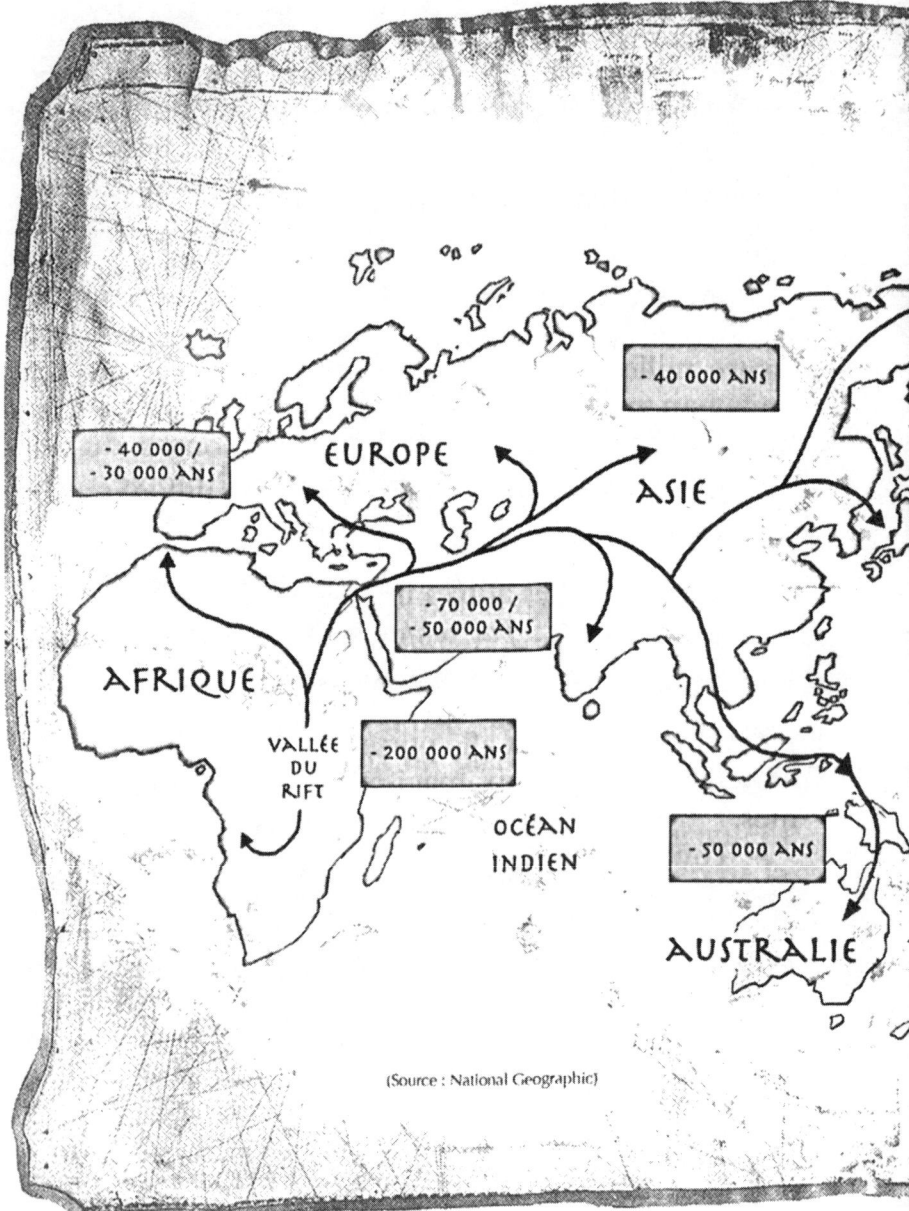

- 40 000 ANS

- 40 000 /
- 30 000 ANS

EUROPE

ASIE

- 70 000 /
- 50 000 ANS

AFRIQUE

VALLÉE
DU
RIFT

- 200 000 ANS

OCÉAN
INDIEN

- 50 000 ANS

AUSTRALIE

(Source : National Geographic)

- 20 000 /
- 15 000 ANS

AMÉRIQUE

OCÉAN
ATLANTIQUE

OCÉAN
PACIFIQUE

- 15 000 /
- 12 000 ANS

第二个部落前往尼罗河的源头，他们一直走到肯尼亚和埃塞俄比亚边界。"

"所以你得出结论，这些'信使部落'的另外两个很可能分别到达了西方和北方，以运送其他碎块？"

"这篇文献说：交给了各个教会骑士团。由于这趟旅程不可能历经一代人就完成，每组信使携带一块和我的吊坠一样的碎块给最初的部落首领。"

"你的假设能成立，但这并不能说明它就是正确的。想想我在学校里教给你的，一个理论不会因为看起来符合逻辑就能被证实。"

"但你也说过，一件东西不会因为还未被找到就不存在。"

"那么你想从我这里知道什么，凯拉？"

"告诉我，处在我的位置，你会怎么做？"她问道。

"我永远都无法拥有你所成为的女子，但我明白，我将永远保留你曾经身为我学生的回忆。就这些。"

麦克斯站起身，也开始在办公室里来回踱步。

"凯拉，你的问题真是让我烦透了，我不知道处在你的位置我会怎么做；如果我对猜谜语在行，我早就放弃大学里那些满是灰尘的教室，在我的职业上施展拳脚，而不是留在学校里教课。"

"你怕蛇，你讨厌昆虫，你也害怕没有舒适的条件，这些都跟你的推理能力没有关系，麦克斯，你太资产阶级化了，这并非缺点。"

"为了让你高兴，表面看来，这的确是缺点！"

"别再这么说了，回答我！处在我的位置，你会怎么做？"

"你跟我说过，第三个碎块在二三十年前被发现，我首先要试着弄清楚，它被找到的确切位置。如果是在西方或北方距离一条大河几十或几百公里远的一座火山上被发现的，那么，这会是一条能够支持你的推论的信息。如果相反，它是在博斯郊外或者英国乡村的土豆田里被发现的，你的假设就得丢进垃圾桶，你也可以从零开始了。这就是我在重新出发前往某个地方之前会去做的。凯拉，你是在整个地球上寻找一颗碎石，这太不切实际了。"

"在荒芜的山谷里花一辈子时间寻找几十万年前的化石，支撑自己的唯一直觉，这就切合实际了吗？在沙漠中寻找埋在沙子底下的金字塔就切合实际吗？我们的职业不过是一个巨大的空想，麦克斯，但是，我们每个人都在努力把发现的梦想变为现实！"

"没必要让你自己这么激动。你问我处在你的位置会怎么做，我也回答了。查一查第三个碎块是在哪里找到的，你就会知道自己选择的道路是否正确。"

"如果没错呢？"

"回来找我，我们一起考虑你应该选哪条路去追寻你的梦想。现在，我得跟你说一件可能会让你发火的事。"

"什么？"

"你没注意到已经和我待了多久，我很高兴，不过，现在已经是晚上9点半了，我很饿，我带你去吃晚饭？"

凯拉看看手表，一下子跳起来。

"让娜，阿德里安。糟了！"

凯拉按响姐姐家门铃的时候，已经将近晚上10点了。

"你不打算吃饭了吗？"让娜打开门。

"阿德里安在吗？"凯拉问着，朝姐姐背后望去。

"除非他会瞬间移动，否则，我看不出他怎么会来这里。"

"我约了他……"

"你告诉他门牌号码了吗？"

"他没打电话？"

"你给他家里的电话号码了？"

凯拉哑口无言。

"在这种情况下，他有可能给我办公室留了言，但是，为了给你准备晚餐——现在已经在垃圾桶里了，我很早就下班了。煮过头了，你可别怪我哦！"

"可是，阿德里安去哪里了？"

"我以为他和你在一起，我以为你们要过二人世界呢。"

"哪儿有，我一直和麦克斯在一起……"

"越来越精彩了，我能知道为什么吗？"

"是为了我们的研究，让娜，别再提了。我该怎么把他找回来？"

"给他打电话呀！"

凯拉朝电话冲过去，却只有语音信箱在回应她。我还是有那么一点自尊心的！她为我留了一段长长的信息："我很抱歉，我没注意到时间过得这么快，我知道自己不可原谅，可是，太精彩了，我有了不起的事情要告诉你，你在哪儿？我知道，已经过去十个小时了，可还是打电话给我吧，打电话给我，打电话给我！"随后是第二条信息，这次她留了她姐姐家的电话。第三条信息里，她为没有得到回复担心起来。第四条信息，她有点烦躁。第五条，她批评我没有好脾气。第六条也是最后一条，已经接近凌晨3点，她一言不发地挂掉了。

我在圣路易岛上的一家小旅馆住下来。一吃完早餐，我就乘出租车来到让娜家楼下。门禁还在运行，我瞅准对面人行道上的一张长椅，坐下来开始看报纸。

不久，让娜就从公寓走出来。她认出了我，朝我走来。

"凯拉非常担心！"

"不错，我们倒是一样。"

"很抱歉，"让娜说，"我对她也很恼火。"

"我可没有恼火。"我立刻否认。

"您真是太笨了!"

说完,让娜就向我挥挥手,向前走了几步,又回过头来。

"她昨晚去见麦克斯完完全全是为了工作,不过,当我什么都没说!"

"您能告诉我大门的密码吗?"

让娜草草地写在一张纸上,然后上班去了。

我继续坐在长椅上看报纸,直到最后一页;然后,我去街角的面包店买了几个面包。

凯拉睡眼蒙眬地为我打开门。

"你去哪里了?"她揉着眼睛问道,"我担心死了!"

"羊角面包?巧克力面包?还是两种都要?"

"阿德里安……"

"来吃早餐,然后穿戴好,接近中午的时候有一班欧洲之星,我们还能赶上。"

"我得先去看伊沃里,这很重要。"

"其实,欧洲之星每个小时都有一班,那么……我们一起去看伊沃里吧。"

凯拉为我们俩煮了咖啡,她简单告诉我和麦克斯做的事。当她跟我解释她的理论的时候,我又想起那个古董商就浑天仪所说的话。不知为什么,我突然想给埃尔文打电话,和他聊聊。我短暂的走神没有逃过凯拉的眼睛,她唤醒了我。

"你想让我陪你去看老教授吗?"我接过她的话说道。

"你能告诉我你是在哪里过夜的吗?"

"不。好吧,我其实可以告诉你,但我不会说的。"我唇边挂着夸张的微笑回答她。

"我无所谓。"

"那么，我们就此打住……这个伊沃里，我们刚才正在谈论他，对吧？"

"他没回博物馆，不过，让娜给了我他家里的电话。我这就打给他。"

凯拉去了她姐姐的卧室，电话就在那里。她又回过头来。

"你在哪里睡的？"

伊沃里同意在家里接待我们。他就住在圣路易岛上一栋漂亮的公寓里……离我住的小旅馆仅几步之遥。他来开门的时候，我认出，他就是我昨天在小酒馆露台上看书的时候从出租车上下来的那个人。他带我们去客厅，问我们喝咖啡还是喝茶。

"很高兴能再一次见到你们，我能为你们做些什么？"

凯拉直奔主题，询问他是否知道他们在博物馆谈论的碎块是在哪里被发现的。

"首先，您能告诉我，您为什么对此感兴趣吗？"

"我想，我已经在破译那篇吉兹语文献上取得了一些进展。"

"这真是太让我好奇了，您有什么收获？"

凯拉向他解释了她关于墓穴民族的理论。在公元前四五千年前，一些人发现了当时还是完整的物品，然后把它分开了。根据那份手稿，当时甚至成立了团队，分别把不同的碎块带往世界各地。

"非常了不起的假设，"伊沃里惊叹道，"或许并非没有意义。除了您对这趟如此危险且不可能的旅行的动机一无所知。"

"我已经略有想法。"凯拉回答。

根据麦克斯的建议，凯拉提出，每个碎块都代表一种认知、一种知识，它需要被揭示。

"这一点我不同意，我更倾向于一种相反的看法。"伊沃里反驳道，"文献的结尾让人有十足的理由认为，它涉及一个需要保守的秘密。 您自己看看，'我请求您让它继续沉睡下去'。"

伊沃里与凯拉辩论的时候，我又想起玛黑区的那个古董商。

"浑天仪所展示给我们的并没有那么令人惊奇，更为惊人的，是它们没有展示而让我们不停猜测的东西。"我自言自语。

"什么？"伊沃里转过身问道。

"虚空和时间。"我告诉他。

"你在说什么？"凯拉问道。

"没什么，只是我一下子想到的东西，和你们的谈话没什么关系。"

"你们认为应该去哪里寻找其余的碎块？"伊沃里重拾话题。

"我们拥有的碎块都是在火山口找到的，都离主要河流只有几十、几百公里远。一块是在东方，另一块是在南方，我想，其余的碎块应该藏身于西方和北方同样的环境里。"

"你们带着这两块石头吗？"伊沃里坚持问道，眼神闪烁。

凯拉和我相互看了一下对方，她摘下她的吊坠，我从外衣内口袋里拿出我悉心保存的那一块，放在矮桌上。凯拉将它们归在一起，它们重新焕发出耀眼的蓝色，我们依然对此惊奇不已；然而这一次，我注意到它们的光芒不再那么夺目，仿佛它们的辐射力减弱了。

"太惊人了！"伊沃里惊呼，"比我想象的还要惊人。"

"您是怎么想象的？"凯拉吃惊地问道。

"没什么，没什么特别的。"伊沃里嗫嚅道，"不得不承认，这个现象太令人吃惊了，尤其是当我们知道了它们的年龄。"

"现在，您愿意告诉我们，您的那一块是在什么地方找到的吗？"

"可惜，它不属于我。它是 30 年前在秘鲁安第斯山脉发现的，很不幸，它不符合您的理论，它不是在火山口找到的。"

"那么，是在哪里？"凯拉问道。

"大约在的的喀喀湖东北 50 公里处。"

"是在什么情况下发现的？"我问道。

"是一支荷兰地质考察队在执行一次任务中发现的，他们当时朝着亚马孙河源头进发。天气很坏，科学家们躲在山洞里，突然注意到了它奇特的外形。如果考察队的领队没有见证同样的现象，它不会引起更多的注意。在那个暴风雨之夜，闪电的亮光在他帐篷的一侧引发了光点投射。事情引起了他的注意，天亮以后，他发现帐篷竟变得透光了。上面有上千个小洞。在当地，暴风雨并不稀奇，我们的探险家在几次相同的经历后，认定它不是一个简单的石块。于是，他把它带回来，以做详细研究。"

"能见见这名地质学家吗？"

"在那几个月后他就去世了，是在另一次探险中，愚蠢地摔死了。"

"他找到的碎块目前在哪里？"

"某个安全的地方，可是是哪里呢？我没有明确的想法。"

"它虽然和火山没有联系，可是，它正是出自西方。"

"是的，我们至少可以确定这一点。"

"并且，离亚马孙河支流几十公里远。"

"这个也确定无疑。"伊沃里又说道。

"三个假设中，已经有两个得到证实，这已经很好了。"她说。

"恐怕这对于你们找到其他碎块并没有多大帮助。它们中有两个是偶然被发现的。至于第三块，你们的运气真是不错。"

"我曾经被吊在海拔 2 500 米的高空，我们曾乘坐一架只有翅膀能佩得上它的名字的飞机擦着地面飞过缅甸，我差点淹死，阿德里安也差点死于肺炎，除了这些，我还蹲了三个月监狱。我实在看不出，您是怎么看出我们幸运的！"

"我并不想低估你们二人的才华。给我几天时间考虑一下你们的理论，我要重新去阅读，我有哪怕一丁点有助于你们的调查的发现，就会打电话给你们的。"

凯拉在一页纸上写下我的电话号码，递给伊沃里。

"你们打算去哪里？"伊沃里把我们送到门口。

"伦敦。我们也有研究要做。"

"那么，祝你们在英国待得开心。说完最后一件事，我就放你们走：刚才您说得对，在你们的旅程中，好运丝毫没有陪伴你们，所以，我建议你们保持极度的谨慎，尤其不要给任何人看你们刚才让我见证的现象。"

告别了老教授，我去旅馆拿了行李，凯拉在那里没有对前一晚发表任何意见。然后，我陪她去博物馆，好让她在出发前与让娜吻别。

伦敦

他们撞了我一下，却没有说抱歉。这一次，我并没有比在巴黎火车北站那次更多地注意他们，可是，当我去酒吧车厢的时候，我又一次见到这对怎么看都有些奇怪的男女。一眼望去，不过是一个带着女朋友的英国小青年，两人都是奇装异服。当我靠近柜台的时候，男孩古怪地盯着我，他和女友正朝火车头方向走去。15分钟后，列车将在阿什福德站停靠，我推测，他们是要去拿行李，准备下车。快餐厅的职员——鉴于前面那长长的队伍，我寻思，这个餐厅是否真的有快的东西——看着那两个脑袋剃得光光的年轻人走开，叹了一口气。

"不是剃了头就能变成和尚。"我跟他说着，并点了一杯咖啡，"不过一旦熟悉了，他们人可能也不错？"

"或许吧，"服务员的语气中充满怀疑，"不过，那小伙子一直在用弹簧刀剔指甲，女孩则一直看着他剔。这样不太能激发人去展开谈话。"

我付了钱，返回我的位置。凯拉在车厢里打盹儿。我刚回到那里，就又一次碰到那两个家伙。他们在行李包厢旁边徘徊，我们的行李就放在那里。我走近他们，男孩向女孩示意，她转过头来，挡住我的去路。

"这儿已经被占了。"她傲慢地对我说。

"我看到了，"我说道，"不过，占来做什么？"

男孩跳出来，从衣兜里掏出弹簧刀，声称他不喜欢我跟他女朋友说话的语气。

年轻的时候，我在拉德布罗克丛林（Ladbroke Grove）待过不短的一段时间，我中学最好的朋友就住在那里。我知道有些人行道是被一些帮派占领的，有些十字路口禁止我们通行，有些最好不要去那里玩桌上足球的咖啡馆。我知道这两个人一直在伺机动手。只要我一动，女孩就会从背后跳过来钳住我的双臂，好让她的同伴揍我。而一旦我被打倒在地，他们就会踢断我的肋骨，直到我断气。我在英国度过的童年并非只有种着柔软草坪的花园，就这一方面来说，时间并没有做出多少改变。有原则的时候，凭本能行事总是有些复杂，我回了女孩一个大大的巴掌，她立刻捂着脸倒在行李上。男孩惊呆了，他跳到我面前，弹簧刀从一只手转到另一只手。是时候忘记年少时的我了，努力成为的成年人出场了。

"十秒，"我告诉他，"只要十秒，我就能把你的弹簧刀夺过来；刀在我手里，你就得脱光衣服下车。你愿意这样，还是把刀放回口袋里，我们就此打住？"

女孩非常愤怒，她站起来，回来向我发起挑战；她的男友越来越烦躁不安。

"砍了这个蠢货，"她叫道，"砍了他，汤姆！"

"汤姆，你得让你女朋友见识见识你的权威，把这个家伙解决了，我们俩得有人受伤。"

"能告诉我发生了什么事吗？"凯拉走到我身后问道。

"小口角。"我回答，把她推在身后。

"要我去叫人吗？"

两个年轻人没有料到会有外援。火车放慢了速度，从车窗可以看到阿什福德火车站。汤姆拽着他女朋友，手里还一直拿着弹簧刀指着我们。凯拉和我一动不动，不错眼珠地盯着在我们面前晃动的武器。

"走开！"男孩说。

火车一停下来，他就冲向站台，带着女朋友飞快地逃走了。

凯拉一言不发；要下车的乘客们蜂拥而至，迫使我们挤在一起。我们回到自己的座位上，列车又一次晃动起来。凯拉想让我报警，但为时已晚，那两个小流氓已经逃走了，而我的手机放在行李里面。我起身去检查行李是否还在。凯拉帮我检查了两个行李箱，她的完好无损，我的被打开了；里面有些乱，但看起来没少什么东西。我找到手机和护照，把它们放到外衣口袋里。到达伦敦的时候，这个插曲已经被抛到脑后。

站在小小的屋子前，我心中升起一阵巨大的喜悦，我迫不及待地想要进去。我在口袋里翻找钥匙，我记得很清楚，离开巴黎的时候，我还见过它。幸运的是，邻居从窗口看到了我。老习惯还没丢，她让我从她家花园翻过去。

"您知道梯子在哪儿。"她跟我说，"我在熨衣服呢，别担心，我一弄完就收回来。"

我连连道谢，片刻就翻过了栅栏。后门一直没有请人来修——或许我最好放弃这个打算——我迅速转了一下把手，终于进入家门。凯拉在街上等我，我跑去给她开门。

　　下午剩下的时间里，我们就在街区购物。一个流动摊贩的货架吸引了凯拉，她在那里买了整整一篮子食物。唉，那天晚上，我们并没有吃晚饭的时间。

　　我在厨房里按照凯拉的要求埋头苦干，把西葫芦仔仔细细切成丁，她在调制一种酱料，还拒绝告诉我是怎么做的。电话响了。不是我的手机，而是家里的座机。凯拉和我面面相觑。我走到客厅，接起电话。

　　"原来是真的，你们真的回来了。"

　　"我们刚刚回来，亲爱的沃尔特。"

　　"非常感谢你们想到通知我，你们真是太可爱了。"

　　"我们刚下火车不久……"

　　"用联邦快递告诉我你们到了还是有些太夸张，根据我对您的了解，您可不是汤姆·汉克斯！"

　　"是快递员通知您我们回来了？真是太奇怪了……"

　　"您能想象吗，有人送了一封给您的信到科学院。话说回来，信并不是给您的，信封上写的是您女朋友的名字，信封下方还写着：烦请转交。下次，你们的邮件直接寄给我就可以了。信封上还明确写着：请速速转交。既然我已经成了你们的邮递员，您需要我把信送到您家里去吗？"

　　"稍等，我告诉凯拉！"

　　"一封写着我名字的信，寄到你工作的科学院？这到底是怎么回事？"她问道。

　　我知道的也不比她多，我问她愿不愿意让沃尔特给我们送来，既然他都好心地提议了。

　　凯拉冲我摆摆手，我立刻明白，这是她最最不需要的。左边，沃尔特在我耳边嘀嘀咕咕，右边，凯拉冲我瞪着眼睛，我在他们之间左右为难。

既然需要立即决定，我请求沃尔特在科学院等我，让他不必穿过整个伦敦送信，我会去科学院取信。挂断电话的时候，我为找到完美的折中办法而舒了一口气；可是，当我回过头，才发现凯拉并没有像我一样激动。我向她保证，来回用不了一个小时。我套上雨衣，从办公桌抽屉里拿出备用钥匙，然后沿着小路攀登而上，朝我的车位走去。

一坐进车里，我又闻到了醉人的旧皮革的味道。我刚从车位驶出，就猛地踩下刹车。凯拉像柱子一样直直地站在车前，我差点撞上她。她从散热器边绕过来，坐到副驾驶的位置上。

"这封信不能等到明天吗？"她把车门关上说道。

"沃尔特说，信封上用红色记号笔写着'急件'。我完全可以自己去，你不必……"

"信是寄给我的，你却火急火燎地想去看你哥们儿，那就开足马力走吧。"

在伦敦街头，只有星期一晚上才能畅通无阻地驾驶。不到 20 分钟，我们就到了科学院。途中，天下起雨来，是首都经常可见的那种倾盆大雨。沃尔特在大门口等我们，裤脚已经湿透了，外套也是。他的脸色和天气一样差。他在车门边俯下身来，把信封递给我们。我甚至都不能提议送他回家，因为我的车只有两个座位。我们还是决定陪他等出租车。出租车驶来的时候，沃尔特冷淡地冲我招了招手，直接无视了凯拉。于是，我们在倾盆大雨中坐在车里，信封就放在凯拉的膝盖上。

"你不打开看看？"

"是麦克斯的笔迹。"她小声说道。

"这家伙会心灵感应吧！"

"为什么这么说？"

"我怀疑，他是看到了我们正在准备爱的晚餐，专门等到你的酱料煮到火候，然后给你快递一封信，把我们的夜晚搅黄。"

"这不好笑……"

"也许吧，不过你得承认，如果是我的旧情人来打扰我们，你不会这么幽默地看待问题。"

"你哪个旧情人会写信给你？"

"我不是这个意思。"

"回答我的问题！"

"我没有旧情人。"

"难不成我们认识的时候，你还是处男？"

"我想说的是，在大学里，我没有和任何情人上过床！"

"太妙了，这个评语。"

"你要不要打开信封？"

"你刚才是说'爱的晚餐'，我没听错吧？"

"我可能这么说过。"

"你爱我吗，阿德里安？"

"打开信封吧，凯拉！"

"我就当你承认了。我们回你家，直接去你房间。比起一锅西葫芦，我更想要你。"

"我会把这当作你的赞扬！信怎么办？"

"它只能等到明天上午，麦克斯也是。"

在伦敦的第一个夜晚唤起了诸多回忆。欢爱过后，你睡了；百叶窗半开着，我坐在那里，看着你，倾听你平静的呼吸。我能看到你背后的伤疤，那是任多少时间都无法抹去的。我用指尖轻轻地触摸。你温热的肌肤又唤醒了我的欲望，和夜间第一次一样饱胀。你发出呻吟，我把手移开，而你抓住了它，睡眼蒙眬地问我怎么停止了抚摸。我用双唇贴着你的皮肤，而你再一次沉入梦乡。就在此时，我向你表白，我爱你。

"我也是。"你喃喃回应。

你的声音几不可闻，但是这三个字足以让我去你的夜晚追随你。

我们都累得筋疲力尽，没有注意到上午已经悄然溜走。我睁开双眼的时候，已经将近中午了。你的位置已经空了，我在厨房找到了你。你穿着我的衬衫，脚上套着从我的抽屉里找到的袜子。昨夜的相互表白后，一丝尴尬和短暂的羞怯把我们分开。我问你，是否读过麦克斯的信。你用眼神示意信就在桌子上，信封还完好无损。不知为什么，就在此刻，我希望你永远都不要将它打开。我更愿意把它放入抽屉，然后就此遗忘。我不想再次展开疯狂的追寻，我梦想和你在这栋房子里相互依偎，出门也仅仅是为了沿着泰晤士河散步，去肯特淘旧货，去诺丁山的小咖啡馆吃烤饼。可是，你已经打开了信封，所有这些都不复存在。

你展开信纸，读给我听，或许是想告诉我，从昨夜开始，你再也没有任何事要向我隐瞒。

凯拉：

你的到来让我陷入忧伤。我想，自从我们在杜伊勒里宫见面，我以为已经熄灭的情思再次燃起。

我从来没有告诉过你，我们的分手让我多么痛苦，你的离开、你的杳无音信、你的缺席都让我深受折磨，而得知你很幸福、对我们的过往毫不在意，我更加痛苦不堪。但是，我得向现实屈服，如果说有你在身边足以让一个男人体验到所期望的最大的幸福，那么你的自私和缺席从此也造成了空白。我终于明白，想要挽留你只是白费力气，没有人能够做到；你爱得真诚，可你的爱只能持续一段时间。几个季节的幸福已经足够了，虽然被你抛弃的人需要花费更多的时间修复伤痕。

我更愿从此不再相见。不要给我你的消息，来巴黎的时候不要再来看我。这不是你曾经的老师在命令你，而是一个朋友在请求你。

我花了许多时间思考我们的谈话。你曾经是一个令人难以容忍的学生，但我也说过，你有直觉，这对你的职业来说是非常珍贵的品质。我为你走过的路程感到骄傲，虽然我并没能有所帮助，任何一名教授都能发现你身上的考古学家潜质，而你也做到了。你向我阐释的理论并非不可能，我甚至愿意相信它，或许你已经接近了真相，虽然方向还不甚明了。追随皮拉斯基人的脚步吧，谁知道它能否把你带到某个地方。

你离开我的办公室后，我回到家，打开了尘封数年的书籍，拿出已经存档的笔记本，浏览我的笔记。你也知道我多么有洁癖，我书房里的一切都分门别类、排列整齐，在那里，我们度过了多少美好的时光。在一本笔记里，我找到一个人的记录，他的研究或许对你有帮助。他毕生都在研究人类大迁徙，并且写过不少关于西亚人的文章，虽然发表得不多。他只满足于在一些灰暗的教室里做讲座，许久之前，我参加过一次。关于地中海盆地早期人类的迁徙，他还有一些创新的观点。有许多人诋毁他，不过，在我们这个领域，谁没有被人诋毁过呢？同行间相互嫉妒。我说的这个人学识渊博，我非常敬仰他。去见他吧，凯拉。我听说他在耶尔岛隐居，那是苏格兰北部设得兰群岛中的一个小岛。他似乎与世隔绝，并且拒绝跟任何人谈论他的工作。一个受过伤的男人。但也许，你的魅力能成功地让他走出来，对你开口。

长久以来你心心念念的这个发现，你梦想冠上你的名字的这个发现，或许终于触手可及了。我对你有信心，你会走到底的。

祝好运。

麦克斯

凯拉把信纸折好，放回信封。她起身将早餐的餐具放入洗碗槽，并打开水龙头。

"你想要一杯咖啡吗？"她背对着我问道。

我没有回答。

"我很抱歉，阿德里安。"

"因为这个男人还爱着你？"

"不，因为他对我的评价。"

"他的描述符合你对自己的认识吗？"

"我不知道，或许现在并不符合，但是他一贯真诚，这让我相信，里面应该有很多真实的成分。"

"他所指责的是，与损害你的形象相比，伤害爱你的人对你来说更容易些。"

"你也觉得我自私吗？"

"写信的人又不是我。但是，一边过自己的日子，一边说一切都会好起来的、时间会解决一切，这样有些太懦弱了。关于人类最了不起的求生本能，我也不必向你这个考古学家解释了。"

"犬儒主义可不适合你。"

"我是英国人，我想，这是骨子里就有的。换个话题吧，如果你同意的话。我要步行去旅行社，我想透透气。你想去耶尔岛，不是吗？"

凯拉决定陪着我。我们已经决定明天就出发。我们将在格拉斯哥中转，然后到达设得兰群岛中最大的岛屿萨姆堡。那里有班车带我们去耶尔。

我们把机票揣在口袋里，去国王大道兜了一圈。在这个区域，我有自己的习惯，我喜欢沿着这些商业大道往北走，直到悉尼街，然后去切尔西农夫市场的巷道里散步。我们和沃尔特就约在那里。漫长的散步让我有了胃口。

沃尔特非常仔细地研究过菜单，点了一个双层汉堡，然后，他凑到我耳边。

"科学院给了我一张支票，要我转交给您，相当于六个月的薪水。"

"以什么名义？"我问道。

"这是个坏消息。由于您经常不上班，您的职位以后只是名誉上的了，您不再担任实际职务了。"

"我被解雇了？"

"不，确切地说，不是。我尽最大努力为您申辩过，但是，我们正处于预算紧缩时期，董事会责令删除一切不必要的开支。"

"我是否可以认为，在董事会看来，我就是不必要的开支？"

"阿德里安，管理层甚至都不知道您长什么样，您从智利回来后，就没迈进过科学院的大门，所以您得理解他们。"

沃尔特脸色更差了。

"还有什么？"

"您的办公室得清空，他们要我把您的东西送到您家里，下星期有人要搬进去。"

"他们已经找好了取代我的人？"

"不，严格来说不是这样，据说他们把您的课程分配给了一位非常勤勉的同事，他需要一个地方备课、改作业、接待学生……您的办公室非常适合他。"

"我能知道这位趁我不留神就把我踢出门外的魅力人士是谁吗？"

"您不认识他，他来科学院才三年。"

沃尔特最后一句话让我明白，董事会是要让我为这些年滥用的自由付出代价。沃尔特丢了面子，凯拉在回避我的目光。我拿起支票，决定今天就拿去兑换。我如此愤怒，却只能责怪自己。

"夏马风刮到英国来了。"凯拉低低地说。

夏马风曾把她从埃塞俄比亚的挖掘现场赶走，这个动听却又带刺的小小影射证实了我们早上讨论的紧张气氛还没有完全散去。

"您有什么打算？"沃尔特问我。

"嗯，既然我失业了，我们就可以去旅行了。"

凯拉在与一块负隅顽抗的肉奋战，我相信，只要能不参与我们的谈话，与瓷盘奋战她都愿意。

"我们有了麦克斯的消息。"我告诉沃尔特。

"麦克斯？"

"我女朋友的老朋友……"

一片烤肉从凯拉的餐刀下溜走，飞过一段不容忽视的距离后，最后落在一名服务员腿间。

"我不太饿，"她说，"我早餐吃得晚。"

"是我昨天交给您的那封信吗？"沃尔特问道。

凯拉正吞下一口啤酒，却被呛到，剧烈地咳嗽起来。

"你们继续，继续，就当我不在……"她擦着嘴说。

"对，就是那封信。"

"这和你们的出行计划有关系吗？你们要去远方？"

"去苏格兰北边，设得兰群岛。"

"我对那儿非常熟悉，我年轻的时候就在那里度过假。父亲带我们全家人去沃尔赛岛。那是一片不毛之地，但是夏天的时候非常美丽，从来都不会热，爸爸讨厌热天。那里的冬天相当难过，可爸爸最爱冬天，虽然我们从未在这个季节去过那里。你们去哪座岛？"

"耶尔。"

"那儿我也去过。在岛屿最北端，有全英国最著名的鬼屋。风宅是一座废墟，从它的名字就可以看出，它饱受肆虐的狂风。但是，你们为什么要去那儿？"

"我们去拜访麦克斯认识的一个人。"

"啊，这个人是做什么的？"

"他退休了。"

"当然，我明白，你们去苏格兰北边，拜访凯拉的一位老朋友已经退休的朋友。这件事应该会有意义。我发现你们俩都够怪的，你们没隐瞒什么吧？"

"您知道阿德里安脾气很臭吧，沃尔特？"凯拉突然问道。

"我知道，"他回答，"我早就注意到了。"

"那么，您该知道，我们没向您隐瞒什么。"

凯拉跟我要了家里的钥匙，她更喜欢步行回家，留我们男人自己结束这迷人的谈话。她和沃尔特告了别，就从餐馆离开了。

"你们吵架了，是吗？你们还做什么了，阿德里安？"

"真不可思议，为什么会是我的错？"

"因为离开的是她，不是您，这就是为什么。好了，我听着呢，你们还做了什么？"

"什么都没做，真该死，听那个家伙给她写的情书，我还得装作不在意。"

"您也读了？那是给她的信。"

"是她读给我听的。"

"这至少可以说明她很诚实，我猜，这个麦克斯曾经是她的男朋友。"

"几年前上过床的男朋友。"

"喂，老伙计，您遇到她的时候也不是处男啊。您告诉过我的，要我再说给您听吗？您的第一次婚姻、您的女博士，还有在酒吧当服务员的红发女子……"

"我从来没有和酒吧里的红发女子在一起过！"

"啊？那是我。不管怎样，您可不要告诉我，您会蠢到为她的过去吃醋。"

"我可没这么说！"

"话说回来，您该为这个麦克斯祝福，而不是讨厌他。"

"我实在不明白为什么要这么做。"

"就是因为，如果他没有那么蠢地让她离开，你们也不会在一起。"

我惊讶地看着沃尔特；他这么想也不是完全没有道理。

"好吧，给我来一份甜品，然后您去跟她道歉。您真的笨到家了！"

巧克力慕斯大概很美味，沃尔特求我多等他一会儿，他还要来一份。我想，他其实是在拖延我们在一起的时间，好一起谈谈伊莲娜小姨，或者更明确地说，好让我谈起她。他计划请她来伦敦待几天，在我看来，他是想知道她是否会接受邀请。在我的记忆里，伊莲娜小姨从未走出过雅典，但这段时间以来，我已经变得不会为任何事情感到惊讶了，一切都有可能。我建议沃尔特处理得巧妙一些。他任我提出上千个建议，最后才有些不好意思地道出实情：他已经发出邀请，而她也回复，她早就梦想参观伦敦了。他们二人已经计划好把这趟旅行安排到月底了。

"那么，既然您已经得到答复了，为什么还说这些？"

"因为我想确认一下，您没有为此而生气。您是家里唯一的男人，和您小姨交往需要得到您的许可，这很正常。"

"我不记得您真的问过我，除非我完全忘了。"

"这么说吧，我试探过您的意思。我问您我是否有机会的时候，如果您的回答有那么一丝的反对……"

"……您就放弃您的计划？"

"不会的，"沃尔特承认，"但我请求伊莲娜说服您不要埋怨我。阿德里安，就在几个月前，我们彼此还不太熟悉，自从我喜欢上您这个朋友，我就不愿冒一分让您生气的危险，我们的友谊对我来说弥足珍贵。"

"沃尔特！"我直直地盯着他说道。

"怎么了？我和您小姨的关系让您觉得不合适，是吗？"

"和您一起，我小姨终于找到了她长久以来期冀的幸福，我觉得这太棒了。在伊兹拉岛的时候，您说得对，如果是您比她年长 20 岁，没有人会有话说，我们别再为外省资产阶级虚伪的偏见烦恼了。"

"别再指责外省了，在伦敦，人们也不见得会赞同。"

"没有人强迫你们在科学院董事会的窗户下热烈相拥……跟您说实话，即使这么想我也没有不高兴。"

"那么，我得到您的许可了？"

"您本来就不需要！"

"从某种方式来说，我的确需要，您小姨更希望是您把这次旅行告诉您的妈妈……她明确说了：除非您答应。"

手机在口袋里振动。家里的电话号码出现在屏幕上，凯拉大约等急了。她本该和我们一起的。

"您不接吗？"沃尔特担忧地问道。

"不用，我们说到哪儿了？"

"您小姨和我希望您帮个小忙。"

"您想让我告诉我妈妈她妹妹的'荒唐事'吗？跟我妈妈说你们两个已经很困难了？不过，我会尽力的，这是我应该为你们做的。"

沃尔特抓住我的双手，热烈地握着。

"谢谢，谢谢，谢谢！"他摇着我，就好像我是一棵李子树。

电话又振动起来，我把它留在桌子上，回头叫服务员点了一杯咖啡。

巴黎

一盏小灯照亮了伊沃里的书桌，老教授在更新他的笔记。电话响起。

他摘下眼镜，接起电话。

"我是想告诉您，我把您的信交给收信人了。"

"她看过了？"

"是的，就在今天早上。"

"他们有什么反应？"

"现在还没有办法回答您……"

伊沃里向沃尔特道了谢。他拨了另一个电话号码，等待对方接起。

"您的信安全送达了，我想跟您说声谢谢。我说的您都写下来了吗？"

"我把您说的每个字都抄下来了，我只允许自己加了几句话。"

"我跟您说过，什么都不要改！"

"那么，您为什么不自己写这封信或亲口告诉她呢？为什么要通过我？我不明白您在玩什么把戏。"

"我不希望这是一场游戏。她对您比对我更信任，更别说其他人了。麦克斯，我这么说并不是在恭维您。您曾经是她的老师，而我不是。几天后我给她打电话，证实她将在耶尔有所收获时，她只会更信服。从没有人告诉过您，两个意见比一个意见更有用吗？"

"这两个意见来自同一个人时，就没那么有用了。"

"但只有我们知道，不是吗？如果这让您不舒服，那我这么说吧，我这样做是为了他们的安全。她一打电话给您，您就通知我。她会打电话的，我确定。然后，就像我们说好的，现在设法让她找不到您。明天，我给您一个新号码，以便和我联系。晚安，麦克斯。"

伦敦

我们一大早就出发了。凯拉困得摇摇晃晃。一坐上出租车，她就睡着了，到达希斯罗机场的时候，我使劲摇才把她摇醒。

"我越来越不喜欢飞机了。"飞机起飞的时候，凯拉说。

"对探险家来说，这可真让人恼火，你打算步行去北方？"

"可以坐船……"

"在大冬天？"

"让我睡会儿。"

我们要在格拉斯哥中转三个小时。我本想带凯拉在城里参观，可天气并不允许。根据天气预报，天气条件会越来越差，凯拉开始担心飞机能否起飞。天空漆黑一片，厚厚的乌云在地平线处堆积。一个又一个小时过去了，广播里不停地播报飞机延误信息，请乘客们耐心等待。一场暴风雨刚刚使跑道陷入泥泞，大部分航班被取消了，但我们的航班依然难得地显示在出发信息上。

"你估计，这个老男人有多大可能接待我们？"机场餐厅关门的时候，我问道。

"你估计，我们有多大可能安全到达设得兰群岛？"凯拉问道。

"我想，他们总不会让我们白白冒险。"

"你对人类的信心可真让我着迷。"凯拉回答。

暴风雨走远了，在短暂的晴天间隙，一名空姐督促我们以最快的速度登机。凯拉不情愿地走上舷梯。

"你看，"我指着舷窗外面，"那里有一片晴空，我们会从那里穿过去，避开风暴。"

"你那片晴空能一直陪我们到飞机降落的地方吗？"

55 分钟的飞行途中，飞机不断遭遇气流，积极的一面是，颠簸使得凯拉再也没有离开我的怀抱。

下午正中间的时候，我们抵达设得兰群岛。大雨倾盆。旅行社建议我们在机场租一辆车。我们在羊群散布的平原上驱车 60 英里。动物都是散养的，为了与邻居的羊群区分，农场主总是给羊毛染色。整个乡村因此被赋予了美丽的色彩，与灰暗的天空形成强烈的反差。在托夫特，我们坐上开往阿尔斯塔的班车，那是一个位于耶尔东岸的小村庄。岛上的其他地方也只有零星的村庄。

我为这趟旅行做了准备，在巴勒沃一家名为"住宿和早餐"的旅馆里，预订了一个房间。我想，这是岛上唯一的旅馆。

所谓的"住宿和早餐"其实是一个农场，那里有一个房间，用来接待在岛上迷路的罕见的游客。

耶尔岛是那种世界尽头的岛屿，它是一块狭长的荒原，35 公里长，只有 12 公里宽。有 957 人住在那里，统计非常精确，每次出生或死亡显然能对岛上的人口统计造成影响。水獭、灰海豹或者北极燕鸥才是这里占多数的生物。

接待我们的农场主夫妇很热情，但他们的口音很重，我并不能听懂所有的话。晚餐在 6 点供应，7 点钟，凯拉和我已经回到了房间。用来照明的仅是两支蜡烛。户外狂风怒吼，百叶窗被吹得咔咔直响。夜里，生锈的风车叶片嘎吱作响，雨点拍打在玻璃上。凯拉蜷缩在我怀里，但那天夜里，我们没有任何做爱的机会。

我并没有为那么早入睡感到多少遗憾，因为次日清晨我们是被粗鲁地唤醒的。羊群咩咩，小猪哼哼，家禽四处乱飞，这其中还不时加入奶牛的哞哞声，但早餐时提供的鸡蛋、熏肉和羊奶的味道，令我此生难忘。农妇问我们到这里来做什么。

"我们来拜访一位考古学家——扬·特恩斯滕，他退休后就住在岛上，您认识他吗？"凯拉问道。

农妇耸耸肩，离开了厨房。凯拉和我面面相觑。

"你昨天问我，这个家伙有多大可能接待我们，就在刚才，我降低了我的预期。"我轻声告诉她。

一吞完早餐，我就奔向马厩，去寻找农妇的丈夫。当我提到扬·特恩斯滕的名字时，农场主做了一个鬼脸。

"他约了你们？"

"确切地说，没有。"

"那么，他会拿着枪迎接你们的。这个荷兰人是个不讨人喜欢的家伙，他从不问好，也从不说再见。他离群索居，每星期来村里采购一次，从不跟任何人说话。两年前，住在他附近农场里的那家人遇到了困难。那家的女人半夜分娩，但情况不太好，需要去叫医生，可她丈夫的车发动不了。小伙子穿过荒原去寻求他的帮助，冒雨走了整整一公里，荷兰人却拿着卡宾枪朝他开了火。婴儿没有活下来。我跟您说，这是个非常讨人厌的家伙。将来他下葬的时候，只会有神父和细木工出席。"

"为什么是细木工？"我问道。

"因为他有一部灵车，而且需要用他的马来拉车。"

我把这次对话转述给凯拉，我们决定沿着海岸去散步，并利用这段时间制订接近他的战略。

"我要一个人去。"凯拉决定。

"然后还有什么？绝对不行！"

"他不会朝女人开枪的，他没有任何理由认为自己受到威胁。听着，坏的邻里关系这样的故事在岛上多的是，这个人肯定不是像他们说的那样像个魔鬼。我认识不止一个人，半夜里会朝靠近他家的影子开枪。"

"你交往的人可真奇怪！"

"你把我丢在他家门前，我步行走完后面的路。"

"不行！"

"他不会朝我开枪的，相信我！比起见这个人，我更担心的是回程的航班。"

整个散步途中，我们都在交流彼此的观点。我们沿着悬崖行走，发现了许多荒芜的小海湾。凯拉迷上了一只水獭，小动物一点都不怕生，看来它很喜欢我们在场，甚至追着我们走了好几米远。它玩得兴致勃勃，陪我们待了一个多小时。寒风凛冽，但没有下雨，步行起来舒适宜人。途中，我们遇到一个捕鱼归来的人。我们向他问路。

他的口音比接待我们的那对夫妇还要糟糕。

"你们去哪儿？"他的嘴在大胡子后面嘟哝着。

"巴勒沃。"

"要走一个小时，朝后走。"他说着就走开了。

凯拉把我留在原地，追了上去。

"这个地区真美。"她赶上前去。

"随您怎么认为。"男人回答。

"我想，这里的冬天应该很冷吧。"凯拉继续说。

"您有许多这样的蠢话要跟我说吗？我得回去做饭。"

"特恩斯滕先生？"

"我不认识叫这个名字的人。"他加快了脚步。

"岛上人不多，我可不信您说的。"

"您愿意信谁就去信谁，别烦我了。但您要我给您指路，您现在可是背道而驰，所以，转过身去，您的方向才对。"

"我是考古学家。我们远道而来，想要见您。"

"什么考古学家不考古学家的，我都无所谓。我跟您说了，我不认识什么特恩斯滕。"

"我只需要您给我几个小时的时间，我读了您关于旧石器时代人类大迁徙的著作，我需要您的指点。"

男人停下脚步，打量着凯拉。

"您一看就是个讨厌的人，我不想有人来烦我。"

"而您一看就是个尖酸刻薄、令人厌恶的人。"

"我完全同意，"男人笑着回答，"仅凭这个原因，我们就不能相识。我该跟您说什么才能让您还我清净？"

"试试说荷兰语吧！我想，这个小地方没有人会有您这样的口音。"

男人转身就走。她追上去，很快就赶上了他。

"您就固执吧，我无所谓，如果需要的话，我会一直追到您家里。走到您家门口的时候，您会怎么做？拿枪把我赶走吗？"

"巴勒沃的农夫告诉你的？岛上的传言不用全相信，这儿的人很无聊，他们不知该编造什么。"

"我唯一感兴趣的，"她继续说道，"是您会告诉我什么，再没有其他的了。"

男人似乎第一次对我产生了兴趣。他暂时无视凯拉，朝我的方向迈动了脚步。

"她总是这么烦人吗？还是我受到了特别对待？"

我没表达过这样的意见，我只是笑了笑，并向他保证，凯拉骨子里是个果断的人。

"您呢？除了跟在她后面，您做什么工作？"

"我是天体物理学家。"

他的目光蓦然发生了变化，他稍稍睁大了深蓝色的双眼。

"我喜欢星星，"他低声说道，"它们曾经给我指引……"

特恩斯滕看着脚尖，然后把一粒石子翻滚着踢向空中。

"我想，既然您从事这个职业，您应该很喜欢它们吧？"他再次开口。

"我想是吧。"我回答。

"跟我来，我住在这条路的尽头。我为你们提供你们渴望的东西，您给我讲讲天空，然后你们就还我清净，成交？"

我们和他握了握手，以示我们将遵守诺言。

木地板上铺着破旧的地毯，壁炉前放着一把旧扶手椅，靠墙放着两个书橱，书籍和灰尘几乎要将它们压垮。在一个角落里放着一张铁床，上面盖着一床旧百衲被，床头柜上放着台灯。这些组成了这个简陋的住所里最主要的房间。主人请我们在餐桌边坐下；他为我们煮了又黑又苦的黑咖啡。他点燃了一根玉米叶卷烟，凝视着我们。

"你们来这里找什么？"他吐了一口烟说道。

"人类最早的迁徙中，借道北方到达美洲的那部分人的信息。"

"这一支迁徙队伍非常有争议，美洲大陆的移民比看上去的更复杂。但这些都在书里讲过，您不必移步到此。"

"您认为有没有可能一支队伍离开地中海盆地，穿过极地到达白令海峡和波弗特海？"凯拉又问道。

"这样闲逛可真妙，"特恩斯滕嘲笑道，"在您看来，他们这趟是坐飞机去的？"

"您没必要那么盛气凌人，您只要回答我的问题就可以了。"

"那么在您看来，这个壮举是什么时期完成的？"

"公元前 4 000 年至公元前 5 000 年间。"

"从未听说过这样的事，为什么是这个时期？"

"因为我感兴趣的就是这个时期。"

"当时的冰层比今天的更加成形，而海洋也更小；在有利的季节里出行的话，是的，这有可能办到。现在，打开天窗说亮话吧，您说您读过我的著作，我不知道您是怎么做到的，因为我很少发表文章，而您也太年轻，不可能听过我就这个主题做的屈指可数的讲座。如果您真的对我的作品感兴趣，您刚才提的问题应该在来之前就已经知道答案了，因为那正是我捍卫的理论。我甚至因为它被考古学家协会踢出门外。现在，轮到我问你们两个问题了。你们来我家到底做什么，有什么目的？"

凯拉一口气吞下咖啡。

"好吧，"她说，"打开天窗说亮话。我从未读过您的作品，甚至在上星期，我都还不知道您的存在。是一位做老师的朋友建议我来看您的，他告诉我您能够向我提供关于最早的人类大迁徙的信息，我们的同行对这段历史的意见并不一致。但是，我一直在寻求别人已经放弃的东西。如今，我在寻找一条途径，在公元前四五千年间能够供人穿过北方的通道。"

"他们为什么会展开这个旅程？会是什么促使他们冒着生命危险？小姑娘，在声称自己对人类大迁徙感兴趣的时候，这才是问题的关键。人类在迫不得已的情况下才会迁徙，因为他饿或者渴，因为他遭受磨难，是生存本能促使他移动。拿您来说，您离开自己柔软的巢穴来我这个破棚子，是因为您需要某些东西，对吗？"

凯拉看看我，我猜测，她是想在我的目光中寻求答案。我们是否可以信任这个人，冒险给他看我们的碎块，然后把两块石头放在一起，让他见证那个现象？我已经注意到，每聚合一次，光线就会变弱一点。我更愿意节约它们的能量，并且尽可能让最少的人知道我们在试图发现什么。我向她摇头示意，她明白了，朝特恩斯滕回过头去。

"那么？"他追问。

"为了带去一个信息。"凯拉回答。

"什么样的信息？"

"非常重要的信息。"

"带给谁？"

"带给每块大陆上已经建立的文明的部落首领。"

"那么，他们是如何猜测到，在那么遥远的地方，还有其他文明存在的呢？"

"他们应该并不确定，但我也没见过哪个探险家在出发时就能确定他到达后会发现什么。不过，我所说的这些人应该见过不少不同的民族，从而能够设想在遥远的地方还生活着其他民族。我已经有证据能够表明，在同一时期，还有三次这样的迁移得以展开，规模也非常可观。一支是向南方，另一支向东方一直走到中国，第三支前往西方。现在只剩下北方了。"

"您真的有证据能证实这些迁移吗？"特恩斯滕问道，语气充满怀疑。

他的声音发生了变化。他把椅子拉向凯拉一边，一只手放在桌子上，用指甲刮着木板。

"我不会跟您说谎的。"凯拉证实道。

"您是想说，不会连续两次撒谎？"

"刚才我那是想接近您，有人说您并不容易接近。"

"我在这里隐居，但我并不是未开化的动物！"

特恩斯滕盯着凯拉。他的眼睛周围布满皱纹，目光如此深邃，令人很难承受。他站起身，让我们单独待了片刻。

"我们过会儿再谈论星星，我没忘记我们的交易。"他在客厅里喊道。

他回来时拿着一根管子。他从里面抽出一张地图，铺在桌子上。他用我们的咖啡碟和一只烟灰缸固定住翘起的边角。

"看，"他指着地球平面图上俄罗斯北部的位置，"如果这趟旅程真的存在过，您那些信使就有好几条路可以选择。第一条，是沿着蒙古和俄罗斯北上，直达白令海峡。正如您的猜测，在当时，苏美尔人已经能够制造相当坚固的船只，所以有可能沿着冰山到达波弗特海，虽然没有任何证据表明他们这样做过。另一条可能的路线，是通过挪威、法罗群岛、冰岛，然后穿过格陵兰岛，或者沿着格陵兰海岸，到达巴芬湾，最终也可能到达波弗特海。当然，只要他们能够适应极地气候，途中能够靠打鱼维持生活，并且避免被熊吃掉，但一切都有可能。"

"可能，还是合情合理？"凯拉追问。

"我认为，这样的旅程就是两万年前的高加索人实施的；我也认为，苏美尔文明之所以出现在幼发拉底河与底格里斯河流域，只是因为他们已经学会了储存双粒小麦。但没有人相信我。"

"您为什么跟我说苏美尔文明？"凯拉问道。

"因为，它是最早制定文字、最早发明记录他们语言的工具的文明（之一）。有了文字，苏美尔人又发明了建筑学，并制造出真正意义上的船只。您在寻找几千年前发生的一次漫长旅程的证据，您难道以为会碰巧找到兄妹俩[1]在森林里撒下的碎石子？您真是天真得要命。不管您实际在寻找什么，如果它的确存在过，您就会在文字里找到蛛丝马迹。现在，您是想让我多说一些，还是想要打断我，好让我闭嘴？"

我拉过凯拉的手，把它握在我手里，以此示意她别插嘴，让他继续讲下去。

---

[1] 出自童话《糖果屋》。

"有人认为，苏美尔人定居在幼发拉底河与底格里斯河流域，因为那里适合双粒小麦生长，并且他们也掌握了储存这种谷物的方法。他们能够保存他们的收获，并在寒冷贫乏的季节里以此维持生活。所以，他们无须通过游牧来获得每日的食粮。这就是我要跟您说明的，定居让人从幸存状态过渡到生存状态。人类自从定居，就开始着手改善每日的生活，人类文明（唯有）在此基础上才得以发展。或许是地理环境或气候条件的变化打破了这个秩序，他们再也无法获得每日必需的食物，于是立刻重新上路。逃亡、迁徙乃至战争，都是出于同样的动机——维持物种的永久生存。不过，苏美尔人的认知水平已经高度发展，因而，他们不会像一下子被剥夺了家园的农夫那样头脑简单。我的理论是，他们高度发展的文明来源于几个族群的融合，每个族群都带来了他们各自的文化。其中一个来自印度次大陆，另一个族群从伊朗沿海而来，第三个族群来自小亚细亚。亚速海、黑海、爱琴海、地中海，在这些海域无法通航的时代，它们彼此间的距离其实并不遥远。所有这些移民联合起来，建立了这个了不起的文明。如果有一个民族展开过您所说的旅程，那只能是他们中的一员！如果情况如此，他们就会讲述出来。找到这些文字记录，您就能证明您寻找的东西存在过。"

　　"我将记忆之表分离……"凯拉喃喃道。

　　"您说什么？"特恩斯滕问道。

　　"我们找到一篇文字，它的第一句话是：我将记忆之表分离。"

　　"什么样的文字？"

　　"说来话长，不过，这篇文字是用吉兹语写成的，而不是用苏美尔语。"

　　"您真是蠢透了！"特恩斯滕暴躁地挥舞着拳头，"这并不能说明，它就是在您说的远行时期重新抄写的。您到底有没有研究过？故事代代相传，穿越了边境，每个民族都将它改造，变为自己的故事。难道您不知道，在《旧约》乃至《新约》里面，这样的借用有多少？那些从其他文明窃取的零散故事，甚至比改造它们的犹太教或基督教更加古老。英国大主教、爱尔兰首席主教詹姆士·厄舍在1625至1656年间发表了一部编年史，他声称宇宙诞生于公元前4004年10月23日，一个星期天。真是可笑！上帝创造了时间、空间、银河、星星、太阳、地球以及动物、男人和女人、地狱和天堂。女人是用男人的一根肋骨创造出来的！"

特恩斯滕放声大笑。他起身找来一瓶酒，打开瓶塞，倒满三只杯子，然后将杯子放在桌上。他一口气喝光了自己那杯，又立刻添满。

"您要是知道还有多少傻瓜相信男人比女人少一根肋骨，您会笑得一整夜都停不下来……然而，这个寓言源于一首苏美尔诗歌，它起初是一个简单的文字游戏。在《圣经》里，这种借用处处可见，其中包括大洪水和挪亚方舟，这个故事也是苏美尔人的首创。所以，忘了您的墓穴民族吧，您弄错了。只有苏美尔人可能设计出能够远航的船只，他们发明了一切！埃及人就是从他们那里抄袭的，他们从苏美尔文字中汲取灵感，创造了他们的楔形文字，他们还学来航海技术和烧砖建设城市的技术。如果您所说的远行真的发生过，那么，他们就是从那里出发的！"特恩斯滕指着幼发拉底河说道。

他起身走向客厅。

"待在那儿，我给你们找样东西就回来。"

单独待在厨房里的短暂时间里，凯拉俯身看着地图，用手指跟随着河流前行的方向。她笑了起来，小声告诉我："夏马风就是从那里吹起的，就在特恩斯滕指给我们的地方。想想真的好有趣，它把我从奥莫山谷赶出来，最终却又让我回到它那里。"

"蝴蝶效应……"我耸耸肩回答，"如果不是夏马风吹起，我们的确不会来这儿。"

特恩斯滕拿着另一张地图回到了厨房，这一张对北半球的描绘更加细致。

"在那个时期，冰山的确切位置在哪儿？哪些通道关上了，又有哪些通道打开了？一切都只是假设。唯有找到能证明您的信使的出发点的证据，或者至少找到他们最终停止的地点的证据，您的理论才能成立。没有什么能证明他们最终到达了目的地。"

"如果是您寻找他们的足迹，您会走哪条路？"

"恐怕已经没有任何足迹了，除非……"

"除非什么？"我问道。

这是我第一次加入谈话；特恩斯滕回过身来，仿佛终于注意到了我的存在。

"您刚才说，一支队伍到达了中国，到达那里的人很有可能继续前行，一直走到蒙古。在这种情况下，最合理的路线或许是沿贝加尔湖溯流而上。从那里开始，他们只需要任凭湖水把他们带到安加拉河，直到它汇入叶尼塞河；而叶尼塞河也将汇入喀拉海。"

"所以，这是可行的！"凯拉惊呼。

"我建议你们去一趟莫斯科。到了那里，你们去一趟考古学家协会，设法弄到一个名叫弗拉登科·叶戈罗夫的人的地址。此人是个老酒鬼，他像我一样与世隔绝，住在一间破屋子里。我想，那间屋子就在贝加尔湖附近的某个地方。告诉他，是我介绍你们过去的，并且替我还给他我 30 年前欠他的 100 美元……他应该会接待你们。"

特恩斯滕从裤子口袋里翻出一张捏成团的十英镑钞票。

"得请你们帮我垫那 100 美元了……叶戈罗夫是在他们国家全面禁止时期得到政府的庇护进行研究的少数几个还在世的——至少我希望如此——考古学家之一。他做过几年考古学家协会的领导，知道的远比他愿意透露的多。在赫鲁晓夫执政时期，不能表现得太优秀，更不要说就祖国母亲各个民族的起源提出自己的理论了。如果当时的发掘工作者曾经在喀拉海附近发现您所说的公元前四五千年前移民的足迹，他会知道的。在我看来，只有他能告诉你们，你们的道路是否正确。好了，现在天已经黑了，"特恩斯滕用拳头捶着桌子大声说，"我给你们拿件衣服，免得你们冻僵，然后就走吧。今晚天空晴朗；自从我开始观察这些该死的星星，有几颗我非常希望能叫出它们的名字。"

他从衣帽架上取了两件派克大衣，丢给我们。

"套上这个，看完以后，我给你们开两罐鲱鱼，你们再给我讲点新鲜事。"

我们并没有把这句话当作承诺，尤其是当我们身处世界的尽头，身边是方圆十公里唯一的人类，他手里还拿着枪。

"别这么看我，好像我打算从背后给你们来一枪似的。这片土地非常荒芜，我们无法知道夜里会碰到什么野兽。另外，你们别离我太远。来，看看那颗闪烁的星星，告诉我它叫什么。"

我们在黑夜里走了很久。特恩斯滕时不时伸出手，指给我一颗星星、一片星云或一个星座。我把这些星星的名字告诉他，甚至包括一些我们肉眼看不见的星星。他看起来非常高兴，从他身上再也找不到我们傍晚遇到的那个人的影子。

鲱鱼的味道还不坏，他用柴灰焖的土豆缓和了火烧火燎的咸味。晚餐时，特恩斯滕的眼睛一直没有离开过凯拉，应该许久没有如此漂亮的女人来过家里了，更何况我们还待了一个晚上，在这个远离一切的地方。不久，当我们坐在壁炉前品尝一种让我们的味觉和喉咙都感觉麻痹的烧酒时，特恩斯滕又一次把地图在地毯上展开，让凯拉在他身边席地坐下。

"告诉我，您真正在寻找的是什么？"

凯拉没有回答。特恩斯滕抓过她的双手，看着她的掌心。

"大地没有给它们优待。"

他摊开自己的手掌，给凯拉看自己的掌心。

"很久以前，这双手也挖掘过。"

"您在世界的哪个角落挖掘的？"凯拉问道。

"没什么，那是很久以前的事了。"

深夜，他把我们带到谷仓，请我们坐上他的小卡车。他把我们送到离我们居住的农场 200 米远的地方。借着他以整整 100 美元卖给我们的打火机的微光，我们飞快地跑回房间。那一只旧 Zippo 打火机，他发誓它至少值两倍的价钱，成交后，他笑着祝我们一路顺风。

我吹灭蜡烛，努力在冰冷潮湿的被窝里温暖自己，突然，凯拉转过身，提了一个奇怪的问题。

"你记得我说起过墓穴民族吗？"

"我不太记得了，或许吧……怎么了？"

"因为，在要我们替他给俄罗斯老友还债前，他跟我说：'忘了您的墓穴民族吧，您弄错了。'我回忆了整个谈话过程，我确定自己从来没提起过。"

"或许你提到过，自己却没意识到。你们俩谈得太多了。"

"你烦了？"

"不，丝毫没有，这个人很有趣，可以说非常有趣。我更想知道的是，为什么一个荷兰人要在一个如此与世隔绝的小岛上隐居。"

"我也想知道，我们本该问问他的。"

"我不确定他会不会回答。"

凯拉打了个冷战，然后紧紧贴着我蜷缩起来。我思考起她的问题。我回忆了她和特恩斯滕的谈话，却没有想起她在什么时候提起过墓穴民族。不过，这个问题似乎已经不再令她困扰了，她的呼吸平稳下来，她睡着了。

巴黎

伊沃里沿着岸边散步。他注意到,在一棵高大的柳树下面有一张长凳。他走过去坐了下来。塞纳河沿岸吹着冰冷的风。老教授竖起衣领,抱起双臂。电话在衣兜里振动,整个晚上,他都在等这通电话。

"好了!"

"他们没费多大力气就找到您了?"

"您所言不虚,您的那位女性朋友或许是最优秀的考古学家,但我们本可以等到冬天结束再让他们来我家的。我是在路上让他们碰到的……"

"整个过程是怎么进行的?"

"完全按照您的要求。"

"您觉得……"

"我是不是让他们相信了?是的,我这么觉得。"

"谢谢您,特恩斯滕。"

"没什么,我想,从今以后我不欠您什么了。"

"我从未说过您欠我什么。"

"您救过我的命,伊沃里。这么久了,我做梦都想还清这份债。在被迫逃离的日子里,我并不是每天都觉得有趣,只是比进入坟墓少点烦恼而已。"

"好了,特恩斯滕,说这些一点用都没有。"

"不,我还没有说完呢,您听到底吧。我在亚马孙发现这块该死的石头的时候,是您把我从那些要剥了我的皮的家伙手里救出来的。在日内瓦,您还让我逃过一次谋杀,如果不是您通知我,如果不是您设法让我消失……"

"这些都是很久以前的事了。"伊沃里语气忧伤地打断他。

"还没有那么久，不然，您也不会把那两只迷途的羔羊交给我，让我把他们引向正确的道路。不过，您衡量过这要让他们冒多大的危险吗？您这是要把他们赶到屠宰场，这一点您非常清楚。如果他们太接近目标，那些费尽心思杀我的人也会对他们使同样的手段。我们俩串通一气，但自从我离开他们，我的心就一直七上八下的。"

"这些不会发生在他们身上的，我向您保证，时代已经变了。"

"是吗，那我为什么还要缩在这里？而您一旦得到您想要的东西，也会帮他们换个身份吗？他们也要把自己埋在一个没有人能发现的洞里，以免被人找到吗？这就是您的计划？不管您过去为我做过什么，我们都两清了，我要说的就是这些。我什么都不欠您了。"

伊沃里听到咔嗒一声，特恩斯滕挂断了电话。他叹了一口气，然后把手机丢进了塞纳河。

伦敦

回到伦敦后，我们需要耐心等待几天，才能拿到俄罗斯的签证。科学院管理层为了和我撇清关系而慷慨地签发的支票至少可以让我继续支付这趟旅行。凯拉大部分时间都待在科学院的大图书馆里；多亏沃尔特的帮助，我保留了出入的资格。我的工作主要是帮她在书架中寻找她要的图书，并在她用完以后放回书架。我变得非常无聊。我给自己放了一个下午的假，坐在电脑前给两个许久没有联系过的好友写信。我以密信的方式给埃尔文发了一封邮件。我知道，他一看到我的邮件地址，就会骂出一串脏话。他很有可能拒绝读我的信，但是不用等到晚上，好奇心就会占上风。他会重新打开屏幕，本能地开始思考我的问题。

一点击完"发送"键，我就拿起电话，打给在焦德雷尔班克天文台工作的马汀。

令我吃惊的是，他非常冷漠，和我说话的方式一点都不像他。他用并不友好的声音告诉我，他有许多工作要做，然后就挂掉了。这次流产的谈话给我留下很差的印象。一直以来，马汀和我的关系非常好，我们亲密无间，所以我无法理解他的态度。或许他遇到了私人问题，但并不想让别人知道。

下午5点左右，我处理了信件，支付了早已到期的账单，送给我的女邻居一盒巧克力，感谢她多年来的帮助，然后，我决定去街角的杂货店兜一圈，好把冰箱装满。

我在杂货店的货架间来回走动，突然，老板走到我身边，借口要在货架上补充一些罐头。

"您不要马上回去，有个家伙在人行道对面观察您。"

"什么？"

"这不是第一次了，您上次来的时候我就注意到了。我不知道您遇到了什么麻烦，不过，您可以相信我的经验，这个家伙是个干姜汽水。"

"也就是说？"

"似乎是警察，看起来像，但也不一定，不过相信我，这种家伙可是十足的流氓。"

"您是怎么知道的？"

"我有几个表弟就在监狱里，他们并没有做什么坏事，只是非法售卖碰巧从卡车上掉下来的东西。"

"我想，您可能认错了。"我说着，往他身后看去。

"随您的便，不过，要是您改变主意了，在商店尽里头，库房的门开着，那里有扇门通到院子里。从那儿出去，您可以从旁边的房子穿过去，从后面那条路回去。"

"您真是太好了。"

"自从您来我这儿购物……我可不想失去一个忠实的顾客。"

杂货店老板回到收银台后面。我若无其事地靠近窗边的旋转陈列架，在那里选了一份报纸，并借机朝路上瞥了一眼。老板说得没错，一辆车停在对面的人行道上，车里的男人坐在方向盘前，看来就是在监视我。我决定出其不意。我走出杂货店，径直朝他走去。我正要穿过街道，就听到发动机轰鸣，那辆车飞快地开走了。

杂货店老板从街道另一边看着我，耸了耸肩膀。我回去付了账。

"我得承认，这相当奇怪。"我说着，把信用卡递给他。

"您最近没做什么违法的事吧？"

这个问题在我看来相当失礼，但是，他以如此善意的方式提出来，我丝毫没有感觉自己被冒犯了。

"我不知道，没有。"我回答。

"您应该把东西留在这儿，赶快回家看看。"

"为什么？"

"我看这家伙就是个盯梢的，可能是为了打掩护。"

"打什么掩护？"

"当您在这儿的时候，他们就能确定您没有在其他地方，您明白我的意思了吧？"

"我没有在哪里？"

"比如，在您家里！"

"您认为……"

"要是您继续在这儿闲聊，就来不及了，毫无疑问！"

我抓起购物袋，立刻回到家里。屋子和我离开时没有不同，房门没有任何被撬的迹象，屋里也没有任何变化符合杂货店老板的推测。我把买来的东西放在厨房，决定去科学院接凯拉。

*　　*　　*

凯拉哈欠连连，她揉着眼睛伸着懒腰，这表明她整整一天都在工作。她合上手头在读的书，把它放回书架。她走出图书馆，去沃尔特的办公室打了个招呼，就奔向地铁。

*　　*　　*

天空灰蒙蒙的，下着毛毛细雨，人行道上泛着水光。典型的伦敦之冬。交通状况糟透了，我在路上堵了 45 分钟才到达目的地，又花了十分钟才找到车位。我关上车门，恰巧看到沃尔特从科学院走出来。他也看到了我，就穿过街道，走到我面前。

"您有时间去喝一杯吗？"他问我。

"我得先去科学院找凯拉，然后我们一起去酒吧找您。"

"啊，我怀疑您找不到她，她已经走了足足半个小时了，或者更早。"

"您确定？"

"她来跟我说再见，我们还在我办公室聊了一会儿。那么，还喝啤酒吗？"

我看看手表，在这个时间穿过伦敦是最糟糕的，我准备一到酒吧就给凯拉打电话，告诉她我晚点回去。

酒吧里人满为患，沃尔特费了好大力气才挤到吧台；他点了两品脱啤酒，从一个溜到我们中间的男人肩膀上递给我。沃尔特把我拽到大厅深处，一张桌子恰好空了出来。我们在令人难以忍受的喧嚣中坐了下来。

"那么，去苏格兰还顺利吗？"沃尔特喊道。

"非常棒……如果你喜欢鲱鱼的话。我以为阿塔卡马已经够冷了，可耶尔的天气更冷、更潮湿！"

"你们在那里找到你们想得到的东西了吗？"

"凯拉看起来很兴奋，就这样，恐怕我们不久后又要出发了。"

"这会毁了你们的！"沃尔特大吼。

"已经处理好了！"

我的手机在口袋里振动起来，我接起电话，把它贴到耳边。

"你翻过我的东西了吗？"凯拉问道，她的声音几不可闻。

"当然没有啊，我怎么会那么做。"

"你没有打开过我的包，你确定？"她的声音听起来像耳语。

"你刚才问过了，我的回答是：没有。"

"房间里你留了一盏灯没有关？"

"也没有啊。我能知道发生什么事了吗？"

"我想，房间里还有其他人……"

我的血液一下子凝固了。

"凯拉，快出去！"我吼道，"立刻离开，跑到老布朗普顿路路口的杂货店那里，不要回头，在那里等我。你听到了吗？凯拉，你听到了吗？"

通话被切断了；沃尔特还没弄明白发生了什么事，我就已经推搡着穿过酒吧大厅，冲到门外。一辆出租车被堵得不能动弹，一辆摩托车正要超过它，我几乎要冲到车轮下，强迫摩托车车手停下来。我跟他解释，事关生死，如果他能立刻把我带到老布朗普顿路和克雷斯韦尔花园路的交叉口，我许诺给他报酬。他让我爬上后座，并开始加速。

　　一条条道路从眼前闪过，埃奇威尔路、大理石拱门，环形路口黑压压的全是人，公交车和出租车鳞次栉比，仿佛被拖入一场错综复杂的多米诺牌局。摩托车开上人行道，我不常有机会坐摩托车，所以，当摩托车全速转弯的时候，我竭尽全力才能配合它的节奏。十分钟的路程仿佛永无止境。穿过海德公园的时候，大雨倾盆，我们在两排汽车中间驶向马车道，有时候，我们的膝盖甚至擦到了车门。展览路、南肯辛顿地铁站街心花园，终于，老布朗普顿路出现了，它比前面几条大街更拥挤。走到皇后大门马厩路路口时，车手全力加速，在信号灯转为红色之前穿了过去。一辆小卡车不等绿灯变亮就冲了出来，我们似乎不可避免地要撞车了。摩托车翻倒在地，车手紧紧抓住车把，而我像陀螺一般旋转着从车上摔下来，被抛向人行道。一瞬间，我似乎看到行人们面孔呆滞，被眼前的景象吓傻了。幸运的是，我并没有受到多少撞击，就摔倒在一辆尚未发动的卡车轮前。我完好无损，立刻站起身。车手也已经站起来了，他正要扶起摩托车。我的目的地还在百米开外呢，我匆匆向他做了一个道谢的手势，就奔跑起来，嘴里喊着"让开，让开"。我撞上了一对夫妇，在他们的辱骂声中，我终于看到了杂货店，心里暗暗祈祷凯拉正在那里等我。

　　当我冲进杂货店的时候，老板吓了一跳。我全身湿透，气喘吁吁，我一连说了两遍，才让他明白我的要求。没必要等他回答了，店里只有一名女顾客，她就在商店最里面。我奋力奔跑过去，然后温柔地把她抱在怀里。那名年轻的女子发出一声尖叫，转身给了我两记耳光，或者是三记，我没来得及数清楚。就在此时，电话响起，老板接起电话。当我离开杂货店的时候，我请求他报警，请警察尽快去克雷斯韦尔 24 号。

　　我找到了凯拉，她就坐在我家门前的栏杆上。

　　"你怎么了？你两颊通红，摔跤了吗？"她问。

"因为一个很像你的女人……从背影来看。"我答道。

"你的外套都撕破了，你到底出了什么事？"

"我正要问你这个问题呢。"

"我想，我们俩都不在家的时候，有人进来过。"凯拉说，"我发现我放在客厅的包被打开了。我回来的时候，那人应该还在房间里，我听到楼上有脚步声。"

"你看到有人离开吗？"

一辆警车在我们面前停下，走出两名警察。我告诉他们，我们完全有理由认为家里有人闯入。他们命令我们站到一边，然后进去搜查。

几分钟后，警察出来了，一无所获。如果有人进来过，他应该早就从花园逃走了。这种老式房子的二楼并不高，离地面只有两米，窗户下面厚厚的草坪也起到了缓冲作用。我又想起那个一直没有修理的门把手。小偷很可能是从后门进来的。

我们必须清点有没有丢失物品，然后回警察局报告。警察许诺在周围加强巡逻，一旦抓住什么人，他们会通知我的。

凯拉和我仔细检查了每个房间，我收藏的摄影器材一件都没少，门口的置物袋里，我习惯一进门就丢进去的钱夹也还在那里。什么都没有被翻乱。当我检查卧室的时候，凯拉在一楼喊我。

"花园这扇门插着插销呢，"她说，"昨晚是我锁的。那个家伙是怎么进来的？"

"你肯定有人进来了？"

"除非你的房子里有鬼，我绝对肯定。"

"那么，这个神秘的小偷是从哪儿溜进来的？"

"我怎么知道，阿德里安！"

我向凯拉保证，这次什么都不能打扰我们昨晚被迫中断的爱的晚餐，只要不出什么事。可我很担忧，过去的糟糕记忆被唤醒了。我拨了沃尔特的电话，想要向他吐露我的忧虑，可他的电话一直占线。

阿姆斯特丹

维吉尔每次经过王宫市民厅时，都为镶嵌在大理石地面上的地球平面图而惊叹不已，不过他更钟情于第三张，那是一张壮观的星空图。他走到街上，穿过广场。夜幕已经降临，路灯刚刚点亮，城市运河平静的水面上倒映出昏黄的光。他走上滨河路，准备回家。22号门口停着一辆大排量摩托车。一个推着童车的女人对维吉尔笑了笑，他回以微笑，继续行路。

摩托车车手拉下头盔的面罩，后座上的乘客也是。马达轰鸣，摩托车冲向侧道。

一对年轻的情侣背靠大树紧紧相拥。一辆小卡车堵住了道路，只有自行车才能成功绕过去。

摩托车后座的乘客握紧了藏在夹克袖子里的警棍。

推童车的女人回过头，情侣停止了拥抱。

维吉尔刚走到桥上，背后就突然受到猛击。他的呼吸霎时中断，空气再也到不了肺里。维吉尔跪倒在地，他想要死死抱住路灯，可都是徒劳，他还是面朝下扑倒在地。嘴巴里全是血的味道，他想那是自己在摔倒时咬伤了舌头。他从来没有这么难受过。每吸一口气，空气就灼烧着他的肺。腰几乎折断，血流个不停。内出血压迫着心脏，使其一秒秒地变得沉重。

周围奇怪地安静下来。他用尽最后一丝力气，成功地抬起头。一些路人奔过来向他施以援手；他听到远处传来尖厉的汽笛声。

推童车的女人已经走掉了，那对情侣也已经消失。摩托车后座的乘客冲他甩甩手臂，随后摩托车就转过了街角。

维吉尔从口袋深处掏出手机，按下一个键，然后艰难地把手机放到嘴边，给伊沃里的答录机留言。

"是我，"他喃喃低语，"恐怕我们的英国朋友一点都不喜欢我们跟他耍的花招。"

一阵咳嗽袭来，他只好停下；血液从他口中流出来，他感到了温热的气息，这让他好受了一些；他很冷，疼痛也越来越难忍。维吉尔的脸都变了形。

"可惜，我们再也不能一起下棋了，我会怀念的，亲爱的朋友，希望您也会怀念。"

又一阵咳嗽袭来，又一阵难忍的痛楚，手机从他的指间滑落，他勉强抓住。

"我很高兴上次见面的时候给了您那个小礼物，好好利用吧。我会想念您的，老伙计，远比对象棋的思念深刻。要特别当心，保重……"

维吉尔感到最后一丝力气已经溜走，他把刚才拨出的号码删除。然后，他的手缓缓松开，他再也看不到、再也听不到了。他的脑袋再一次落在柏油路上。

巴黎

伊沃里在看了一场让他厌烦不已的戏后，回到他在巴黎的寓所。他在门口挂好大衣，然后去冰箱里看看还有什么吃的。他拿出一碟水果，给自己倒了点酒，然后去了客厅。他在沙发上坐下来，解开鞋带，让疲弱的双腿放松下来。他在寻找电视机遥控器时，发现答录机在闪烁。他好奇地站起来，摁下按键。他立刻听出老友的声音。

听完留言，伊沃里感觉自己的双腿发软。他拼命抓住书柜，几本古书被拽下来，掉落在打过蜡的地板上。他重新站稳，用尽全力咬紧牙关。但毫无作用，泪水在脸颊上流淌。他徒劳地用手背擦着，很快，他再也压不住抽噎的声音，浑身颤抖，再一次紧紧抓住书柜。

他抓住一本旧天文学论著，翻开封面，扉页上烫印了一张源于17世纪的星空图；他又一次看到上面的献词：

我知道您会喜欢这本著作，它非常全面，您在这部著作里能找到一切，甚至我们友谊的证明。

您忠诚的棋友，

维吉尔

伊沃里一大早就收拾好行李；他关上寓所的门，奔向火车站，以赶上开往阿姆斯特丹的第一班车。

伦敦

一大早，旅行社打电话给我，签证终于准备好了，我可以去取我们的护照了。凯拉睡得很沉，我决定独自前往，并在路上买些牛奶和新鲜的面包。天气很冷，克雷斯韦尔广场的石板路很滑。走到街角，我跟杂货店老板打招呼，他也眨眨眼以示回应。手机响了，大概是凯拉没有看到我放在厨房的留言贴。而让我万分惊讶的是，我听到了马汀的声音。

"那天我很抱歉。"他说。

"没关系，我还担心你出了什么事，让你情绪那么糟。"

"我差点丢了工作，阿德里安；因为你们，或者说，因为你们来天文台看我，以及我用焦德雷尔班克的设备为你们做的几个研究。"

"可是，你到底在说什么？"

"他们指责我让外面的人进来，也就是你的朋友沃尔特，他们威胁要解雇我，说这是严重的工作失误。"

"'他们'是谁？"

"给天文台资助的人，我们的政府。"

"可是马汀，那次拜访再普通不过了，况且沃尔特和我，我们都是科学院的成员，他们这样做没有任何意义！"

"并非如此，阿德里安。就是因为这个，我才没有马上打电话告诉你，也正是因为这个，我才一大早跑到电话亭打给你。有人明确地告诉过我，从今往后，禁止答应你的任何要求，也严禁你来这里。我昨天才得知，你被解雇了。我不知道你在忙活什么，可是他妈的，阿德里安，他们怎能解雇你这样的人，不应该这么做！如果说我的职业悬于一线，你的能力可是在我十倍以上啊！"

"你这么说真是太好了，马汀，你过奖了。要是真相能让你安心的话，我告诉你，只有你一个人这么认为。我不知道发生了什么事，他们也没有说'解雇'，只是，我暂时失去了我的职位。"

"睁开眼睛看看吧，阿德里安，他们已经彻底把你丢出门了。我接到过两个关于你的电话，我甚至不被允许给你打电话，我的上司简直疯了。"

"他们每个周末都吃烤肉，还长年累月地吃鱼和薯条，不发疯才怪呢。"我故作幽默地说。

"阿德里安，这并不可笑。你该怎么办？"

"别担心，马汀，虽然我现在没有任何工作，银行里也几乎没有存款，但是，这些日子以来，我爱的女人陪伴在我身边，她给我带来惊喜，让我欢笑，令我感动，使我着迷，她的热情让我每一天都神魂颠倒，而在夜里，当她脱下衣服，她又让我……怎么说呢……让我激动万分；你看，我没什么好抱怨的，说句不吹牛的话，我这辈子从来没有这么幸福过。"

"我真为你高兴，阿德里安。我们是朋友，屈服于压力割断和你的所有联系让我充满负罪感。希望你能理解，我不能允许自己丢了工作。晚上，没有人睡在身边，在我的生命中，只有对工作的热情陪伴着我。万一你需要给我打电话，就用'吉利根'这个名字给我办公室留言吧，我一抽开身就打给你。"

"吉利根是谁？"

"我的狗，它是一只非常棒的阿图瓦短腿猎犬，可惜的是，去年我不得不给它安乐死。回头见，阿德里安。"

这通电话让我陷入沉思。刚挂断电话，一个声音就在我背后响起，这让我当即跳起来。

"你真的是这么看我的吗？"

我回过头，看到了凯拉，她穿了一件我的套头衫，肩上披着我的外套。

"我看到你在厨房留的字条，我本想去旅行社找你，然后让你带我去吃早餐；你的冰箱里只有一点蔬菜以及前一天的西葫芦……你打电话的时候看起来非常投入，我慢慢靠过来，可是要抓住你和情人通话的。"

我把她拖到一家咖啡馆，那里的羊角面包非常美味。护照就等等吧。

"那么，昨晚又是怎么回事？我脱光了衣服，你却把自己裹得紧紧的。"

"你是没带行李，还是我的衣服有什么神奇之处吸引了你？"

"你是在和谁打电话，都能谈到我不穿衣服？"

"一个老朋友。我知道你会觉得奇怪，事实上，他在为我丢了工作而担心。"

我们走进咖啡馆，凯拉狼吞虎咽地吃第二个杏仁面包的时候，我开始寻思，是否应该把我的担忧告诉凯拉，而这些忧虑和我的职业状况没有任何关系。

后天，我们就要登上飞往莫斯科的飞机，离开伦敦并没有让我不高兴。

阿姆斯特丹

那个早晨，墓园里几乎空无一人，灵车上放着长长的漆木棺材，后面只有一个男人和一个女人缓缓地跟着。没有牧师主持葬礼，四名市政府雇员让人用长长的绳索将棺材放入墓穴。棺材一到达底部，女人就在上面丢了一枝白玫瑰和一把土，男人照做。他们相互致意，然后朝着相反的方向离去。

伦敦

阿什顿爵士把在桌上一字排开的照片收集起来，装进一只文件袋，然后封上封口。

"伊莎贝拉，这些照片拍得非常好。丧服太适合你了。"

"伊沃里并不好骗。"

"这正是我所希望的，我本来就是要给他传递一个信息。"

"我不知道您是不是已经……"

"我当时要你在维吉尔和两个年轻的科学家之间选择，你选了老家伙！现在可不要来责怪我。"

"真的有必要这么做吗？"

"我真的不能明白，你还会提出这种问题！难道只有我自己衡量过他行动的后果吗？你有没有意识到，如果他保护的那两个人达到了目的，会发生什么事？在你看来，这其中的利害还不足以让一个老家伙牺牲他人生最后几年的时光吗？"

"我明白，阿什顿，您跟我说过这些。"

"伊莎贝拉，我并不是一个血腥的老疯子，但是，但凡对国家有利，我就会毫不犹豫地去做。我们所有人，包括你，谁都不会犹豫。我们采取的决定或许能挽救无数生命，如果伊沃里最终决定放弃的话，首先能够挽救的，就是这两名探险者的生命。别这么看着我，伊莎贝拉，我从来都是为大多数人的利益考虑，我的职业或许并不会为我打开天堂之门，但是……"

"求你了，阿什顿，别这么讽刺，今天别这样。我是真的爱维吉尔。"

"我也非常欣赏他，虽然我们时有争执。我一直尊重他，我希望这次让你我付出代价的牺牲能获得预期的结果。"

"昨天早晨，伊沃里看起来完全垮掉了，我从来没见过他这样，他一夜之间老了十岁。"

"如果他能老得更多，或者直接死掉，就解决我们的问题了。"

"那么，为什么不把他牺牲掉，而是选择了维吉尔？"

"我自有道理！"

"别告诉我，是因为伊沃里成功地在您这里为自己寻得了保护。我以为您百毒不侵。"

"如果伊沃里死掉，就会进一步强化这个考古学家的动机。她很狂热，又足够狡猾，不会相信那是一起单纯的事故。不，我肯定你选对了，我们撤掉了他们需要的兵；但是，我要警告你，如果事情的发展证明你错了，如果调查依旧在继续，接下来谁会出现在我们的瞄准线上，我想就不必说了。"

"我确信伊沃里已经明白了这个信息。"伊莎贝拉叹息道。

"万一没有，你也会是第一个知情的，目前，他唯一信任的只有你了。"

"我们在马德里的小号码已经妥善处理掉了。"

"我已经批准你做会议的头儿，这是你应该为我做的。"

"阿什顿，我这么做并非出于对您的感激，而是因为我同意您的观点。现在公之于众还太早，过于早了。我们还没有准备好。"

伊莎贝拉拿起背包，向门口走去。

"要把属于我们的碎块收回来吗？"她在出门前开口问道。

"不用，它现在很安全，或许比以前还要安全，既然维吉尔已经死了。而且，不会有人知道怎么拿到它，正如我们希望的那样。他把秘密带到了坟墓里，这可太完美了。"

伊莎贝拉点点头，离开了阿什顿爵士。正当管家送她离开私人酒店的大门时，阿什顿爵士的秘书手执一封信走进了他的办公室。阿什顿打开信封，然后抬起头："他们什么时候拿到签证的？"

"先生，是前天。此刻，他们应该已经在飞机上了，哦不，"秘书看了看手表，纠正道，"他们已经到达谢列梅捷沃机场了。"

"我们为什么没有早一点得到消息？"

"我一无所知，如果您愿意的话，我马上去督促他们做调查。您需要我把您的客人叫回来吗？她还没走出大门。"

"都不用。不过，请通知我们在那里的人，无论如何，都不能让这两只小鸟飞出莫斯科。我已经受够他们俩了。让他们制服那个女孩；没有她，那个天体物理学家就不足为虑了。"

"在中国那次恼人的经历后，您确定还要用这种方式吗？"

"要是我能摆脱伊沃里，我不会有一秒的犹豫，但是，这不可能，而我也不确定这能否彻底解决我们的问题。按我的要求做吧，告诉我们的人，让他们不要顾及任何手段，这一次，我更需要效率，而非谨慎。"

"这样的话，要通知我们的俄罗斯朋友吗？"

"我来负责。"

秘书告退。

管家为伊莎贝拉打开出租车门，伊莎贝拉向他致谢。她回过头去，看着阿什顿爵士这座伦敦寓所富丽堂皇的门面。她告诉司机，送她去伦敦城机场。

就在这座维多利亚风格房屋对面的小花园里，伊沃里坐在长椅上，看着出租车远去。天空飘起了细密的雨丝，他撑着雨伞，起身离开了。

莫斯科

洲际酒店的房间散发着冷凝的烟味。一走进房间，凯拉就敞开窗户，丝毫不顾室外接近零度的气温。

"很抱歉，只有这一个房间了。"

"烟味这么浓，真让人受不了。"

"而且是劣质香烟，"我补充道，"你愿意换家酒店吗？或者，我去要几床被子或羽绒服？"

"不要浪费时间了，我们马上去考古学家协会，越早联系到这个叶戈罗夫，就能越早离开这里。老天，我多么想念奥莫山谷的气息啊。"

"我向你保证，我们总有一天会回去的，这一切一结束我们就回去。"

"有时候我都怀疑这一切会不会像你说的那样，有结束的一天。"凯拉嘟哝着关上了门。

"你有考古学家协会的地址吗？"我在电梯里问她。

"我不知道为什么特恩斯滕还这么称呼它，早在 20 世纪 50 年代末期，考古学家协会就改名为科学院了。"

"科学院？多么美妙的名字！说不定我还能在那儿找到一份工作呢，谁都说不准。"

"在莫斯科？你还有什么不能做的吗？"

"你知道吗，在阿塔卡马的时候，我本可以和一个俄罗斯代表团一起工作，可星空完全不理会这些。"

"当然，而且，这对于你写报告也很方便，你得让我看看，你怎么用西里尔语键盘打字。"

"这对你来说是个需要还是执念？"

"这两者又不是不可同时存在！我们现在就去？"

寒风刺骨，我们钻进一辆出租车。凯拉马马虎虎地向司机说明我们的目的地，由于他没听懂一个字，凯拉打开一份地图，把地址指给他看。那些抱怨巴黎的出租车司机不热情的人，可能从来没有在莫斯科碰过运气。街道上到处都已结冰，但这似乎没有给我们的司机带来丝毫的困扰，这辆破拉达（Lada，俄罗斯汽车品牌）经常打滑，但方向盘一打，又总能回到主路上来。

在科学院门口，凯拉报上她的身份和考古学家的职位。门卫带她去见行政秘书。一名年轻的女助理说一口相当流利的英语，万分友好地接待了我们。凯拉解释到，我们想要找一位名叫叶戈罗夫的教授，他曾在20世纪50年代领导考古学家协会。

年轻女子非常惊讶，她从来都没有听说过这么一个协会，而科学院的存档也不会超过它创立的那一年，也就是1958年。她请我们稍等片刻。半个小时后，她的一名上司随她前来，这是一个六十多岁的男人。他做了自我介绍，然后请我们去他的办公室。年轻女子名叫斯文拉娜，总之，她看起来非常高兴，跟我们打过招呼后就离开了。凯拉在我的小腿上踢了一脚，问我要不要她帮忙去要斯文拉娜的地址。

"我不知道你在说什么。"我揉着腿，叹了口气。

"把我当傻瓜！"

我们走进了一间会让沃尔特嫉妒得脸色发白的办公室，巨大的窗户让室外光线倾泻而入，窗外，飘落着大片大片的雪花。

"这不是拜访我们的最好季节。"男人说着，邀我们坐下来，"天气预报说今晚，最迟明天早上会有暴风雪。"

男人打开一只热水瓶，为我们倒了一杯热气腾腾的茶。

"我可能找到了你们要找的叶戈罗夫的踪迹，"他告诉我们，"我能知道，你们为什么要去见他吗？"

"我在做关于 4000 年前西伯利亚的人类迁徙的研究，有人告诉我，他对这个主题非常了解。"

"这有可能，"男人说，"但我对此有所保留。"

"为什么？"凯拉问道。

"考古学家协会是一个代称，它曾经是一个特殊的做秘密服务的分支机构。在苏联时期，科学家所受的监视并不比别人少，事实上完全相反。在这个可爱称呼的掩护下，他们的任务是清点当时的考古工作，尤其是盘点所有能从地下挖出来的东西，将之充公。许多东西都消失了……由于贿赂和掠夺。"男人看着我们满脸的惊讶，补充道，"在这个国家，生活一直很艰难，如今情况也依然。要知道，在当时，挖掘出一块金子就可以支撑几个月的生活费用，而化石更甚，更何况，它们比人更容易越过边境。彼得大帝（他才是俄罗斯考古挖掘真正的发起人）执政以来，我们的遗产不断地遭到掠夺。赫鲁晓夫为保护遗产而设立的机构也因世上最大的文物倒卖案而告终。我们的地下珍宝一旦被挖掘出来，就会收归国有，如果没被卖给私人客户，就会充实西方国家博物馆的馆藏。所有人都从这个链条中捞油水，从基层考古学家到出差的领导，乃至考古学家协会的工作人员——他们的任务是监视。你们要找的弗拉登科·叶戈罗夫很有可能是这些险恶的大网中最大的鱼之一，在大网中，一切手段都是允许的，包括谋杀。这不言而喻。如果我们说的是同一个人，那么你们想要去咨询的这个人曾经是一个罪犯，他是在一些大权在握的大人物的帮助下才重获自由的，那些人是很好的客户，他们大概会为他的退隐而深感遗憾。如果想要与所有和我同龄的考古学家背道而驰，你们只要提提他的名字就行了。所以，在把他的地址给你们之前，我需要知道，你们想要把什么东西带出俄罗斯。我敢肯定，警方会对此事高度关注，或者你们更愿意亲自告诉他们。"男人说着拿起了电话。

"您弄错了，您说的肯定不是我们要找的叶戈罗夫，他们只是同名！"凯拉喊起来，伸手罩住电话拨号盘。

"我一个字都不相信。"接待我们的人笑了笑，又拨起他刚才拨的电话号码。

"快停下，他妈的，我如果要倒卖古董，难道会来科学院问交易人的地址？我看起来有这么蠢？"

"我承认，这可难说。"男人说着放下了听筒，又问道，"谁提议你们来的？为了什么目的？"

"一位老考古学家，理由我已经告诉您了。"

"他在要你们。我可以向你们提供信息，或者帮你们联系我们的一个专家。我们有好几个合作者都对西伯利亚的人类迁徙感兴趣。我们甚至在为这个主题筹备一个研讨会，明年夏天举行。"

"我需要见到这个人，而不是回到校园。"凯拉回答，"我在寻找证据，或许你们所谓的古董倒卖者手里就有。"

"我能看看你们的护照吗？如果我需要帮你们联系上此人，我至少要把你们的名字报给海关，别以为我在故意为难你们，这是我保护自己的方式。不管你们来我们国家要寻找什么，我无论如何都不想跟你们有所牵连，更别说被指控为你们的同伙了。所以，有来有往，把你们的护照复印件给我，我就把你们要的地址交给你们。"

"恐怕我们得下次才能给您，"凯拉说，"我们把护照交给酒店了，出门的时候没来得及取回来。"

"的确，"我也插进来，"就在大都会酒店，您要是不相信，可以打电话问前台。他们说不定能把护照的前几页传真给您。"

有人敲门，一名青年男子和我们的交谈者说了几句话。

"请原谅，"他说，"我很快就回来。这期间，你们可以用办公室的电话，请他们把你们的证件传真到这个号码。"

他在一张纸上草草写下一串数字递给我，就离开了。房间里只有凯拉和我。

"这个特恩斯滕搞什么！"

"可是，"我为他辩护道，"他没有任何理由告诉我们他朋友的过去，而且，没有任何情况表明，他参与了他朋友的交易。"

"这 100 美元，你以为是买糖的钱？你知道在 20 世纪 70 年代 100 美元意味着什么吗？打电话吧，然后我们就走，我在这间办公室里感觉很不舒服。"

我一动没动，凯拉只好自己拿起电话。我从她手里拿过听筒，放回电话上。

"我不是不喜欢这样，而是丝毫不喜欢这样。"我说。

我站起身，朝窗户走去。

"我能知道你在做什么吗？"

"我想起了华山上的那面峭壁，在 2 500 米的高处，你还记得吗？你感觉自己还能做到吗？下面有两层楼。"

"你在说什么？"

"我想，接待我们的人已经去科学院的大门口迎接警察了，几分钟后，他们就会来逮捕我们。他们的车就停在楼下，是一辆福特，车顶上装着警示灯。把门锁上，跟我来！"

我把一把椅子拉到墙角，然后打开窗户，估量着从这里到大楼拐角的救生梯之间的距离。大雪之下，凸饰变得光滑，但相比华山上被磨得光滑的峭壁，大楼正面的石缝倒是提供了更多机会。我帮凯拉迈过窗台，然后跟了上去。我们走到护墙时，我听到办公室的门被捶得震天响。用不了多久，他们就会发现我们逃走了。

凯拉有些笨拙地沿着墙壁移动，风雪阻挡着她前行，但她一直稳稳地保持平衡，我也是。后来，我们互相搀扶着，跨过了救生梯的栏杆。只剩五十多级铸铁台阶了，台阶上面覆盖着一层薄冰。凯拉仰面摔倒在二楼的平台上，她抓住栏杆，骂骂咧咧地站了起来。清洁部的一名员工正在擦拭走廊，他看到我们出现在玻璃窗外时，大吃一惊。我朝他示意，请他放心，然后追上了凯拉。救生梯最底部是一架梯子，它从上到下都滑溜溜的。凯拉拉住固定梯子的链条，然而，链条被冻住了，我们被卡在了离地面三米高的地方。如果不想摔断腿的话，在这个高度很难做出什么举动。我想起一个初中同学，那家伙想要溜出去，就从二楼跳了下去，结果，他掉在碎石路上，发现两条腿都摔断了。这个短暂的回忆让我放弃了像007或者他的替身那样的尝试。我握紧拳头，试图把梯子上的冰敲碎。凯拉则双脚并拢，边跳边喊："屈服吧，婊子！"……这是她的原话！终于有效果了，冰层突然裂开，我看到凯拉顺着梯子，以令人眩晕的速度滚向地面。她咒骂着从人行道上爬起来。与此同时，接待我们的人从他办公室的窗户露出了脑袋，一脸的气急败坏。我追上凯拉，然后我们像两个窃贼一样奔往百米开外的地铁口。凯拉在地下一路飞奔，迅速爬上通往马路对面出口的楼梯。在莫斯科，有许多私家车充当出租车，来接济月底的艰难时刻。只要抬抬手，就会有车停在你面前，价钱谈好后，生意也就成了。20美元，一辆吉尔（Zil，俄罗斯汽车品牌）的司机同意拉我们。

我试了试他的英文水平，满面笑容地跟他说，他车里有一股羊臊味，以及他长得很像我曾祖母，双手也一模一样，用这样的手指挖鼻孔应该不容易。他只是回答了三次"da"（是的），我知道，我可以放心地和凯拉说话了。

"我们现在怎么做？"我问道。

"去酒店取行李，然后尽量在警察查到我们的行踪前订好火车票。"

"那么，我们去哪儿？"

"去贝加尔湖，特恩斯滕说过那里。"

汽车在洲际酒店门口停下来。我们冲向前台，一位可爱的前台小姐把护照还给我们。我请她帮我们结账，并抱歉地说我们必须缩短行程，然后，我趁机询问她能否帮我们订两张跨西伯利亚列车的卧铺票。她俯身告诉我们，刚刚有两名警察让她把下榻酒店的所有英国客人的名单打印出来，他们就坐在大堂的椅子上阅读名单。她补充说，她男朋友就是英国人，他就要带她去英国，他们准备在春天结婚。我向她表示祝贺，她眨了眨眼，在我耳边悄声说"天佑女王"（God Save the Queen）。

我把凯拉拽到电梯那里，途中，我再三向她保证我并没有和前台小姐调情，并向她解释我们为什么要这么仓促地逃走。

行李收拾好了，我们正要离开房间，电话突然响起。前台的姑娘告诉我，已经为我们订好两个位子，列车将于 23 点 24 分从中央火车站出发。她让我把订单号记下来，到时候取票就可以了。她已经为我们开出发票，并从我的信用卡里扣了款。离开酒店的时候，我们无须经过大堂，从酒吧穿过就可以了……

伦敦

荧屏上正在播报晚间新闻。伊沃里关上电视，走到窗边。雨已经停了，一对男女从多尔切斯特酒店走出来。女人上了一辆出租车，男人看着出租车离开，然后回到酒店。一位老妇人在公园步行道上遛狗，出租车经过的时候，她朝司机挥了挥手。

伊沃里放弃了他的观察点。他打开"迷你酒吧"，取出一小盒巧克力，拆开包装，放在矮桌上。他走到卫生间，在洗漱包里翻找，摸到安眠药药瓶，在手心里倒了一粒药片，然后站在镜子前面，看着自己。

"老蠢货，你难道不知道布局的技巧吗？你不知道自己在搞什么吗？"

他吞下安眠药，在洗脸池的水龙头下接了一杯水喝下去，然后回到客厅，在棋盘前坐下来。

他为对方的每一枚棋子都取了名字——雅典、伊斯坦布尔、开罗、莫斯科、里约、特拉维夫、柏林、波士顿、巴黎、罗马，并将王命名为"伦敦"，后又将其命名为"马德里"。他挥手将自己阵营的所有棋子扫到地毯上，除了被命名为"阿姆斯特丹"的那一枚。他掏出手绢，仔细地把它包起来，轻轻放在口袋深处。黑方的王退了一格，马和兵没有移动，但伊沃里将两个象同时前进到第三行。他盯着棋盘，脱下鞋子，然后在沙发上躺下来，关上了灯。

马德里

会议刚刚结束，来宾们聚集在餐台周围。伊莎贝拉的手暗暗拂过阿什顿爵士的手，今晚，他格外耀眼。虽然在最后一次会议中，大多数人都支持继续进行研究，但现在这位英伦爵士成功地把一大批人动员到了他的阵营里，此刻最珍贵的同盟也同意全力合作：莫斯科会调动一切力量找到那两名科学家，让他们接受讯问；他们将会在第一时间乘坐第一架航班被遣回伦敦，而且从此再也申请不到居留签证。阿什顿更愿意采取更加彻底的措施，但他的同人还没有准备好为此投票。为了让所有人安心，伊莎贝拉提出了一个得到一致赞同的建议。万一届时不能把这两名研究人员强行带回，那么，为什么不分别向他们提供一个无法拒绝并从此让他们分离的建议，让他们放弃调查呢？强制并不总是最好的办法。会议的女主席把客人们送到大厦底下。一辆班车驶离欧洲广场，开往巴拉哈斯国际机场；莫斯科提议阿什顿爵士用他的私人飞机，不过爵士在西班牙还有事要处理。

莫斯科

在我看来，雅罗斯拉夫尔火车站的警察过于多了，情况显然不同寻常。不论是我们冲向站台，混入流动商贩的队伍，还是走向行李寄存处，他们都站在那里，四人一组，窥视着人群。凯拉感觉到了我的担忧，安慰我说："我们又没有抢银行！"她说，"警察去我们住的酒店调查是一回事，但由此想象他们堵住所有的火车站和机场，就好像我们犯下了滔天大罪！妈的，我们别夸张了！况且，他们怎么能知道我们在这儿？"

我为自己通过洲际酒店订票感到后悔。如果尾随我们的那两个调查员找到火车票发票副本，我就有十足的理由相信事实的确如此，我本不该花十分钟询问前台的。因此，我做不到和凯拉一样乐观，我怀疑，这些武装力量就是冲我们来的。取票机只有几米远了。我迅速瞥了一眼营业窗口；如果我的猜测没错，工作人员应该已经严阵以待，一有可疑的外国人出现在他们眼前，他们就会去告发。

在我们前面，一个擦鞋匠晃晃悠悠地走着，工具斜挎在肩上，寻觅顾客。有好几次，他都走在我前面，窥视我的靴子。我向他提议做另一种交易。

"你在做什么？"凯拉问道。

"我要核实一件事。"

擦鞋匠把我给他的几美元塞进口袋，这只是报酬的一部分。只要他帮我们取票，然后把车票交给我们，我就付给他说好的价钱。

"让这家伙替你跑腿，不是在连累他吗？这太卑鄙了。"

"他不会承担任何风险，毕竟我们没犯下滔天大罪。"

擦鞋匠刚在机器屏幕上输入我们的订单号，我就听到几个警察的对讲机响起，一个声音大声命令着，我猜到了其中的意思。凯拉也明白了，她忍不住朝擦鞋匠大叫，让他快逃。我差点来不及搂住她，把她推到一个角落里。四个身穿制服的男人从我们身旁经过，跑向自动取票机。凯拉浑身颤抖，擦鞋匠已经被铐住，我们却无能为力。我让她放心，警察最多拘留他几个小时，但接下来的几分钟里，他就会把我们的外貌特征告诉警察。

"快脱掉大衣！"我边脱自己的衣服，边命令凯拉。

我把我们俩的外套放在包里，先递给她一件厚羊毛衫，然后又拿出一件。然后，我搂着她的腰，带她到行李寄存处。我吻了吻她，告诉她站在一根柱子后面等我。她瞪大了双眼，看着我径直走向取票机。在那里，警察正在寻找我们。我穿过人群，经过一名军官身旁时，我礼貌地说着"抱歉"，请他让路，然后，我走向一台机器，幸运的是，上面有针对游客的英文指示。我订了两张火车票，用现金付了款，然后回去与凯拉会合。

在车站的监控室里，那些正监视终端交易的职员丝毫不会注意到我刚才的举动。

"我们去蒙古做什么？"凯拉盯着我递给她的车票，担忧地问。

"我们还是按原计划走跨西伯利亚铁路，一上车，我就去告诉列车员我们弄错了，如果需要的话，我把差价补给他。"

然而，这一局还没有取得胜利，我们还要成功地踏上列车。警方应该不只知道我们的外貌特征，在最坏的情况下，他们应该还有我们护照的影印件，我们一旦接近火车，大网就会收紧。丝毫不能引人注目，他们正全副武装地寻找一对男女。凯拉走在我前面 50 米左右。开往伊尔库茨克的跨西伯利亚铁路 10 次列车 23 点 24 分离站，我们没有多少时间了。人群拥挤，站台上渐渐有了乡村集市的气氛。家禽笼子、陈列奶酪、干肉的货架及各类食物与行李箱及各类包裹混在一起。这辆将要在六天的时间里穿越亚欧大陆的老火车上，乘客们正努力在车站商贩的杂物堆中间辟出一条路来。人们用各种语言争执、咒骂，中文、俄语、蒙古语不绝于耳。几个男孩在兜售成套的日用品，有软帽、披肩、剃须刀、牙刷和牙膏。一名警察注意到了凯拉，向她走来。我加快步伐，把他挤到一边，然后语调平平地道了声"对不起"。警察抓住我教训了一通，然而，当他回过头看着人群时，凯拉已经远离他的视线，而我也看不到她了。

高音喇叭宣布，火车即刻出发，滞留在站台上的乘客们更加起劲地拥挤起来。列车员们已经上车了，我依然找不到凯拉的踪迹。人流把我带往 7 号车厢，通过车窗，我看到车厢里的过道上挤满了人，每个人都在寻找自己的座位，但我依然寻觅不到凯拉的面孔。轮到我踏上台阶，爬进车厢了。我朝站台看了最后一眼，然后由着人群把自己推进车里。如果凯拉没有上车，我就在下一站下车，想办法回莫斯科。我后悔我们没有约定万一失散的话该在哪里会合，我已经开始考虑她会选择什么地方。我沿着通道前行，一名警察迎面走来。我躲进一排座椅，他丝毫没有对我多加注意。车厢里的每个人都已就座，目前，两名乘务员正忙于其他事情，他们还来不及查票。我在一对意大利夫妇身边坐下来，旁边的一排座椅被一些法国人占据。在这次旅行中，我碰到了不少同胞。这趟火车在经年累月的旅程中吸引了许多外国游客，形势对我们非常有利。列车缓缓启动，在空荡荡的站台上，警察还在四处张望。很快，莫斯科火车站被甩在后面，窗外出现了灰暗阴郁的郊区。

邻座一再保证会为我照看行李，于是，我起身去寻找凯拉。在下一节车厢里，我没有发现她的身影，再下一节也是。我们已经走过郊区，来到了一览无余的平原上。火车欢快地行进着。走到第三节车厢，我依然没有找到凯拉。穿过拥挤的走道需要付出一些耐心。二等车厢里人声鼎沸，俄罗斯人已经打开了啤酒和伏特加，他们边喝酒，边大声歌唱或喊叫。餐车里同样一派热闹。

六个虎背熊腰的乌克兰人围成一圈，举杯大叫："法国万岁！"我走上前去，看到了凯拉，她已经有了醉意。

"别这么看着我，"她说，"他们太热情了！"

她往旁边挤了挤，给我在桌边空出了一点位置，她解释到，是她的新朋友们帮她上了车，他们利用自己的块头挡住了一名对凯拉的外貌有点感兴趣的警察。没有他们的话，她会被认出的。所以，很难不请他们喝酒，以示感谢。我从未见过凯拉喝成这样，我向她的新朋友们道谢，然后试图说服她跟我走。

"我饿了，我们可是在餐车里，而且，我也受够了跑来跑去，坐下来吃吧！"

她为我们点了一份土豆和熏鱼，又灌了两瓶伏特加，一刻钟后，她就趴在了我的肩上。

靠着六人组中一人的帮助，我把她带回我的车厢。我们的意大利邻座对此很感兴趣。躺下来以后，她嘴里嘟哝了几个字，然后又睡着了。

在跨西伯利亚列车上的第一个夜晚，我时不时透过车窗观看天空。在每节车厢的尽头，都有一名女乘务员在值班。车厢乘务员整天都站在茶炉前面，那里供应热水和茶。我去喝了一杯，并借机询问到伊尔库茨克需要多久。包括今晚，一共要三天四夜，才能走完分隔我们的 4 500 公里。

马德里

阿什顿爵士把手机放在客厅的桌子上；他解开睡袍的腰带，又回到了床上。

"最新情况是什么？"伊莎贝拉合上报纸问道。

"有人在莫斯科看到了他们。"

"在什么场合？"

"他们去科学院问一个老古董倒卖商的地址。那里的主任觉得这很可疑，就通知了警察。"

伊莎贝拉从床上坐起来，点燃了一支香烟。

"他们被捕了？"

"没有。警察追到他们住的酒店，但是他们到得太晚了。"

"现在找不到他们了？"

"说真的，我也不知道。他们曾试图踏上跨西伯利亚的列车。"

"试图？"

"俄罗斯人发现了一个为他们取票的家伙。"

"那么，他们上车了吗？"

"火车站遍布警察，但是没有人看到他们上车。"

"如果他们感觉自己被监视了，他们可能更愿意给追踪者指引一条错误的道路。不要让俄罗斯警察掺和到我们的事情里来，这会让我们的任务变得更复杂。"

"这两名科学家的确如你所料，相当机灵，我想，他们已经上了这列火车，因为他们要找的那个家伙住在贝加尔湖。"

"他们为什么要去找这个走私古董的家伙？不，我们很久以前就料到了，不过，既然他们大费周折地去找他，那么这个家伙应该掌握了一些对他们来说很珍贵的信息。"

"那么，亲爱的，你只需要在他们到达之前，让这个家伙闭嘴就可以了。"

"没那么容易，从他的经历来看，他之所以能在湖边的别墅里过着富足的退休生活，是因为他受到极端的保护。如果不是紧急派人过去，我们在当地找不到任何人能去冒险对此人做些什么。"

伊莎贝拉把烟蒂在床头柜上的烟灰缸里摁灭，然后抓起烟盒，又点燃了一支。

"你还有其他办法阻止他们相见吗？"

"亲爱的，你抽烟太凶了。"阿什顿爵士回应着，打开了窗户，"伊莎贝拉，你比任何人都清楚我的计划，你却向委员会建议了一个会让我们浪费时间的折中办法。"

"我们可不可以拦截他们？"

"莫斯科已经向我保证了；我们一致认为，不要让我们的猎物感觉自己处于监视下。在火车上动手并没有表面看起来那么容易。况且，48 个小时的喘息时间会让他们以为自己成功地逃脱了。莫斯科会紧急派遣一支队伍，等他们一到达伊尔库茨克，就立刻着手监视他们。不过，鉴于会议上的决议，队员只会审问他们，并把他们送上回伦敦的飞机。"

"我在会议上那么建议，是为了让那些提议停止研究的人闭嘴，更何况这还为你洗清了维吉尔那件事的嫌疑；但得到认可之后，这些事从此就不必按原计划进行了……"

"我是否可以认为，你并不反对采取更激进的措施了？"

"是你觉得有用的措施，但不要再转来转去了，你弄得我的头都晕了。"

阿什顿关上窗户，脱掉睡袍，钻进被窝里。

"你不把你的人叫回来吗？"

"没用的，必要的动作已经做了，我已经下定决心了。"

"你下了什么决心？"

"赶在我们的俄罗斯朋友前面下手。明天，火车离开叶卡捷琳堡的时候，事情就已经解决了。然后，我再通知莫斯科，以免他白白地派人过去。"

"委员会要是知道你无视今晚的决定，他们会大发雷霆的。"

"随你打电话通知他们好了。你可以指责我自作主张或者不服从命令。然后我表达歉意，并说明是我的手下听从他们自己领导的主张任意行事的。你看着吧，不出半个月，就再也没有人说什么了。你的权威不会受到损害，我们的问题也解决了，还有比这更好的方法吗？"

阿什顿关了灯……

跨西伯利亚列车

凯拉一整天都躺在铺位上，被偏头痛折磨得死去活来。我竭力避免指责她夜里的过分举动，包括她请求我结束了她，好让疼痛结束。我每半个小时去车厢尾部一趟，负责茶水的好心乘务员会把温热的敷布给我，我立刻返回铺位，敷在她额上。当她入睡后，我把脸贴在窗户上，看着列车在乡野间奔驰。沿途不时掠过遍布桦树原木房屋的村庄。在小火车站停靠时，农民们冲向站台，向乘客售卖当地的产品，土豆沙拉、煎饼、果酱、白菜馅或肉馅炸糕。在这些小站并不会停靠很久，然后，列车重新出发，穿越乌拉尔荒无人烟的广袤平原。傍晚时分，凯拉开始好转。她喝下一杯茶，嚼了几枚干果。快到叶卡捷琳堡了，邻座的意大利人向我们告别，他们要换乘前往乌兰巴托的列车。

"我真想看看这座城市，"凯拉感慨道，"听说滴血教堂非常壮观。"

对一座教堂来说，这真是一个奇怪的名字，不过，它是在伊帕契耶夫楼的废墟上建立起来的。1918年7月，尼古拉二世和他的妻子亚历山德拉·费奥多萝芙娜以及他们的五个孩子在这里被处决。

很可惜，我们并没有时间参观。火车只停靠半个小时，车厢负责人告诉我，这是为了换火车头。不过，我们依然可以下去活动活动，买点吃的，这对凯拉也有好处。

"我不饿。"她哼哼着说。

郊区出现了，和所有大型工业城市的郊区没什么两样。火车停了下来。

凯拉同意离开她的铺位，下去走一走。夜幕降临了，站台上，叫卖声此起彼伏。一些新的面孔上了车，有两名警察在巡逻，他们悠然自得的表情让我放下心来，我们的烦恼似乎留在莫斯科了，而我们现在已经远在 1 500 公里之外。

没有汽笛声通知列车就要出发了，只有人群的涌动让你明白，该回到车上了。我买了一箱矿泉水和几个烤包子，只有我自己品尝。凯拉回到铺位上躺着，很快就睡着了。吃完后，我也躺了下来，列车的晃动、轨道有规律的咔咔声把我带到深深的睡眠中。

莫斯科时间凌晨两点，我听到门边发出一个奇怪的声音，有人进了我们的车厢。我坐起来拉开帘子，探出头去，可是并没有人，走廊里空荡荡的，空荡得不正常，甚至连茶水员都不在茶炉边。

我插上插销，决定叫醒凯拉，有情况了。她惊得跳起来，我用手捂住她的嘴巴，示意她起来。

"怎么了？"她悄声问。

"我还不清楚，不过，你快点穿好衣服。"

"去哪儿？"

问得好。我们被关在一个六平方米大的小包厢里，餐车有六节车厢远，我丝毫不觉得去那里是个好主意。我掏空行李箱，把衣物塞到毯子下面。然后，我帮助凯拉爬上行李架，关上灯后，我也爬到她身边。

"你能告诉我这是在搞什么吗？"

"别出声，这是我唯一的要求。"

十分钟过去了，我听到插销又响了一下。包厢门滑开以后，枪声啪啪啪啪响起，四声过后，门又滑上了。我们紧紧拥抱着，蜷缩了好久，直到凯拉告诉我她的腿抽筋得厉害，都要痛得叫出来了。我们离开了藏身处，凯拉想把顶灯打开，我制止了她，然后拉开一点窗帘，让月光倾泻进来。看到被褥上的枪眼时，我们不禁面色发白，那里正是沉睡的身体应该待的地方。有人潜入我们的车厢，想要给我们两枪。凯拉在铺位前跪了下来，双手抚摸着破碎的床单。

"太可怕了……"她啜嚅着。

"事实上，恐怕被褥只能丢掉了！"

"可是，真他妈的，这是怎么回事？我们都还不知道自己在找什么，更不知道有一天能否找到，那么……"

"或许，想要干掉我们的人比我们知道的更多。现在，我们得冷静下来，想想该怎么走出这个局。而且我们最好快点思考。"

杀手就在车上，他至少会待到下一站，除非他决定等到人们发现我们的尸体，以确保任务成功完成。在前一种情况下，我们最好乖乖地待在包厢里，而在第二种情况下，我们最好在他之前下车。车速慢了下来，应该快到鄂木斯克了，下一站是新西伯利亚，在清晨到达。

我的第一反应是把门拴住，把皮带套在门把手上，另一端系在通往行李架的梯子上。皮带很结实，现在谁也不能把门拉开了。然后，我要求凯拉弯下腰，这样我们可以观察月台上的动静，而不被发现。

列车停了。从我们所在的位置，很难看到是否有人下车，而且我们没有发现任何能确认杀手已经下车的情况。

接下来的几个小时里，我们重新打拾了行李，并注意着最细微的声响。早晨6点，我们听到有人大叫。旁边包厢的乘客都跑出来，聚集在走廊里。凯拉一下子坐起来。

"我受不了这样躲在这儿了！"她说着，松开了把手。

她打开门，然后把皮带丢给了我。

"我们出去吧！外面人特别多，我们不会冒任何风险。"

一名乘客发现车厢乘务员倒在茶炉边，额头上有一道可怕的伤口。她的同事，负责当天乘务的列车员命令我们回到铺位上，到达新西伯利亚后，会有警察上车调查。在此期间，每个人都要关在自己的包厢里，不要出来。

"回包厢里去吧！"凯拉怒了。

"要是警察来检查每个包厢，我们最好把床单藏起来，"我一边系上皮带一边说道，"现在不是引人注意的时候。"

"你觉得那个家伙还在附近转悠吗？"

"我一无所知，不过现在，他也什么都做不了了。"

在新西伯利亚站上来两名检察官，他们轮流询问乘客。谁都没看到什么。年轻的乘务员被运上救护车，由另一名同事接替她。在这趟车上，外国人并不罕见，所以我们没有引起他们的注意。在我们这节车厢里，不仅有荷兰人、意大利人、德国人，甚至还有一对日本人，在他们中间，我们只是两个不起眼的英国人。有人核实了我们的身份，然后，检察官下了车，列车再次出发。

我们穿过一片冰冻的沼泽，爬过白雪皑皑的高山，接下来又来到一望无际的西伯利亚大平原。中午时分，列车开上一座横跨叶尼塞河的金属大桥。我希望我们不要离开包厢，但凯拉再也待不住了。站台上的温度应该还不到零下十摄氏度。我们趁机买了一些食品。

"我没看到任何可疑的人。"凯拉说道，她嘴里满满的都是蔬菜饼。

"但愿能维持到明天上午。"

乘客们陆陆续续回到车厢，我最后一次朝四周看了看，然后帮助凯拉踏上踏板。新的乘务员喊我们快点，车门在我身后砰地关上。

我向凯拉提议去餐车度过我们在跨西伯利亚列车上的最后一夜。在那里，俄罗斯人和游客们彻夜饮酒；人越多，我们就越安全。凯拉接受了我的提议，然后松了一口气。我们在一张餐桌旁坐下来，同桌的是四个荷兰人。

"在伊尔库茨克，我们该怎么找到那个人？贝加尔湖绵延六百多公里。"

"到那儿以后，我们找一家可以上网的咖啡馆，做些调查，说不定就能找到那人的踪迹。"

"也就是说，你知道怎么用西里尔语搜索？"

我看看凯拉，她戏谑的笑容让我明白，她有多高兴。事实上，我们或许需要找一个翻译。

"到了伊尔库茨克，"她继续嘲笑我，"我们去找一个萨满教巫师，想要了解当地人的情况，他比任何可悲的搜索引擎都好用。"

晚餐的时候，凯拉向我解释为什么贝加尔湖会成为古生物研究的重地。21 世纪初，在那里发现了旧石器时代的村落遗址，人们由此认定，早在公元前 25 000 年，就有人在贝加尔湖一带居住。他们已经有了日历，还有了宗教仪式。

"亚洲是萨满教的摇篮。在这些地区，"凯拉继续说道，"萨满教被认为是人类最初的宗教。在传说中，萨满教甚至是和宇宙一同诞生的，第一个巫师就是天的儿子。你看，我们俩的职业早在宇宙之初就有了联系。西伯利亚有许许多多关于宇宙的神话。有人在奥涅加河的雷恩大墓地里发现了一尊公元前 5 000 年的骨雕。巫师头戴萨满教发饰，仰面朝天，左右各站着一名妇女。"

"你为什么要告诉我这些？"

"因为在这里和在布里亚特人的村庄里一样，如果你想要了解什么情况，就得首先得到一名萨满教巫师的许可。现在你能告诉我，你为什么在桌子底下摸我了吗？"

"我没有摸你！"

"那你在做什么？"

"我在找旅游手册，不知道你藏哪里了。别跟我说你有多了解萨满教巫师，我才不信呢！"

"别犯傻了，"我把双手伸到凯拉的胯上，她笑了起来，"我屁股底下可没有书！我把这些熟记在心可是有理由的。书也没在我胸口，别闹了，阿德里安！"

"什么理由？"

"上大学的时候，我有过一个非常神秘的阶段，我当时深受……萨满教影响。焚香、磁石、舞蹈、迷狂、附体，总之，要是你能明白的话，就是一段非常'新纪元'的生活，不许笑。阿德里安，停，痒死了，没有人会在这儿藏书。"

"那么，我们怎么找到巫师？"说着，我坐直了身体。

"在街上碰到的第一个人会告诉你巫师住在哪儿，相信我。如果我现在 20 岁，我会非常喜欢这样的旅行。有些人认为天堂在加德满都，而对我来说，这里就是我梦想要来的地方。"

"真的？"

"嗯，真的！既然我没办法阻止你继续找书，我们回包厢去吧。"

我没等她继续说下去。清晨时分，我仔细地探查着凯拉的每一寸肌肤……在她身上，我没找到一丁点纸片！

伦敦

阿什顿爵士坐在餐厅的桌子旁边，他喝着茶，看着晨间的报纸。他的私人秘书走进房间，银托盘上放着一部手机。阿什顿拿起电话，倾听对方向他宣布的消息，然后把电话放回托盘。按习惯，此时秘书应该即刻离开，但是，他似乎想要补充什么，于是等待阿什顿开口询问。

"还有什么事？能让我不受打扰地用完早餐吗？"

"保安组长希望能马上和您见面，先生。"

"那么，让他下午来吧。"

"先生，他正等在走廊里，似乎是急事。"

"保安组长早上 9 点就出现在我家，这是怎么回事？"

"先生，我想他更愿意亲自跟您说。除了告诉我他想尽快见到您，别的他什么都没说。"

"好吧，那就别废话了，让他进来吧。真让人恼火。另外，请给我们上一壶温度合适的茶，而不是我这份温暾的东西。去吧，既然事情紧急，就快点吧！"

秘书退出房间，让位给保安组长。

"你有什么事？"

保安组长递给阿什顿爵士一个上了封印的信封。他打开信封，发现里面是一沓照片。他认出那是伊沃里，坐在他家对面花园的长椅上。

"这个蠢货在那儿做什么？"阿什顿问道，起身走到窗边。

"先生，这些照片是昨天傍晚拍的。"

阿什顿拉下窗帘，回头看着保安组长。

"如果这个老疯子乐意在我家对面喂鸽子，那是他的事，我希望你不是为了这么愚蠢的理由在这样的早晨来打扰我的。"

"按经验，俄罗斯行动已经按照您的要求完成了。"

"嗯，你怎么不先说这个好消息？要喝茶吗？"

"谢谢您，先生，我得告退了，我还有许多事要做。"

"等等，你为什么说'按经验'？"

"我们派的人下车比预定时间要早，不过，他确定已经给了两个目标致命的一击。"

"你可以走了。"

伊尔库茨克

我们并没有因为放弃跨西伯利亚列车而感到不快。除了最后一晚，列车上的时光并没有给我们留下什么美好的回忆。走出火车站的时候，我专注地看着四周，并没有注意到什么可疑情况。凯拉发现一个小男孩在偷偷摸摸地售卖香烟。她提出给他 10 美元，请他帮我们办点小事，也就是把我们带到萨满教巫师那里去。男孩丝毫听不懂凯拉的要求，于是他把我们带到他家里。他父亲在老城的巷子里有一家小制革作坊。

　　当地种族的多样性让我大为震撼。许许多多的社群比邻而居，和谐共处。伊尔库茨克，一个有着奇特过往的城市，老旧的木屋歪歪扭扭地挤在一起，直到由于缺乏养护而轰然倒塌；没有设置车站的有轨电车当街停靠；老布里亚特人，他们永远系着羊毛头巾，在下巴处打个结，肩背布包……在这里，每座山谷和每座高山都有各自的神明，人们敬仰天空，在喝酒前，人们会在桌子上倒几滴酒，和诸神一起狂饮。制革人在他简陋的住所里接待了我们。他用简单的英语告诉我们，他的家族已经在此地生活三个世纪了。当布里亚特人还在城里的商铺交易皮货时，他的祖父已经开始制作皮毛制品了。不过，这些都是过去的事了，一去不复返的过去。从那以后，貂、白鼬、水獭和狐狸都消失了。离圣帕拉斯卡教堂只有几步远的作坊现在只制作皮包，在旁边的市场上卖得并不好。凯拉询问，他有没有办法得到一位萨满教巫师的召见。据他说，最好的巫师住在利斯特维扬卡，那是贝加尔湖畔的一个小村庄。我们可以乘小巴前往，车费很便宜。出租车则贵得要命，他说，而且也丝毫不比小巴舒服。他招待我们吃饭，在这片土地上，好客是唯一的法则。一份瘦肉、几个土豆、一杯黄油茶和一块面包，直到今天，我还记得在伊尔库茨克的制革作坊里享用的这顿冬日午餐。

　　凯拉很快就和那个孩子玩熟了，他们轮流重复对方口中陌生的词汇，一会儿是英语，一会儿是俄语，然后他们在制革人温柔目光的注视下大笑。正午过后，男孩把我们送到公共汽车站。凯拉想要把事先说好的 10 美元给他，可他拒绝了。于是，她解下自己的围巾，送给了他。他把围巾绕在脖子上就跑开了，直到路的尽头，他又回过头来，挥舞着围巾，以示告别。我很清楚，此刻的凯拉心情很沉重，她太想哈里了，我猜测，路上遇到的每个孩子都会让她想起哈里。我将她抱在怀里，我的动作很笨拙，可她还是将头靠在我的肩上。我感受到了她的忧伤，于是再一次提起我向她许下的诺言。不论需要多久，我们都会回到奥莫山谷，她会再一次看到哈里。

　　巴士沿着河流前行，触目皆是草原风光。一些妇女沿着路边行走，怀里抱着沉睡的孩子。途中，凯拉告诉了我关于萨满教的更多知识以及我们即将面临的拜访。

　　"巫师又是一位医者、牧师、魔法师、占卜师，甚至是一名通灵者。他负责治疗病人，召唤猎物或者雨水，有时甚至要找回丢失的东西。"

　　"告诉我，你口中的巫师能否直接指引我们找到碎块，如此一来，我们就不必去找这个叶戈罗夫，还能节省不少时间呢。"

　　"我一个人去好了！"

　　这个话题很敏感，玩笑没有取得效果。所以，我开始专心听她说话。

　　"为了和神灵取得联系，巫师会让神灵附体。当他浑身抽搐的时候，就说明有神灵进入了他的身体。灵魂附体结束后，他会直挺挺地瘫倒在地，昏厥过去。对在场的人来说，这是一个紧张的时刻，没有人能保证巫师能再次回到活人的世界。巫师醒过来后，会讲述他的旅程。在这些旅程中，有一种旅行应该会让你觉得有趣，就是巫师通向宇宙的旅程。人们称之为'魔幻飞行'。巫师沿着'天空中的钉子'，穿过北极星。"

　　"你知道，我们只需要一个地址，或许我们只请他帮个小忙就够了。"

　　凯拉扭头看向车窗，不再理我。

利斯特维扬卡

……一个从头到脚用木头建立起来的地方，就像西伯利亚的许多村庄一样；即使是东正教堂，也是用原木搭建而成的。萨满巫师的房子也不例外。这几天去拜访他的，并非只有我们。我一直以为我们只需要和他交谈几句就可以了，就像我们去一个小村庄的村长家里打听住在角落里的一家人那样，事实上，我们得先参加一场即将开始的祭祀。

在一个宽敞的大厅里，有五十多个人围坐在地毯上。我们在其中找位置坐下来。巫师走了进来，身上穿着典礼服饰。大厅里寂静无声。一名年轻的女子，大约只有 20 岁，躺在席子上。很显然，她病得厉害，还发着高烧。她的额头上汗水直流，她呻吟不止。巫师拿起一面鼓。凯拉，虽然她还在埋怨我，但还是跟我解释说——我可没向她提任何要求——这面鼓在仪式中必不可少，鼓有着双重性别，鼓面代表男性，鼓的架子则代表女性。我愚蠢地笑出了声，后脑勺上立马挨了一巴掌。

巫师开始了，他将鼓面靠近火盆，让火苗舔舐着鼓面，将它加热。

"我们得承认，这样做比在电脑上搜索复杂多了。"我凑到凯拉耳边说道。

巫师抬起双手，他的身体开始跟着鼓点舞动。歌声醉人，我没有了任何嘲笑的欲望，凯拉则完全被眼前的场景吸引住了。巫师进入了灵魂附体状态，他的身体剧烈地抽搐起来。仪式进行的时候，女子的脸色变化了，似乎高烧已经退了，她的两颊重新焕发出光彩。凯拉已经入迷了，我也一样。随着鼓声停止，巫师瘫倒在地。没有人说话，没有一丝声响打破目前的寂静。我们的双眼都紧紧盯着巫师了无生气的身体，他就这样一动不动。过了很久，他回转过来，站起来走到年轻的女子身边，把双手放在她的脸上，要求她站起来。她摇摇晃晃地站了起来，看来已经摆脱了刚才还在折磨她的疾病。全场都为巫师欢呼起来，巫术起作用了。

我永远都不知道此人实际上使用的是什么样的力量，在利斯特维扬卡萨满巫师房子里见证的一切对我来说永远都是个谜。

仪式结束后，人群渐渐散开，凯拉走近巫师，请求接受他的召见。他请她坐下，询问她因为什么样的问题来到这里。

他告诉我们，我们要找的人是当地的名流。他是一个慈善家，送钱给穷人，出资兴建学校。他甚至资助人们翻修了当地的一家诊所，诊所几乎成为一座小型医院。巫师犹豫着是否要把他的地址给我们，他担心我们有不良动机。凯拉许诺说，我们只是想向他咨询一些信息。她说明了自己的职业以及为什么叶戈罗夫能帮到我们，还说她的调查完全是为了科学研究。

巫师专注地看着凯拉的吊坠，问她这是从哪里来的。

"这是一个非常古老的物件，"凯拉毫无保留地告诉了他，"是星空图的一部分，我们在寻找其他缺失的部分。"

"这个物件有多少年了？"巫师问着，并要求凑近点看。

"几百万年。"凯拉说着，把吊坠递给了他。

巫师仔细地抚摸着吊坠，突然，他的脸色黯淡下来。

"你们不应该再继续这次旅程。"他用严肃的语气说道。

凯拉回过头看着我。此人突然在担忧什么？

"别再戴在身上了，您不知道自己在做什么。"他又说道。

"您看到过这样的东西？"凯拉问道。

"您不知道这会导致什么！"巫师说。

他的目光更加黯淡了。

"我不知道您在说什么，"凯拉说着，拿回了吊坠，"我们只是科学工作者……"

"……无知的人！你们知道世界是怎样转动的吗？你们想要打破它的平衡？"

"可是，您到底在说什么？"凯拉生气了。

"你们走吧！你们要找的人住在两公里外的一座红色别墅里，别墅有三个塔楼，你们不会找错的。"

贝加尔湖上，一些年轻人在远离岸边的地方溜冰。在湖畔，波浪在寒冬来袭之际被突然冰封，形成了骇人的雕塑。一艘锈迹斑斑的货轮卧倒在那里，成为冰的囚徒。凯拉把双手插进衣兜。

"那个人想告诉我们什么？"凯拉问我。

"我一点头绪都没有，萨满教专家可是你。我想，科学让他感到焦虑，就这些。"

"在我看来，他的恐惧并不是毫无缘由的，他似乎有所指……好像是警告我们即将有危险。"

"凯拉，我们并不是巫师的信徒。在我们这里，既没有巫术的位置，也没有为密宗留下余地。我们俩采用的都是纯粹的科学方法。我们拥有一个图形上的两块拼图，我们只是想要把其余几块找全，再没有其他的了。"

"如你所言，这是一块在四亿年前制作的图形，至于图形补充完整后能发现什么，我们还一无所知。"

"等我们拼好以后，就可以采用科学的方法来研究，在一个我们以为地球上还不可能存在文明的时代，已经有一个文明掌握了天文学知识。这样的发现将会颠覆我们对人类历史的认识。这不正是一直以来让你着迷的吗？"

"你呢，你希望借此发现什么？"

"我希望这个图形展现的是一个我从未见过的星云，这将是非常了不起的发现。你干吗这么苦着脸？"

"我害怕，阿德里安。在我的研究中，我从来没有面对过人类的暴力，我一直都不明白那些对付我们的人有什么动机。这个巫师对我们一无所知，他看到我的吊坠后的反应太……可怕了。"

"可是，你意识到自己告诉过他什么、这些对他来说又意味着什么吗？此人是神的使者，他的能力和他的秘术都是建立在他的知识和前来求助于他的人无知的基础上的。我们来到他这里，在他鼻子跟前展示远远超过他自己认知的东西。你让他陷入了危险。如果我们用同样的方式把这些告诉科学院，我也丝毫不意外他们会有什么样的反应。如果一名医生前往一个与世隔绝、从未接触过现代文明的小村庄，用药物治好一名患者，其他人也会把他当作一个法力无边的巫师。人都会崇拜超过自己认知的东西。"

"受教了，阿德里安，让我害怕的是我们的无知，而不是当地人的愚昧。"

我们来到红色的别墅前，它完全符合巫师的描述，而且，他说得对，没有人会把它和周围的房子混淆，它的建筑风格太招摇了。住在里面的人丝毫没有隐瞒他的财富的打算，相反，他极力炫耀自己的富裕，标榜自己的权力和成功。

两名斜挎着卡拉什尼科夫枪的男人守护着入口。我做了自我介绍，请求得到别墅主人的接见，还说我们是他主人的老朋友特恩斯滕介绍来的，来替他还清欠债。一名保安要求我们在门口等待。凯拉在原地跳跃着取暖，另一名保安饶有兴致地看着她，那觊觎的眼神让我非常不快。我把她抱在胸前，抚摸着她的后背。片刻后，保安回来了，例行搜身后，他们终于让我们走进了叶戈罗夫的豪华城堡。

"地板上铺的是卡拉拉大理石，墙上是从英国进口的细木护墙板，"在客厅里接待我们的时候，主人如是介绍，"地毯来自伊朗，全是高档货。"他肯定地说。

"我还以为该死的特恩斯滕早死了呢。"叶戈罗夫惊讶地说着，为我们倒上伏特加，"喝吧！"他说，"喝了能暖和点。"

"抱歉要让您失望了，"凯拉说道，"他看起来活力十足。"

"那命运对他可就太好了。"叶戈罗夫回答，"这么说，你们把他欠我的钱带来了？"

我拿出钱包，将100美元递给主人。

"给您，"我说着，将那唯一的钞票放在桌子上，"您可以验一下，账清了。"

叶戈罗夫面带鄙夷地看着那张绿色的钞票。

"我希望，这是个玩笑！"

"这就是他要求我们带给您的数目。"

"这是他30年前欠我的！按照现行的货币，不算利息的话，也要乘上100倍才能结清。我给你们两分钟时间，立马给我消失，否则你们会后悔来这儿消遣我。"

"特恩斯滕告诉我，您能帮助我们。我是考古学家，我需要您的帮助。"

"抱歉，我已经很久不和古董打交道了，原材料的利润更大。如果你们专程来此是想从我这儿买些东西，你们会一无所获。特恩斯滕不仅耍了你们，也耍了我。拿走这张钞票，你们走吧。"

"我不明白您为什么对他心怀敌意。他谈起您的时候满怀敬意，听起来他非常欣赏您。"

"真的？"叶戈罗夫问道，凯拉的话让他很受用。

"他是怎么欠您钱的？30年前，100美金在这里可是一大笔钱。"凯拉又说道。

"特恩斯滕只是一个中间人，当时的主顾是巴黎的一个客户，那个男人想要买一本古老的手稿。"

"什么样的手稿？"

"在西伯利亚一个冰封的古墓里找到的一块刻了字的石头。您应该和我一样清楚，在 20 世纪 50 年代，无数的墓地被挖掘出来，所有坟墓里面都塞满了珠宝，在冰层里得到了完美的保存。"

"而且所有宝藏都被处心积虑地抢劫一空。"

"唉，是啊，"叶戈罗夫叹了口气，"人类的贪婪真是可怕，不是吗？只要有利可图，对远古的美就再也没有任何崇敬了。"

"当然，您也忙于倒卖这些古墓财宝，不是吗？"凯拉继续说道。

"小姐，您臀部很漂亮，也相当有魅力，不过，千万不要滥用我的好客之情。"

"您把那块石头卖给了特恩斯滕？"

"我给了他一份复制品！他的出资人并没有意识到。由于我知道他是不会付钱的，所以我也很满意自己给了他一份复制品，质量很好的复制品。收回这张钱吧，你们来好好吃顿饭，然后告诉特恩斯滕，我们两清了。"

"这么说，原件还在您手里？"凯拉笑着问道。

叶戈罗夫从上到下打量着她，目光在她的曲线上停留片刻；他笑了起来，然后站起身。

"既然你们找到这儿来了，跟我来吧，我给你们看看那是件什么东西。"

他走到装饰客厅墙壁的书橱那里，取出一只包着精美皮革的盒子，打开看了看，又放回原处。

"不在这盒子里面，可是，我会把它放在哪儿呢？"

他又检查了三个一模一样的盒子，然后从第五个里面拿出一个包着棉网的东西。他解开缠绕的绳子，现出一块 20 厘米见方的石头。他小心翼翼地把石头放在书桌上，才请我们走上前去。是一块年岁很久的石头，上面雕刻着一些仿佛象形文字的符号。

　　"这是苏美尔语，这块石头已经有超过 6000 年的历史了。特恩斯滕的出资人本可以当时就付钱买下来，他出的价钱还是非常可观的。30 年前，一具萨尔贡棺材几百美元就卖了，如今，这块石头成了无价之宝，另外，也没办法卖掉了，除非购买人秘密保存它。这样的古董再也不能自由流通了，时代变了，古董交易太过危险。我跟你们说过，原材料交易利润更丰厚，风险也更小。"

　　"这些字是什么意思？"凯拉问道，石头的美让她大为迷恋。

　　"没什么大不了的，或许是一首诗，或许是一个古老的传说，但想要购买它的那个人似乎非常看重它。我应该有这些文字的翻译。看，就在这儿！"他翻了翻盒子说道。

　　他把一张纸递给凯拉，凯拉大声念给我听。

　　这是一个传说：某个小孩在母亲肚子里的时候就已经知晓一切关于"创世记"的奥秘——从世界的起源到末日的来临。在他出生之时，一位使者来到了他的摇篮前，用一根手指在他的双唇上一点，让他永远无法透露心中的秘密，关于生命的秘密。

　　这些话在我的脑海里回荡着，唤起我对一场最终流产的旅行的回忆。我怎么能掩饰住我的惊讶？这些话，我在前往中国的飞机上读到过，就在我失去意识、飞机半路返回之前。凯拉停了下来，忧虑地看着如此慌乱的我。我从衣兜里拿出钱包，掏出一张纸，在她面前打开。这次轮到我大声朗读这段奇特文字的后半段了：

这根手指永久地抹去了孩童的记忆，并留下了一道记号。每个人上嘴唇的上方都有一道这样的记号，除了我之外。

我出生的那天，使者忘记了前来探望。而我记得所有的一切。

凯拉和叶戈罗夫轮番看着我，和我当时一样，他们都吃惊不已。我向他们解释了我是在什么样的场合下得到这段文字的。

"是你的朋友伊沃里教授让人交给我的，就在我前往中国找你之前。"

"伊沃里？他在其中又扮演了什么角色？"凯拉问道。

"这就是那个一直都没有付我钱的浑蛋的名字！"叶戈罗夫大叫，"我以为他也早就死了呢。"

"您有把所有人送入坟墓的爱好？"凯拉回应，"我强烈怀疑他会和您那盗墓的行径扯上关系。"

"我告诉您，您所谓不容置疑的教授的确就是要买它的人。也请您不要反驳我，我还不习惯被小人物质疑。我等您道歉！"

凯拉双臂交叉，背过身去。我抓住她的肩膀，命令她立刻道歉！她狠狠地盯着我，向这家的主人嘟哝了一声"抱歉"。幸好，对方似乎很满意，同意告诉我们更多情况。

"这块石头是在西伯利亚西北方发现的，那时发起了一场挖掘冰墓运动。而在那个地区，冰墓遍地。数千年来受到严寒保护的棺材保存得非常完美。我们不要忘了还原当时的背景，在那个时代，所有的研究项目都要依靠政府的指令。考古学家们领着微薄的薪水，在极其恶劣的条件下工作。"

"在西方，我们的报酬也没有高多少，但我们可不会抢劫挖掘现场！"

我更希望凯拉能保留她的意见。

"所有人都暗中交易，来保证各自的需求。"他继续说道，"由于我有一个较高的职位，报告、批准书和津贴都会经过我的手，我也负责在挖掘出的东西中选择，把利益足够大的送往莫斯科，其余的留在当地。有些东西到不了莫斯科，最终却充实了西方买家的藏品库。就这样，有一天我认识了你们的朋友特恩斯滕。这也就牵涉到这个伊沃里教授，他疯狂地迷恋一切和闪米特以及苏美尔文明有关的东西。我当时就知道，我永远都拿不到钱。在我们的团队里有复制高手，所以，我就请高手用一块花岗岩复制了这块石头。如今，你们是不是该告诉我你们的真实意图了？我可不相信，你们穿越乌拉尔山脉来到这里，只是为了还我 100 美元。"

"我在研究公元前迁徙民族的足迹。早在 4000 年前，他们展开了一次漫长的旅行。"

"从哪里出发，前往哪里？"

"他们从非洲出发，到了中国，这个我已经有了证据；后来的一切就只是假设了。我怀疑他们接下来去了蒙古，穿过了西伯利亚，然后沿着叶尼塞河溯流而上，到达了喀拉海。"

"了不起的旅行，但是，他们走过这数千公里的路程是为了什么？"

"为了穿越极地，到达美洲大陆。"

"这并没有回答我的问题。"

"为了携带一个信息。"

"您以为我能帮您证明这种冒险曾经发生过？谁让您这么想的？"

"特恩斯滕，他说您是苏美尔文明的专家。我猜想，您刚刚给我们看的那块石头证实了他的话。"

"你们是怎么遇到特恩斯滕的？"叶戈罗夫神情狡黠地问道。

"是一个朋友，他建议我们去看他。"

"相当有趣。"

"我不明白这中间有什么有趣的？"

"你们的朋友不认识伊沃里吗？"

"就我所知，他们不认识。"

"您已经准备发誓他们从来没见过了？

叶戈罗夫把电话递给凯拉，挑衅地看着她。

"您真是蠢透了，你们俩天真得要命。给你那个朋友打电话，问他这个问题！"

凯拉和我，我们都看着叶戈罗夫，不明白他想做什么。凯拉拿起电话，拨了麦克斯的号码，然后走开了。我得承认，这简直让我恼火到了极点。片刻后，她回来了，灰头土脸的。

"你把他的号码记在心里……"我说。

"现在不是时候。"

"他向我问好了？"

"他撒谎。我上来就问他问题，他发誓他不认识伊沃里，但我感觉他在撒谎。"

叶戈罗夫走到书橱那里，浏览着书架，然后拿出一本厚厚的书。

"如果我没理解错的话，"他继续说道，"老教授通过一个朋友让你们去找特恩斯滕，而他又让你们来我这里。而且，就好像是巧合，30 年前，这个伊沃里试图得到我这块刻着苏美尔文字的石头，而这段文字，他已经誊了一份给你们。当然，所有这一切纯粹是巧合……"

"您想说什么？"我问道。

"你们是两只牵线木偶，而线就掌握在伊沃里手里。他让你们从北跑到南，从西跑到东，全凭他的意愿。如果你们还不明白他把你们当作工具，那么，你们比我认为的还要蠢。"

"我想，我们完全明白你已经把我们当作傻瓜了。"凯拉轻声说，"在这个问题上，您头脑非常清楚。可是，他为什么要这么做？他这么做能得到什么？"

"我不知道你们确切在找什么，但我想，结果会让他极度感兴趣。你们正在进行一个他没能完成的工程。话说回来，明白你们在没有意识到的情况下为他工作并不需要多么聪明。"

叶戈罗夫打开那本大厚书，展开了一张古亚洲地图。

"你们想要找的证据就在你们眼前，"他说，"就是这块刻着苏美尔语的石头。你们的伊沃里希望它还在我手里，所以处心积虑地把你们派到我这里来。"

叶戈罗夫在办公桌后坐下来，并请我们坐在他对面的扶手椅上。

"西伯利亚的考古研究始于 18 世纪，由彼得大帝发起。在那之前，俄罗斯人对他们的过去没有任何兴趣。当我领导科学院西伯利亚分部的时候，我竭尽所能说服当局保存那些无价之宝，我并不是你们想象中的无耻倒卖商。当然，我也有自己的网络，但多亏他们，我才能留住上千件珍品，把它们保存下来，而没有我的话，它们早就被毁了。如果我当时不在，你们以为这块石头还能保存至今吗？它很可能已经和其他上百块石头一起被用来贴墙或者铺路了。我不否认自己也从中获利，但我从来都知道自己在做什么。我并不会把西伯利亚的遗产随便卖给谁。好了，无论如何，这个教授并没有让你们白费时间。在这里，的确没有谁比我更了解苏美尔文明，我始终相信，他们的旅程远远超过人们以为的距离。没有人相信我的理论，他们把我当作疯子，认为我没水平。你们寻找的能证实他们到达了北方的证据，就在你们眼皮底下。你们知道这段文字源自什么时候吗？公元前 4004 年。你们自己来看看，"说着，他指了指石头上方的一行小字，"这是正式的日期。现在，你们告诉我，在你们看来，他们为什么要努力到达美洲大陆？我想，既然都跑到我这儿来了，你们应该知道原因。"

"我跟您说了，"凯拉重复，"是为了携带一个信息。"

"谢谢，我没聋，不过，是什么信息？"

"我一无所知，但信息是要传递给其他古老文明的首领的。"

"那么，你们认为信使到达目的地了吗？"

凯拉俯身看着地图，指着白令海峡狭窄的通道，然后食指在西伯利亚海岸上滑过。

"我一无所知，"她低声说道，"就是因为这个，我才需要追随他们的足迹。"

叶戈罗夫抓住凯拉的手，在地图上缓缓移动。

"Man-Pupu-Nyor（曼普普纳），"说着，他把凯拉的手放在乌拉尔山脉东边、科米共和国北部的一个点上，"乌拉尔七巨人所在地，您的信使们就是在那儿歇了最后一口气。"

"您是怎么知道的？"凯拉问道。

"因为，石头就是在西西伯利亚的这个地方被发现的。迁徙的队伍不是沿着叶尼塞河，而是鄂毕河，他们前行的方向也不是喀拉海，而是白海。为了到达目的地，取道挪威是最近、最便捷的。"

"您为什么说'最后一口气'？"

"因为我完全有理由相信他们的旅程就此结束了。接下来要告诉你们的事情，我从来没有向任何人透露过。30 年前，我们在此地进行考古发掘，在曼普普纳，一座被风吹平山顶的高山顶上，是一片广阔的平原。在那里竖立着七根石柱，每根柱子都高达 30 米到 42 米，看起来是非常粗糙的石柱。六根柱子围成半圆，第七根柱子看着其他六根。乌拉尔七巨人所蕴含的秘密从来都没有被披露过。没有人知道它们为什么会出现在那里，而单单风蚀不可能造就这样的建筑。这就是俄罗斯的巨石阵，因为这些石柱也是非同一般地高大。"

"为什么说从来都没有透露过？"

"或许你们会觉得奇怪，当时，我们掩盖了一切，把那里恢复成我们刚发现它时的样子。我们非常乐意抹去我们所有的痕迹。当时，莫斯科那些无能的公务员并不知道我们发掘出的东西。我们了不起的发掘会不经任何分析、不采取任何保护措施就建档。它们被遗忘在某座大楼的地下室里，在简陋的箱子里腐烂。"

"那么，你们发现了什么？"凯拉问道。

"大量4000年前的人类遗迹，五十多具被冰层完美保存的尸体。刻着苏美尔文字的石头就是在他们中间发现的，就在他们的坟墓里。所以，你们追随的那批人被严寒和冰雪囚禁，他们全都饿死了。"

凯拉回头看看我，她兴奋到了极点。

"这是一个了不起的发现！从来都没有人能证明苏美尔人曾经到过这么远的地方；如果您依据这些材料发表您的著作，国际科学家协会会为您喝彩的。"

"您真讨人喜欢，可是您太年轻了，根本不知道自己在说什么。这样的发现如果让我们的上司听到哪怕一点风声，我们就会立刻被流放到古拉格，我们的成果也会被分给党的高级官员。'国际'这个词在苏联并不存在。"

"所以，你们就把一切都埋回去了？"

"换了您，您会怎么做？"

"几乎全都埋回去了……容我冒昧，"我说，"我想，您装进行李的并非只有这块石头……"

叶戈罗夫阴阴地瞅了我一眼。

"也有这些旅行者的一些随身物品，我们留得很少。这是生死攸关的事情，我们每个人都要最大限度地保持沉默。"

"阿德里安，"凯拉对我说，"如果苏美尔人的远征是在这样的条件下结束的，那么，其他碎块很可能就在马普普纳高原上的某个地方。"

"是曼普普纳，"叶戈罗夫重复着，"英文可以写为 Manpupuner，西方人就是这么叫的。你们在说什么碎块？"

凯拉看了看我，然后，没有等我回答她还没来得及提出的问题，她就摘下项链，把吊坠拿给叶戈罗夫看，并将我们的所有研究向他和盘托出。

叶戈罗夫对我们所说的一切大为着迷，他留我们吃晚饭，而由于晚间没有尽兴，他又为我们准备了一个房间。这再好不过了，我们完全忘了考虑住宿的问题。

晚餐在一个羽毛球场大小、丝毫不像餐厅的房间里进行，叶戈罗夫连珠炮式地展开提问。当我说到几块碎块放在一起会产生的现象时，他请求我们让他也见证一下。我们很难拒绝他的任何要求。凯拉和我把我们的两个碎块放在一起，它们立刻焕发出天蓝色的光彩，虽然这次的颜色比上次更加苍白了。叶戈罗夫眨着眼睛，他的面孔似乎变年轻了，一直都很冷静的他，此刻就像平安夜里激动的小男孩。

"在你们看来，如果所有碎块都收集齐了，会有什么发现？"

"我们一无所知。"我赶在凯拉前面回答了他的问题。

"你们二人都确信这些石头有四亿年的历史？

"它们不是石头，"凯拉回答，"不过，是的，我们确定它们有这么多年的历史。"

"它们的表面有很多孔，镶嵌着上百万个微小的孔洞。当我们把碎块放在强烈的光源下，它们会投射出星空图，那无疑就是当时人们所在位置的天空的星象。"我继续说道，"如果手边有一只足够强大的激光灯，我就能展示给您看。"

"我真想看看这些，可惜，我家里没有这种工具。"

"如果有的话，会让我担忧的。"我实话实说。

吃完甜品（有浓重酒味的松软蛋糕）后，叶戈罗夫离开桌子，开始在房间里踱步。

"这么说，你们认为，"他突然说道，"有一个碎块就在乌拉尔七巨人那里？是，你们当然会这么想，这是什么问题！"

"我真希望自己能回答您的问题！"凯拉说。

"天真又乐观！您真是魅力十足。"

"而您……"

我在桌子底下轻轻碰了一下她的膝盖，于是她打住了话头。

"现在是冬天，"叶戈罗夫说道，"曼普普纳高原上吹拂着干冷异常的风，雪很难在地上堆积。大地冰封，你们打算拿两把小铲子和一只金属探测器就去挖掘吗？"

"别再用这种居高临下的语气说话了，真让人恼火。而且，尊敬的阁下，碎块不是金属的。"她反驳道。

"我说的并不是供业余爱好者在沙滩上寻找丢失物品的金属探测器，"叶戈罗夫反驳道，"而是一个更加宏伟的计划……"

叶戈罗夫把我们带到客厅，相比餐厅，这个房间毫不逊色。大理石地板换成了橡木地板，家具都来自意大利和法国。我们在舒适的沙发上坐下来，面对着熊熊燃烧的壁炉。火苗蹿得老高，舔舐着炉膛深处。

叶戈罗夫提出派 20 个人供我们调遣，并提供给凯拉挖掘工作需要的所有物资。他向凯拉许了更多的好处，在这之前，她从来没有拥有过这些。这出乎意料的援助的唯一条件是，他要全程参与发掘工作。

凯拉向他解释，这项工作预计没有任何经济利益。我们心心念念要找到的东西并没有市场价值，只对科学研究有利。叶戈罗夫火了。

"谁跟您谈过钱？"他怒气冲冲地说，"是您钱不离口。我跟您说起过钱吗？"

"没有，"凯拉窘迫地回答——而我也觉得她很诚实，"可我们二人都知道，您提供的条件要花费巨资，而到目前为止，我的职业生涯中极少遇到慈善家。"她解释着，几乎都要道歉了。

叶戈罗夫打开一盒雪茄，放到我们面前。我差点要拿起来尝一尝，但凯拉严厉的目光让我打消了念头。

"我这一辈子大部分时间都花在考古挖掘上了，"叶戈罗夫说道，"大都是在极为艰苦、你们从未见识过的条件下进行的。我几乎丢了性命，无论是在健康上，还是在政治生涯上。我拯救了大量的财宝，我已经跟你们说过当时的形势了，而科学院那些浑蛋给我的唯一回报，就是把我视为一个低俗的古董交易商。如今发生了翻天覆地的变化。真是虚伪！他们污蔑我已经 30 年了。如果你们的计划获得成功，我将获得比金钱重要得多的东西。陪葬财富的时代已经一去不复返了，将来，我既不会把这些波斯地毯带进坟墓，也不会把装饰墙壁的 19 世纪画作带进去。我跟你们说的是为自己赢得一定的尊重。30 年前，如果我们不惧怕领导，勇敢地发表了我们的成果，结果就会像您说的那样，我已经成为一名备受尊敬的著名科学家。我不会第二次错过这个机会的。所以，如果你们同意的话，我们就一起做这件事。如果我们足够幸运，能找到任何能证实你们的理论的东西，那么，我们就向科学家协会展示我们的成果。这笔小交易你们觉得合适吗？"

凯拉犹豫了。在这样的情形下，很难拒绝这样的同盟。我也估计到这个同盟能给我们什么样的保护。如果叶戈罗夫愿意把在门口接待我们的那两个全副武装的保安也带去，下一次再有人想要我们的命的时候，我们就有了帮手。凯拉屡屡看向我。决定应该由我们二人共同做出，但是，女士优先，我希望她先开口。

叶戈罗夫冲凯拉笑了笑。

"把那100美元给我。"他用异常严肃的口吻说道。

凯拉拿出那张钞票，叶戈罗夫立刻装进了口袋。

"好了，你们已经为这趟旅行出资了，从此我们就是合伙人了；既然困扰你们的资金问题已经解决，那么，我们就都是科学家了。要想让这次了不起的挖掘取得成功，现在是不是该讨论准备的细节了？"

他们在矮桌边坐下。在一个小时的时间里，他们罗列了所有需要的装备。我说"他们"，是因为我感觉自己被排除在他们俩的谈话之外了。不过，我也利用他们无视我的这段时间，研究了他的书橱。我看到许多考古学书籍，还有一本17世纪的炼金术手记以及一本同样古老的解剖学手记、大仲马全集、《红与黑》原版。目光所及，他的图书藏品应该是一笔巨大的财富。凯拉和叶戈罗夫做功课的时候，我开始阅读一部惊人的14世纪天文学著作。

凯拉终于发现我不在场的时候，已经是凌晨1点了，她跑来找我，毫不客气地问我在做什么。我觉察到这个问题中有指责的味道，于是跑到壁炉前她的身边。

"太棒了，阿德里安，我们就要拥有所有必需的物资了，我们很快就可以大干一场了。我不知道挖掘需要多久，但有这样的装备在手，如果碎块的确在巨石附近的某个地方，我们找到的希望就很大。"

我浏览了她和叶戈罗夫列的清单：镘刀、刮刀、墨线、刷子、GPS、米尺、标杆、筛子、天平、人体测量工具、压缩机、除尘器、夜间工作发电和照明设备、帐篷、记号笔、照相机。清单所列的物资应有尽有，都可以开一家专业商店了。叶戈罗夫拿起矮桌上的电话。片刻后，两个男人走进客厅，他把清单交给来人，他们立刻就离开了。

"所有这些明天中午之前就能准备好。"叶戈罗夫伸着懒腰说。

"您要怎么运送这些物资？"我鼓起勇气问道。

凯拉回头看向叶戈罗夫，后者正一脸胜利的表情看着我。

"这是一个惊喜。现在已经很晚了，我们需要睡眠，早餐的时候我们再见吧。做好准备，我们中午前就出发。"

一名保安把我们带到为我们准备的客房。客房如宫殿般辉煌。我从来没有去过任何宫殿，但我想，那里应该比我们今晚休息的地方更加宽敞。床很大，横躺竖躺都没有问题。凯拉一头扑向厚厚的羽绒被，并叫我一起来。我还没有见她这么开心过，自从……仔细想想，我从来没有见她这么开心过。我有几次差点丢了性命，跑到数千公里外把她找回。早知道，给她一把铲子和一只筛子就可以了！总之，我是何等幸运，我爱的女人只要很少的东西就可以幸福满怀。她四仰八叉地躺在床上，脱掉了毛衣，解开胸罩，然后一脸迷人的神情叫我不要磨蹭。可我并没有欲念。

肯特

捷豹在通往庄园的乡间小道上疾驰。阿什顿爵士坐在后座上，正凑着汽车顶灯翻阅一份文件。他哈欠连连，于是合上了文件。随车电话响了，司机告诉他，是莫斯科来电，然后递给了他。

"我们在伊尔库茨克火车站没有拦截到您的朋友，我不知道他们是怎么做到的，可是，他们逃过了我们的监控。"莫斯科解释道。

"真是个恼人的消息！"阿什顿火了。

"他们现在在贝加尔湖，一个古董倒卖商那里。"莫斯科又说。

"那么，你们不去查他们，还等什么呢？"

"等他们出来。叶戈罗夫在当地有依靠，他的房子有一支武装力量在保护。我不希望一次简单的逮捕导致流血冲突。"

"我以前可没发现你这么谨慎。"

"我知道您有难处，不能自己下手，可是我们国家也是有法律的。如果我的人下手了，叶戈罗夫的人还击的话，很难向当局解释为什么深夜里会发生这样的冲突，尤其是没有事先拿到许可。总之，从法律的角度来看，我们对这两个科学家没什么好指责的。"

"他们出现在一个古董倒卖商的房子里，这个理由还不充分吗？"

"不，这并不违法。耐心点吧。等他们一从窝里出来，我们就把他们接过来，不会发出一点声音。我保证，明天晚上就让他们飞回去。"

捷豹来了一个急转弯，阿什顿摔倒在座椅上，差点把话筒扔出去。他抓住扶手坐起身来，敲了敲玻璃窗，好让司机明白，这让他很不满意。

"还有一个问题，"莫斯科继续说道，"您有没有做过什么事情却没有通知我？"

"你想说什么？"

"跨西伯利亚列车上的小事故。一名乘务员头部受到了猛烈的撞击。她现在还在医院里，头部受了重伤。"

"亲爱的莫斯科，我为这样的消息感到遗憾。打女人是令人不齿的行为。"

"如果您那位考古学家和她男朋友不在车上，我丝毫不会怀疑您的话，可事实证明，这卑鄙的袭击就发生在他们那节车厢里。这么说，我应该把它当作巧合，而不是别的什么，对吗？您从来都没有背着我做什么，尤其是没有在我的地盘上这么做，对吗？"

"当然没有，"阿什顿回答，"你这么猜测太让我生气了。"

汽车再一次猛烈地摇晃起来。阿什顿扶了扶领结，又一次敲了敲面前的玻璃窗。当他拿起电话时，莫斯科已经挂断了。

阿什顿按了一个按钮，司机座椅背后的玻璃隔板降了下来。

"你颠够了吗？再说了，你开这么快干什么？你现在都没有走汽车道，我可是很清楚！"

"是的，先生，不过我们正在下坡。坡很陡，刹车也松了。我尽力了，不过，我还是建议您系上安全带，如果我想让这辆该死的车停下来的话，恐怕我们得找机会冲进沟里。"

阿什顿翻了翻白眼，然后照司机的吩咐做了。司机不慌不忙地靠近弯道，但他已经没有选择，为了避开迎面而来的卡车，他只好驶离道路，冲进田里。

车终于停了下来，不能动弹。司机为阿什顿爵士打开车门，为这些麻烦致歉。可他丝毫不明白这是怎么了。汽车刚刚维修过，出发前他才去修车厂把车取出来。阿什顿问他，车上有没有手电。司机打开急救箱，很快就拿出一支给他。

"好吧，现在去车底看看到底发生了什么，他妈的！"阿什顿命令道。

司机脱下外套，服从命令。钻到车底并不容易，不过，他还是从后面爬了进去。片刻后，他出来了，从头到脚沾满了泥浆。他尴尬地宣布，刹车盘被刺穿了。

阿什顿有片刻的疑惑，不敢想象谁会用这样粗劣的手段故意和他作对。然后，他想到家里的保安组长给他看的照片。伊沃里坐在长椅上，似乎是锁定了目标。然后，他笑了。

巴黎

数不清是第几次浏览已经逝世的象棋对手送给他的书了，伊沃里翻回扉页，一遍遍地读着上面的献词：

我知道您会喜欢这本著作，它非常全面，您在这部著作里能找到一切，甚至我们友谊的证明。

您忠诚的棋友，

维吉尔

他一点都没有读懂。他看了看手表上的时间，然后笑了。他套上外衣，在脖子上系好围巾，然后下楼，沿着塞纳河久久地漫步。

走到玛丽桥后，他给沃尔特打了电话。

"您打电话找我？"

"打了好几次，但一直都打不通。我对于找到您都不抱希望了。阿德里安从伊尔库茨克给我打了电话，他们在路上似乎遇到了些麻烦。"

"什么样的麻烦？"

"很让人生气的麻烦，因为有人想杀他们。"

伊沃里看向河面，尽最大努力让自己保持平静。

"得让他们回来，"沃尔特又说道，"否则，他们会出事的，那样我永远都不会原谅自己。"

"我也是，沃尔特，我也不会原谅自己的。您知不知道他们有没有见到叶戈罗夫？"

"我猜他们见到了，电话挂断的时候，他们正要出发去调查。阿德里安似乎非常担忧。如果不是凯拉足够坚定，他肯定会半路返回。"

"他告诉您他有过这样的打算？"

"是的，他说了好几次，我也不能不鼓励他这样做。"

"沃尔特，这再也不是几天或几个星期就能解决的问题，我们不能退缩，尤其是现在。"

"您没有任何办法保护他们吗？"

"明天我就联系马德里，她一个人就能对阿什顿产生影响。我毫不怀疑这野蛮的行径是他的手笔。今天晚上我就设法给他发出警告，不过，我认为这并不太够。"

"那么，我来告诉阿德里安让他回英国吧，不要等到来不及的时候。"

"太晚了，沃尔特，我已经跟您说过，我们不能退缩。"

伊沃里挂了电话。他心事重重地把电话塞进大衣口袋，就回家了。

俄罗斯

一名管家走进我们的房间，拉开了窗帘。天气晴好，强烈的光线让我们眩晕。

凯拉把头埋在被子里。管家把早餐托盘放在床边，提醒我们快 11 点了，正午的时候我们要把行李准备好，去大厅会合。然后，他就离开了。

我看到凯拉重新露出脑袋，双眼盯着装满面包的篮子；她伸出手臂，抓住一只羊角面包，三口就吞了下去。

"我们不能在这儿多待一两天吗？"她叹着气，一口气喝完了我刚刚给她倒的茶。

"我们回伦敦吧，我请你去一座宫殿里过一个星期……到时候我们就不用出卧室了。"

"你不想继续下去了，对不对？我们和叶戈罗夫一起很安全。"她说着，咬了一口圆面包。

"我觉得你信任这个家伙过于快了。昨天我们还不认识他，今天就成了他的合伙人。我既不知道我们要去哪里，也不知道等待我们的是什么。"

"我也不知道，但我感觉我们离目标很近了。"

"哪个目标，凯拉？苏美尔人的墓地，还是我们的目标？"

"好吧，"她扯掉被子，一下子站了起来，"我们回去！我去跟叶戈罗夫解释，说我们放弃了，如果他的保镖允许我们出去，我们就立刻乘出租车去机场，然后乘第一架航班回伦敦。我会在巴黎稍事停留，去注册失业。话说回来……你有权在英国申报失业吗？"

"没必要搞这么一套！好吧，我们继续，但你首先要发誓：只要再有一丝危险出现，我们就立刻停止。"

"告诉我，什么样的情况是危险的？"她说着，坐回床上。

我用双手捧起她的脸，回答：

"当有人想要结束我们的生命时，就是面临危险！我知道，你对挖掘的兴趣比对任何东西的都强烈，但是在一切都来不及之前，你得对我们冒的风险有所认识。"

叶戈罗夫在大厅等我们。他身穿白色皮袍，头戴皮帽。如果我梦想见到沙皇的信使，我的心愿可以就此满足了。他把靴子、手套、帽子和两件风雪皮大衣递给我们，我们的大衣与这两件相比简直不可同日而语。

"我们要去的地方非常寒冷，穿上吧。十分钟后出发，我的手下负责你们的行李。跟我来，我们去车库。"

电梯在二楼停下，在那里，各式各样的汽车秩序井然地排列着，从跑车到总统加长汽车，应有尽有。

"我看，您做的并不只是古董生意。"我对叶戈罗夫说。

"事实上，您没说错。"他说着打开车门。

两辆车为我们引路，另外两辆在后面护送我们。我们一阵风似的来到大街上，车队驶向了湖滨的道路。

"如果我没弄错的话，"片刻后，我说道，"西西伯利亚离这儿有3 000公里，您有没有想好中途想撒尿该怎办，或者我们是准备一口气开到那里吗？"

叶戈罗夫向司机打了个手势，汽车猛地停了下来。他回头看着我。

"您想要这么烦我多久？如果这趟行程让您烦恼，您现在还可以下车。"

凯拉用比湖水还要暗淡的目光睐了我一眼，我向叶戈罗夫表达了歉意，后者向我伸出了手。如果大家都是绅士，怎么能拒绝与对方握手呢？汽车重新出发，在接下来的半个小时里，谁都没有说话。道路延伸到白雪皑皑的森林里。不久，我们就来到科蒂，那是一个迷人的小村庄。车队放慢了速度，然后拐到一条岔路上。在路的尽头，我们发现两座仓库，从大路上却看不到它们。汽车停了下来，叶戈罗夫请我们跟着他。在仓库里面，我们看到两架直升机停在那里，是那种非常巨大、军队用来运输物资的款式。我在苏联对阿富汗的战争报道中看到过，但从未在这么近的距离见过。

"你们大概不会相信，"叶戈罗夫说着，走向第一架飞机，"这是我打赌赢的。"

凯拉神色愉快地看着我，然后登上通往机舱的舷梯。

"您到底是什么人？"我问叶戈罗夫。

"一个同盟，"他说着，拍了拍我的后背，"我还没有放弃让你们信服的希望。您是上去，还是要留在仓库里？"

机舱非常宽敞，让人想到民航飞机。叉车从后门升上来，把硕大的箱子放进行李舱，叶戈罗夫的手下在那里把它们绑好。机舱里配备了座椅，可以容纳 25 名乘客。米－26 直升机的发动机有 11 240 马力，这似乎让它的所有者备感骄傲，就好像他饲养了这么多马匹一样。我们中途将停靠四次，以补充燃料。飞机的续航力为 600 公里，我们和曼普普纳之间隔着3 000 公里的距离，到达那里要 11 个小时以后了。叉车降了下去，叶戈罗夫的手下最后一次检查了捆绑物资箱的绳索，然后，行李舱门升上来，飞机被拖到了库房外面。

涡轮开始呼啸，当螺旋桨的八扇叶片同时旋转起来时，机舱里的声音已经是震耳欲聋。

"我们会习惯的，"叶戈罗夫喊道，"好好享受美景吧，你们将会看到极少数人才能看到的俄罗斯。"

飞行员回头朝我们做了一个手势，然后巨大的机器升起来了。离地 50米的时候，机头倾斜着上升，凯拉紧紧贴着舷窗。

飞行一个小时后，叶戈罗夫给我们看远在左方的伊兰斯基，然后是坎斯克和克拉斯诺亚尔斯克。我们一直都离得远远的，以免进入航空雷达监管区域。飞行员似乎对他的工作非常了解，我们只在一望无际的白色上方飞行。不时会有一条冰冻的河流在地上划过，仿佛用炭笔在纸上画出的线条。

第一次补给是在乌第河沿岸。阿塔盖城离直升机停泊地只有几公里远，那两辆为飞机补充燃料的油罐车就是从那里出发的。

"一切都是组织问题，"叶戈罗夫看着他的手下忙碌着，对我们说道，"当气温只有零下 20 摄氏度的时候，没有即兴发挥的余地。如果补给没有按时到达，让我们原地等待几个小时，我们就会完蛋。"

我们利用这个间歇活动活动手脚，叶戈罗夫说得没错，天气冷得令人难以忍受。

有人叫我们登机，卡车已经沿着林间小路开远了。涡轮重新开始呼啸，把我们带到高空，把我们停留的痕迹留在机舱下面，很快，风便抹去了一切。

我乘飞机的时候遇到过气流，但从未在直升机上遇到过。我不是第一次乘坐这样的机器，在阿塔卡马，我有好几次乘直升机前往山谷，但从未在这样的条件下搭乘过。一场暴风雪向我们袭来。有好一阵，我们摇来晃去，但我在叶戈罗夫的脸上没有看到任何担忧之色，于是我明白，我们并没有危险。然而，片刻后，当飞机颠簸得更加厉害时，我开始思考，叶戈罗夫面对死亡的时候会不会流露出惧色。一切终于回归平静，第二次补给后，凯拉靠在我肩上开始打盹儿。

我伸出双臂抱住她，好让她更舒服一点。我惊讶地看到叶戈罗夫正用一种柔情的目光看着我们，这样的好意让我吃惊不已。我冲他笑了笑，但他扭头看着舷窗，装作没有看到我。

第三次着陆。这次不可能下机，暴风雪肆虐着，我们什么都看不见。远离直升机太危险了，哪怕只有几米远。叶戈罗夫开始担忧了，他站起身，走到驾驶舱。他弯下腰，用俄语对飞行员说了些什么。他们的交谈我丝毫听不懂。稍后，他走回来，在我们面前坐下。

"有问题吗？"凯拉担忧地问道。

"如果卡车不能把我们从这碗'白汤'中捞出来，我们会有很大的问题。"

这次换我俯身凑近舷窗了，能见度低得不能再低了。风呼啸着，每次狂风袭来都能掀起成堆成堆的雪。

"直升机不会被冻住吧？"我问道。

"不会，"叶戈罗夫回答，"发动机的风口装了加热片，能保证在超低温下工作时不会被冻住。"

一道黄色的光线在驾驶舱上晃动，叶戈罗夫猛地站起来，发现那是运输物资的卡车强有力的头灯射出的光线。他松了一口气。需要动员所有人才能加满燃料。油箱加满后，飞行员重新发动了飞机，我们得等气温升高了才能再次降落。暴风雪又持续了两个小时。凯拉感觉不舒服，我尽力让她放心，但我们都是这只沙丁鱼盒子里的囚徒，机舱比海上波涛汹涌时的拖网渔船颠簸得还要厉害。终于，天空放晴了。

"这个季节在西伯利亚飞行经常是这样，"叶戈罗夫告诉我们，"更糟糕的还在后头呢。你们休息一会儿吧，我们还要飞四个小时。到那儿后，我们得靠天时地利才能搭好帐篷。"

有人建议我们吃点东西，但是我们的肠胃经受了过多的考验，一丁点食物都接受不了了。凯拉把头枕在我的膝盖上，又一次睡着了。这是打发时间的最好办法。我再一次趴在舷窗上。

"我们离喀拉海只有 600 公里，"叶戈罗夫指着北方告诉我们，"但相信我，我们的苏美尔人花了比我们多得多的时间才到达那里！"

凯拉坐起来，也试图看看清楚。叶戈罗夫邀她去驾驶舱。副机长把位置让出来，请她坐在他的椅子上。她心驰神往，一脸的幸福，看到她这么开心，我对继续这场旅行的所有保留意见都消失了。我们共同经历的冒险将留给我们很棒的记忆，所以，最后我想，这些冒险都是值得的。

"如果有一天你把这些讲给孩子们听，他们肯定不会相信！"我冲凯拉大声说道。

她没有回头，而是用我非常熟悉的方式小声回答："你是想告诉我，你想要孩子了吗？"

凯宾斯基酒店

在红场上，莫斯科桥的一侧，莫斯科正和一名年轻女子喝茶，显然，她并不是他的妻子。宫殿的大厅里人满为患。穿制服的侍者在椅子之间穿梭，为游客或者在城里这个高雅且备受欢迎的地方流连忘返的商人们服务。

一个男子在柜台边坐了下来，他盯着莫斯科，等着对方看过来。看到他后，莫斯科向其客人说了声抱歉，就来到吧台。

"您来这儿做什么？"他说着，在旁边的高脚凳上坐下来。

"你真无能，昨晚我向伦敦保证事情已经解决了，我以为你刚才是要告诉我他们已经登上了飞往英国的飞机。"

"我们一直没法动手，因为他们从叶戈罗夫的府邸出来的时候有人护送，然后就直接跟叶戈罗夫上了直升机。"

在这个问题上，莫斯科感觉自己无能为力，这让他恼火不已。当叶戈罗夫和他的手下已经有所防备的时候，很难不挑起流血事件。

"他们乘直升机去哪儿了？"

"叶戈罗夫今天早晨提交了一份飞行图，他应该在列索西比尔斯克停靠，但是飞机偏离了航线，不久就脱离了雷达的监测。"

"说不定飞机坠毁了！"

"这也不是不可能，先生，当时可是有非常大的暴风雪。"

"他们也可能在等待暴风雪走远。"

"暴风雪停止了，但飞机没有回到雷达监测屏上。"

"那么也就是说，飞行员有办法脱离雷达监测区飞行，我们跟丢了。"

"也没有完全跟丢，先生，我想到了这个可能。刚过中午的时候，有两辆卡车载着 12 000 升汽油离开了佩蒂亚赫，四个小时后才返回。如果他们是给叶戈罗夫的飞机供给燃料，那么应该是在汉特—曼西斯克中间的地方，也就是说，离佩蒂亚赫两个小时车程的地方。"

"这并不能让我们确定飞机飞往到哪里。"

"的确，但我计算过，米–26 直升机的续航力是 600 公里，加上途中遇到的逆风，这是它的最大飞行距离了。他们应该从起点画了一条直线可以让他们径直到达目的地，而停靠点应该就在这条线上。如果在这个辐射范围内前行，考虑到飞机的续航力，他们在天黑之前刚好能到达科米共和国武克特尔周边的某个地方。"

"他们为什么要去那里，你有什么想法吗？"

"还没有，先生，但是连续用 11 个小时的时间飞行将近 3 000 公里的路程，他们应该有非常严肃的理由。明天一早，我们就从叶卡捷琳堡派出一架西科尔斯基飞机，从中午开始，我们就可以遍地搜索，锁定他们的位置。"

"不，我们换种方式，尤其不能让他们注意到我们，否则他们会立刻脱离我们的视线。查一查他们会在哪里着陆。请地方警察去调查当地的居民，有没有听到过直升机的声音。当你查到更多信息的时候，打我的手机，半夜也没关系。让人准备好一支干预队伍，如果这些蠢货藏在某个足够孤立的角落里，那么我们就能毫无顾虑地介入了。"

曼普普纳

飞行员宣布我们就要到了。我们都回到各自的座位上，副机长也回到他的位置上，但叶戈罗夫请我们起身，透过驾驶舱看远方的风景。

乌拉尔山脉北部，在一片几乎与地平线融为一体的高原上，矗立着七根石柱。它们看起来就像在行走中被固定的巨人。人们说，大自然用两亿年的时间塑造了它们，为我们呈现了地球上最惊人的地质遗产之一。这几块巨石的惊人之处并不仅仅是它们的高大，还在于它们各自的位置。六个图腾围成半圆，朝向第七个图腾。在这个季节，它们都一身雪白，仿佛穿上了厚厚的大衣抵御严寒。

我转向叶戈罗夫，他显然很激动。

"我从未想过有一天会回到这里，"他叹了口气，"我在这里有许多回忆。"

直升机渐渐靠近地面，大堆大堆的积雪被掀起，在空中飞扬。

"在曼西语里，曼普普纳的意思是'诸神的小山丘'。"叶戈罗夫说道，"以前，只有曼西族的巫师才能来这里。关于乌拉尔七巨人，流传着许多传说。流传最广的一则讲述一名巫师为了翻越山脉，和来自地狱的六个巨人发生了争执。于是，巫师把他们变成了这些可怕的石柱，但他的命运也因此受到了影响。他被第七块石头囚禁，就是面对其余六块石头的那块。冬天，如果没有经过高强度的训练，是没有办法登上高原的，除非乘飞机。"

直升机着陆了，飞行员关闭涡轮机，四周只剩下呼啸的风拍打在机舱上的声音。

"走吧，"叶戈罗夫命令道，"我们没时间浪费。"

他的手下拧下箱盖上的螺丝，开始拆装在机舱里的大箱子。头两个箱子里装着六辆雪地摩托，每辆都能运载三个人。其他箱子里装着挂车，上面蒙着厚重的防雨布。当机舱门向后打开时，一股刺骨的寒风灌入机舱。叶戈罗夫示意我们快点，要想在天黑前搭好帐篷，所有人都应该行动起来。

"您会使用这些机器吗？"他问我。

我曾经骑摩托车穿越整个伦敦，当然……是坐在后面。滑雪板加上履带的话，平衡性只能更好。我点点头。叶戈罗夫大概在怀疑我的能力，他抬头看看天空，而我骑上摩托车，在一边寻找脚踏发动机，之后他把电力启动器指给我看。

"在这样的机器上面没有中挡，也没有离合器，加速不是靠转动把手，而是要按刹车下面的按钮。你确定你会开摩托车吗？"

我点点头，请凯拉爬上后座。当我在雪地上蜿蜒驾驶的时候——在这期间，我熟悉了这部新机器，叶戈罗夫的团队已经安装好了照明灯，划定了营地的范围。当两个发电机组发动时，高原上的一大片区域被照得亮如白昼。三个男人背着连接管道的气瓶，喷射出巨大的火花。若在战争时期，我会说那是"火焰喷射器"，但叶戈罗夫说那是"取暖器"。男人们用这些强大的喷射器清理积雪。冰层软化后，十来座帆布简易房一字排开，搭建起来。房间使用一种灰色的等温材料作为保护层，乍一看仿佛一个月球基地。凯拉虽然身处一个完全陌生的环境，但身为考古学家，她很快便回归角色。有一座房子被辟为实验室。她已经开始在那里组织人手装配工具了，两名指派给她的助手则把箱子里面的东西一一拿出，她从未见过那么多设备。我的任务是分拣设备，登记的文字是用西里尔语字母写的，我尽最大努力弄清楚。当我把镘刀放入刮刀抽屉里时，立刻受到了批评，但我并没有在意。

21点，叶戈罗夫来到我们的房间，邀我们一道去食堂。当我看到在我整理十来个小纸箱里的东西时，厨师已经建起一座可以媲美部队设施的野外厨房，我的自尊心顿时受到了打击。

我们享受到了热气腾腾的饭菜。叶戈罗夫的手下们兀自聊天，对我们丝毫不加注意。我们在他们老板那一桌就餐，只有在这一桌上上的不是啤酒，而是高档红酒。22点，我们重新开始工作。十来个男人遵照凯拉的指示，在挖掘地点确立网格探方。午夜时分，铃声响起，第一阶段的工作结束，营地可以投入使用了，于是，所有人都回去休息了。

在营地的大房子里，我和凯拉在房间尽里面有两张行军床，房间里还住着十多个人。只有叶戈罗夫有权享用私人帐篷。

四周寂静无声，但这寂静很快被迅速堕入梦乡的人们的呼噜声打破。我看到凯拉坐起身，朝我走来。

"往里挤一挤，"她小声说着，钻进了我的睡袋，"这样暖和一点。"

她很快就睡着了，刚刚过去的夜晚耗尽了她所有的精力。

风吹得愈加猛烈了，帐篷顶不时高高鼓起。

凯宾斯基酒店

一道蓝色的光线在桌上闪烁。莫斯科拿起手机，滑开手机盖。

"我们锁定他们的位置了。"

睡在他旁边的女子翻了个身，一只手覆上莫斯科的脸。他推开她，起身走到套房的小客厅。他一直和情妇住在这里。

"你打算怎么下手？"对方问道。

莫斯科抓起丢在沙发上的一包烟，点燃了一支，然后走到窗边；河流应该已经冰封，而冬天尚未将这座城市变为囚牢。

"组织一场援救行动，"莫斯科回答，"告诉你的手下，你们要解救的两个西方人是非常重要的科学家，需要安全地把他们接回来。对于劫持他们的人，就不用心软了。"

"聪明。叶戈罗夫怎么办？"

"如果他能逃脱，那是他的运气，否则，就把他和他的手下一起埋了。不要留任何痕迹。一旦我们寻找的对象安全了，我就去和你会合。对他们要恭敬，但在我到达之前，不要让任何人和他们讲话，我说的是，任何人。"

"我们要去的地方环境非常恶劣。我需要时间准备这种规模的行动。"

"把时间缩短一半，准备好后再打电话给我。"

曼普普纳

早晨的第一缕曙光显现，暴风雪已经在半夜停止。地上覆盖着厚厚的积雪，凯拉和我走出我们的帐篷，穿得像无所事事的因纽特人。食堂离我们只有几米远，但走到那里的时候，我感觉自己已经耗尽了昨夜积蓄的所有卡路里。气温低到了极点。叶戈罗夫向我们拍着胸脯保证，再过几个小时，空气会变得更加干燥，严寒给人的灼烧感会大大减低。凯拉几口吞掉早餐就着手工作了。我陪着她。她需要适应这样的条件。叶戈罗夫的一名手下给她做工头，并为她翻译。他的英语说得还算标准。挖掘的范围已经圈好了。凯拉四处转了转，专注地看着那些石头巨人。说实在的，这些巨人的确令人震撼。我暗自思考，单凭大自然究竟是否能打造出它们目前的形状。在两亿年的时间里，风雨从未停止过对它们的塑造。

"你真的相信有一名巫师被囚禁在里面吗？"凯拉走近那个孤独的图腾说道。

"谁知道呢？"我回答，"人们从来都不知道传说中有多少真实的成分。”

“我感觉他们在看我们。”

“这些巨人？”

“不，是叶戈罗夫的手下！他们做出并没有在意我们的样子，但我很清楚，他们在轮流监视我们。太可笑了，他们以为我们还能去哪儿？”

“这正是我担心的，在这种非常不利的环境下，我们的自由是有条件的，完全依赖于我们的新伙伴。如果我们找到碎块，又有谁能保证他不会将其据为己有，并把我们扔在这儿？”

“他这样做没有任何好处，他需要我们的科学眼光。”

“除非他的动机的确就是他告诉我们的那些。”

我们交流着各自的看法，叶戈罗夫走了过来。

“我重读了当时的笔记，我们得找到这一片的第一批坟墓。”他说着，指了指最后两个石像中间的空地，“开工吧，时间紧迫。”

叶戈罗夫的记忆相当准确，或者说，至少是他以往的笔记记得非常不错。从中午开始，挖掘工作取得了第一批成果，让凯拉惊讶得说不出话来。

我们一上午都在翻找，同时把洞穴四周清理干净。已经挖了八十多厘米深了，突然，一个墓地的残骸出现在我们眼前。凯拉擦掉泥土，发现那是一块黑色织物的下摆。她用一个小镊子取下几根纤维，放进三支玻璃管，立刻扣上盖子。然后，她继续她的工作，自信地移去冰层。不远处，叶戈罗夫的手下也在重复同样的动作。

“的确是苏美尔人，这太不可思议了！”她直起身来，惊呼道，“在乌拉尔西北部发现一整支苏美尔人的队伍，阿德里安，你知道这样的发现会带来什么样的影响吗？他们的保存状态也很特别，我们因而还可以研究他们的衣着和饮食。”

"我一直以为他们是饿死的！"

"通过他们干燥的器官，我们能发现一些与饮食有关的细菌痕迹；通过他们的骨骼，能发现使他们受到影响的病菌的痕迹。"

我跑去拿保温咖啡壶，借此逃避她那些让人提不起兴趣的解释。凯拉捧起杯子暖着手，她已经在冰层上工作两个小时了。她后背疼得厉害，但是，她又一次蹲了下来，开始工作。

傍晚时分，11 座坟墓被挖掘了出来，从中发现的尸体都被冰封，所以，他们立刻面临保存的问题。凯拉在就餐时间和叶戈罗夫谈论起来。

"您打算怎么保存他们？"

"就现在的气温来说，我们完全不需要担心。我们会把他们放在一顶没有取暖设备的帐篷里。两天内，我会让他们用直升机运送密封集装箱过来，然后我们运两具尸体到伯朝拉。我想，重要的是把它们留在科米共和国。莫斯科科学院的家伙们没有任何理由插手；如果他们也想看看，他们就只能动身前来。"

"其他这些怎么办？您说过有 50 座坟墓，但并没有任何证据能证明在这块高地上不会有更多的坟墓。"

"我们待会儿把打开的这些坟墓拍下来，作为证据，然后把这些坟墓封存起来，直到我们向科学家协会申报我们了不起的发现成果。届时，我们就可以依靠有能力的政权，使我们的挖掘合法化，从而采取必要的保护措施。我不想让人怀疑我是来这儿抢夺什么东西的。我们感兴趣的不是发现多少具尸体，而是找到能证实你们的碎块的东西。每具尸体上不要花太多时间，尸体周边的东西才是你们应该多加注意的。"

我看到凯拉陷入沉思，她推开盘子，目光堕入虚空。

"怎么了？"我问她。

"这些人是因饥寒交迫而死的，埋葬他们的是大自然。毫无疑问，他们应该不会有力气为早死的人挖掘坟墓。而且，除了孩子和年老的人，他们离世的时间应该相差不远。"

"您想说什么？"叶戈罗夫询问。

"想一想……您跋涉数千公里去传递一个信息——这是一个要好几代人才能完成的旅程。现在想象一下，您是这场不可思议的冒险的最后幸存者……您意识到自己脱不了身了，再也完成不了这趟旅程了，您会怎么做？"

叶戈罗夫看看我，就好像我知道答案……这可是他第一次对我产生兴趣！我又给自己盛了一份炖肉，味道并不好，但这为我争取了一点时间。

"嗯，"我嘴里塞得满满的，同时还在思考，"总之……"

"您跋涉数千公里去传递一个信息，"凯拉打断了我，"如果您就要献出自己的生命，您会不会用尽一切办法，把信息送到收信人的手里？"

"在这种情况下，把它埋在地下就不太合理了。"我一脸胜利表情地看着叶戈罗夫。

"再正确不过了！"凯拉欢呼，"那么，您会用尽最后的力气把它放在一个能够被轻易发现的地方。"

叶戈罗夫和凯拉一下子跳起来，他们套上大衣，冲到外面，我疑惑地跟着他们。

叶戈罗夫的团队已经重新开始挖掘了。

"可是，会在哪里呢？"叶戈罗夫四处打量着问道。

"我可不是考古学专家，不像你们两位，"我毕恭毕敬地说道，"但是，如果我快要冻死了，就像现在一样，如果我不想让一件东西被埋住……那么，唯一可能的地方，就矗立在你们眼前。"

"石头巨人，"凯拉说，"碎块应该被嵌在其中一个图腾上面！"

"我并不是要扫你们的兴致，不过，这些巨人的平均高度大约 50 米，平均直径也有 10 米，$\pi \times 10 \times 50$，每个石像的表面积就高达 1 571 平方米，这还不算表面的坑坑洼洼，前提是还要成功地把上面覆盖的积雪融化，并且找到办法爬上去。在我看来，这样的计划难以实施。"

凯拉神情古怪地看着我。

"怎么了？我又没说什么。"

"你真让人扫兴！"

"他说得没错，"叶戈罗夫说道，"我们没办法让巨人脱下他们厚重的冰雪外套，另外还需要搭建巨大的脚手架，这样一来就需要十倍的人手。这不可能。"

"等等，"凯拉说，"我们再想想。"

她开始沿着网格踱步。

"我是携带碎块的人，"她大声说着，"我和同伴们被困在这片高原上，我们不经慎重思考爬到这里，是为了看得更远。山的侧面都被冰冻住了，我们下不去了。这里没有猎物，没有植被，没有任何食物，我明白，我们就要饿死了。死去的人们已经被白雪覆盖住了。我清楚，很快就轮到我了，所以，我决定用尽最后一点微薄的力气爬上一座巨人石像，把碎块嵌在石头里。我希望，有一天会有人发现它，完成后面的旅程。"

"这样的描述真动人，"我告诉凯拉，"我对这名献出自己生命的英雄充满了同情，但是，这并不能让我们知道，他选择的是哪个石像，也不知道他是从哪一边攀爬的。"

"我们要停止所有的挖掘工作，然后把所有力量都用来挖掘石像的脚下；如果我们能在那里找到一具尸体，我们的目的就达到了。"

"您是怎么想到的？"叶戈罗夫询问。

"我对这个男人也充满了同情，"凯拉说道，"如果是我执行这个任务，一旦把碎块嵌入石头，我的身体就会无力坚持，看着死去的同伴们，我会任自己坠下山崖，好尽快结束痛苦。"

叶戈罗夫相信了凯拉的直觉，他命令手下停止手头的工作，把他们召集起来，给他们下达新的命令。

"您希望我们从哪里开始？"叶戈罗夫问凯拉。

"您知道'七贤'（Sept Sages）的传说吗？"凯拉回应。

"这几名智者是半人半鱼的生灵，在好几个文明中，他们是以传播文化的神的形象出现的。天和地的守护者，把知识带给人类。您是想考考我对苏美尔文明的了解吗？"

"不。在您看来，如果说苏美尔人看到这几个巨人的时候，把它们当作七名智者……"

"那么，"他打断凯拉的话，"他们肯定会选择第一个人，引领其他人前行的人。"

"就是面对其他巨人的石像？"

"是的，他们把他称作阿达帕（Adapa）。"叶戈罗夫回答。

叶戈罗夫命令他的手下在最大的石像下面集合，然后他们开始挖掘。我开始希望，苏美尔人的英雄在爬上石像时碰到了脑袋，然后手里拿着碎块摔倒在地。这个假设没有丝毫科学依据，但万一它是真的，我们就能节约许多时间，况且，事情从来都不是一蹴而就的。我怀疑凯拉和我有同样的念头，因为她请叶戈罗夫的手下不要着急，并请他们非常细致地探测地面。

我们需要更多的耐心，但是雪下得更大了，我们都来不及打扫，天气条件每小时都在变糟。又一场暴风雪刮起，比上一场更加猛烈，迫使我们停止搜索。我疲惫不堪，没有一丝力气，梦想着热水澡和柔软的床垫。叶戈罗夫命令所有人停下来休息；一旦天气好转，他就会拉响警铃，哪怕是在半夜。凯拉陷入罕见的兴奋之中，而这场迫使她停止工作的暴风雪让她愤怒不已。她想要离开帐篷去实验室，好开始研究那些初步的提取物。我费了好大的力气，才劝说她打消了这个念头。能见度还不到五米，在这样的天气条件下去外面冒险，简直就是脑袋进水。她终于听从了我的劝说，同意到我身边躺下来。

"我觉得我受到了诅咒。"她说。

"这只不过是西伯利亚严冬里的一场暴风雪，我想这完全谈不上诅咒。我肯定，明天天气就会好转了。"

"叶戈罗夫说，这种天气可能会持续好几天。"凯拉嘟哝着。

"你的面色像纸浆一样白，你应该休息，哪怕暴风雪会持续两天两夜，也没什么大不了的，你今天上午的发现就已经不可估量了。"

"干吗总是把你自己排除在外？没有你，我们永远不会来到这里，我们经历过的一切也都不会发生。"

我回忆起最近几个星期的经历，她的话虽是为了安慰我，却让我五味杂陈。凯拉紧紧地靠着我。我听着她的呼吸，一直难以入眠。外面，风势更加猛烈了，我暗自感谢这糟糕的天气，它让我们得到了暂时的休息，也让我们得以享受这片刻的亲密。

第二天，天色几乎和夜里一样漆黑。暴风雪的力度一再加大。不用绳子把自己拴住是出不了帐篷的。去食堂的路上，我们需要打着光线强大的手电筒，并忍受着闻所未闻的强风。下午即将结束的时候，叶戈罗夫通知我们，最坏的天气已经过去了。低气压将在我们所在的地区止步，北方吹来的风很快就会把它驱散。他希望明天就能开始工作。凯拉和我估算着在恢复工作前要清扫多少积雪。大家都无事可做，只好玩纸牌。有好几次，凯拉放弃了打牌，去观察暴风雪，而每次我都看到她忧心忡忡地回来。

早晨6点，我被紧贴帐篷而过的脚步声惊醒。我悄悄起床，灵巧地拉开帐篷的双层拉链，然后探出头去。暴风雪已经停止了，此时，灰色的天空中飘荡着细密的雪花。我的目光转向石头巨人，它们终于在曙光中显出了轮廓。但是，另外一些东西立刻吸引了我的注意，我宁愿自己从来都没有看到过这幕景象。在最大的石像脚下应该躺着古代巫师的地方，一名与我同时代的人倒在血泊中，周围的白雪殷红一片。

三十多名身穿白色连体服的人以不可思议的灵巧程度从山的侧面冒出来，朝我们的方向走来，他们包围了我们的营地。我们的一名保镖冲了出去，我看到他很快就不能动弹了，一颗子弹射进了他的胸腔。在倒地之前，他仅来得及开了一枪。

警告发出了。叶戈罗夫的手下跳出帐篷，却齐刷刷地被军人般精确的子弹射中。这近乎大屠杀。躲在暗处的人稳住地盘，拿着霰弹枪射击，但似乎并没有奏效。战斗继续，进攻者占据了地盘，匍匐着靠近我们。他们中有两个人也被射中了。

枪声唤醒了凯拉，她一下子从床上坐起来，看到我脸色煞白。我命令她立刻穿上衣服。在她穿鞋的时候，我估计着我们的形势：没有任何逃跑的希望，也不可能从后门溜走，我们的帐篷太结实了。凯拉靠近我留着的透气窗，我回过头去，粗暴地把她往后拉。

"他们见人就射击，离墙远点，别添乱了！"

"阿德里安，冰和木头一样坚硬，你错过时机了。这些家伙是谁？"

"我不知道，他们在向我们射击前并没有礼貌地表明身份！"

又一轮射击，这次是轮番扫射。我受不了这样无力地待着，于是做了刚才我还禁止凯拉做的事情。我把头探到外面，看到了真正的屠杀。白衣人靠近一顶帐篷，从下面伸进一根缆绳探头，可以让他们看到里面的情况；几秒后，他们把子弹清理一下，并走向下一个目标。

我把拉链拉上，走到凯拉身边，我蹲下来，把她抱在怀里，想要尽我所能地保护她。

她抬起头，忧伤地笑了笑，在我唇上印上一个吻。

"我亲爱的，你这样做真有风度，但恐怕这没什么用。我爱你，我没有什么可后悔的。"她说着，又亲了亲我。

我们什么都不能做，只能等待。我紧紧地抱着她，在她耳边说，我也是，我也不后悔。两名拿着突击步枪的人突然闯了进来，打断了我们的情话。我更紧地抱住凯拉，然后闭上了双眼。

卢日科夫桥

沃多福蒂尼运河结冰了。十来个溜冰的人逆流而上，在厚厚的冰面上轻快地滑行。莫斯科步行前往办公室。一辆黑色奔驰远远地跟着他。他拿起手机，呼叫伦敦。

"介入行动结束了。"他说。

"你的声音很奇怪，事情有没有像我们期望的那样进行？"

"不完全是，天气条件太恶劣了。"

阿什顿屏住呼吸，等待对方告诉他事情的进展。

"我恐怕，"莫斯科接着说道，"我得提前交代了。叶戈罗夫的队伍激烈地抵抗，我们也损失了一些人。"

"我才不管你那些人怎么样，"阿什顿反驳，"告诉我那两个科学家怎么样了！"

莫斯科挂断了电话，冲司机招了招手。汽车来到他身边，保镖走下车，为他打开车门。莫斯科在后座上坐下来，汽车疾驰而去。车上的电话响了好几次，但他拒绝接听。

在办公室短暂停留后，莫斯科让人把他送到谢列梅捷沃国际机场，在那里，他的私人飞机就停在商务航班航站楼；汽车一路呼啸着穿过城市，在拥挤的车流中杀出一条通道。他叹了口气，看了看手表，三个小时后，他就到叶卡捷琳堡了。

曼普普纳

冲进我们帐篷的男人迅速把我们带到外面。七巨人高原上遍地鲜血淋漓的尸体。看来，受到攻击后，只有叶戈罗夫活了下来。他趴在地上，双手和双脚都被铐了起来。六个全副武装的人看守着他。他抬起头，想要看我们最后一眼，但是他的脖子立刻被狠狠地踢了一脚。机翼沉重的声音传来，雪花在我们面前被吹起，从山的一侧，我们看到一架巨型直升机从峭壁间升起来。它在离我们几米远的地方停下来。那两名护送我们的攻击者在背后友好地拍了拍我们，然后几乎是奔跑着把我们带上了飞机。当我们登上飞机后，其中一人用大拇指指向天空，仿佛在祝贺我们。机舱门关上了，直升机迅速起飞。飞行员在营地上方稍事盘旋，凯拉贴近舷窗，朝那里看了最后一眼。

"他们正在摧毁一切。"她说着又坐下来，满脸不舍。

我也贴着舷窗观看，触目皆是恐怖的场景。十多个身穿白色连体服的男人正要把苏美尔人的坟墓填上，叶戈罗夫的手下也被他们塞了进去。另外一些人开始拆掉帐篷。无论说什么都不可能安慰凯拉。

飞机上有六名乘务人员，他们谁都不和我们说一句话。有人给我们送了一些热饮和三明治，可我们既不饿也不渴。我抓过凯拉的手，紧紧地攥在我的手里。

"我不知道他们要带我们去哪里，"她告诉我，"但我相信，这一次，我们的研究铁定完蛋了。"

我揽过她的肩膀，把她抱在怀里。我提醒她，至少我们还活着。

两个小时的飞行过后，坐在我们面前的男人请我们重新系上安全带。飞机开始降落了。停稳以后，舱门打开。我们面前是一个飞机仓库，在一个中等大小的机场边缘；一架带着俄罗斯国旗的双喷式飞机停在里面，上面并没有任何标记。我们走近的时候，一架舷梯放了下来。走进机舱，有两个身穿深蓝色制服的男人正等待我们。块头稍小些的那个人站起来，冲我们热情微笑。

"很高兴看到你们毫发无损，"他的英语非常流利，"你们应该很累了，我们马上就起飞。"

发动机转动起来。片刻过后，飞机驶进跑道，然后飞向高空。

"叶卡捷琳堡是个美丽的城市，"飞机升到高空后，男人对我们说，"一个半小时后，我们就到莫斯科了。我们会送你们乘坐飞往伦敦的航班，已经为你们订好了商务舱。不用谢我，和你们这些日子受的苦相比，这微不足道。像你们这种级别的科学家值得最好的照顾。现在，请你们先把护照给我。"

男人接过护照，塞进了外衣口袋。然后，他打开一个格子间，里面是一个迷你酒吧。他给我们倒了伏特加；凯拉一口气喝下，然后把杯子递给他，请他斟满。然后，她又是一口气喝干，一言不发。

"您能告诉我们这到底是怎么回事吗？"我问道。

他为我们斟满酒杯，然后与我们干杯。

"我们很高兴把你们从劫持者的手里解救出来。"

凯拉一口吐掉嘴里的伏特加。

"劫持？什么劫持？"

"你们运气不错，"男人说，"扣留你们的人非常危险；我们来得还算及时，你们真该感谢我们的团队，我们为你们冒了太大的风险。很遗憾，我们也损失惨重。有两名优秀的特警献出了自己的生命。"

"可是，并没有人扣留我们！"凯拉火了，"我们是自愿去那里的，并且有了惊人的发现，而你们的人毁了这一切。我们看到的是一场名副其实的屠杀、没有缘由的野蛮行径，你们怎么敢……"

"我们知道你们参与了非法挖掘，主导的那些人唯一的目的是抢夺西伯利亚的宝藏，真是恬不知耻。叶戈罗夫属于俄罗斯的'黑手党'，小姐，您不知道吗？像你们两位这样受人尊敬的科学家是不可能参与这样的犯罪行动的，除非是受到了武力胁迫，或者在第一次试图反抗的时候就受到了挟持者的威胁。另外，你们来俄罗斯拿的只是旅游签证，你们选择来我们的国家散心让我们备感荣幸。我确信，如果你们有哪怕一点在我们的土地上挖掘的打算，你们肯定会事先获得许可，这是规矩，不是吗？你们比谁都清楚下手挖掘我们的国家财富需要冒多大的风险。根据案情的严重程度，会判 10 到 20 年监禁。好了，我们能就我刚才说的版本达成一致吗？"

我不假思索地向他保证，我们没有丝毫异议。凯拉沉默了片刻，但很快，她开始为叶戈罗夫的命运担心起来，这让那人哑然失笑。

"小姐，这要看他是不是配合调查。但不要因为他而自责，我可以向你们保证，此人不值一提。"

然后，男人抱歉地说，他不能和我们聊太久，他还有工作要做。他从公文包里拿出一份文件，直到飞机抵达他都在工作。

接近首都的时候，飞机缓缓减速。飞机一停稳，男人就把我们带上汽车，直接开到英国航空公司一架飞机的舷梯下。

"在你们离开之前，请听我说两件事。再也不要来俄罗斯了，下一次我可就保证不了你们的安全了。现在，听清楚我要说的话，因为这对我来说是在违背纪律，但我很喜欢你们二位，所以我违反的纪律对我来说就讨厌多了。有人在伦敦等着你们，恐怕他们请你们走的路完全比不上我们刚才的旅程。所以，如果我是你们，我绝不会在希斯罗机场停留，一过海关，我就会立刻溜走。如果你们有办法不过海关，结果会更好。"

男人把我们的护照递过来，就请我们登上舷梯。一名空姐把我们带到各自的位置。她完美的英语听起来简直是天籁之音，我对她热情的接待表示感谢。

"你想要她的电话号码吗？"凯拉把安全带系好后问道。

"不，不过，如果你能说服通道另一边的家伙把手机借给你，那就太好了。"

凯拉看了看我，她很惊讶，但还是转过头去。邻座的男人正在手机上输入信息。她冲他做了一个夸张的万人迷般的微笑，两分钟后，她就把手机递给了我。

伦敦

离开莫斯科四个小时后，波音 767 在希斯罗机场降落。当地时间已是晚上 10 点半，夜色或许可以为我们打掩护。飞机停靠在远离航站楼的空地上。从舷窗望出去，可以看到舷梯下有两辆摆渡车在等待。我催促凯拉动作快点，然后我们随着第二拨人走下飞机。

我们爬上一辆摆渡车。我让凯拉待在门边，而我把一只鞋塞进门缝，不让门关紧。汽车在停机坪上行驶，然后驶入位于跑道下面的一条地下通道。司机停了下来，好让一辆行李车通过。此时不走，更待何时？！我猛地推开折叠式车门，伸手拽住凯拉。一下车，我们就在昏暗的地下通道里飞奔，追赶逐渐远去的行李车，然后跳上其中一辆拖车。凯拉紧贴着两只硕大的行李箱，我则躺在几只箱子上。摆渡车上见到我们逃跑的几名乘客惊讶得合不拢嘴，我想，他们或许会试图通知司机，但我们的车已经朝相反的方向走远了，不久我们就进入了航站楼的地下室。已经很晚了，在这样的时刻，卸货区并没有多少人；只有两组人在工作，但他们离得很远，看不到我们。行李车在行李之间蜿蜒前行。

就在几米开外，我看到一部货梯，于是选择就此离开我们的藏身之地。可惜，走到电梯那里一看，按键被锁住了，没有钥匙的话，是不可能使用电梯的。

"你知道我们该怎么出去吗？"凯拉问道。

我环顾四周，只发现一条电动行人道，但基本上已经停止了。

"看那儿！"凯拉指着一扇门惊呼，"是安全门。"

我怕她会空欢喜一场，可我们运气不错，很快就来到楼梯下面。

"别再跑了，"我跟凯拉说，"我们从这里走出去，就好像什么都没有发生过。"

"我们没有行李，"她提醒我，"如果有人碰到我们，我们看起来一点都不正常。"

我看看手表，摆渡车应该已经到达航站楼了。23点，海关应该没有多少人，我们那班飞机的最后一名乘客很快就要在入境处办手续了。我估计用不了多久，等待我们的人就会明白我们逃走了。

在楼梯尽头，又一扇门挡住了我们的去路。凯拉推开横杆，一声警报响起。

我们来到了航站楼，两条行李传送带中的一条空荡荡的。一名搬运工看到了我们，顿时惊呆了。在他发出警报之前，我拽着凯拉，开始全速奔跑。警报响起。千万不要回头，继续奔跑。我们要跑到自动人行道尽头的移动门那里。凯拉摔了一跤，痛得叫起来，我连忙扶起她，继续奔跑。跑得再快一些。在我们后面，杂沓的脚步声和警报声越来越近。不要停下来，不要向恐惧妥协，自由只有几米远了。凯拉筋疲力尽了。我们跑出航站楼，一辆出租车停下来，我们爬上车，请司机立刻出发。

"你们去哪里？"司机回过头来问道。

"冲吧！我们要迟到了！"凯拉气喘吁吁地恳求。

司机发动了汽车。我强迫自己不要回头，想象着追赶的人眼睁睁地看着我们的黑色出租车走远，于是在人行道上破口大骂。

"我们还没脱险呢。"我悄悄跟凯拉说。

"去二号航站楼。"我告诉司机。

凯拉目瞪口呆。

"相信我，我知道自己在做什么。"

在第二个转盘，我请求司机停车。我借口说，我妻子怀孕了，现在恶心得厉害。他立刻刹车。我递给他一张 20 英镑的钞票，告诉他我们要在路边透透气，不用等我们了，我对这种情况习以为常了，恶心的感觉通常会持续很久，所以我们自己走过去好了。

"在这里散步太危险了，"他告诉我们，"注意卡车，卡车总是神出鬼没的。"

他冲我们招了招手，就开车远去了。走这么一段路就拿到这么多钱，他很开心。

"现在我已经生完孩子了，"凯拉说，"接下来要怎么做？"

"等！"我回答。

"等什么？"

"你很快就知道了。"

肯特

"这是怎么回事，他们从你们的眼皮底下逃出去了？你们没去机场出口守着？"

"去了，先生，但那两名科学家没在那儿。"

"你在瞎说些什么，我的联络人向我保证，他是亲手把他们送上飞机的。"

"我丝毫没有质疑他的话的意思，但是我们要审问的人并没有出现在机场警方的视线范围内。我们有六个人在那儿监视，他们不可能漏网。"

"你是想说，他们从拉芒什海峡（即英吉利海峡）上空跳伞下去了？"阿什顿爵士在电话里大吼。

"不是的，先生。飞机本来应该紧靠航站楼停下的，可到最后一刻，它开到了停机坪。我们没有接到通知。那两个人从驶向航站楼的摆渡车上逃走了，而我们在航站楼里等着。这完全不是我们的责任，他们是从地下室逃走的。"

"那么，你可以通知希斯罗机场的安保负责人，有些人的脑袋要不保了。"

"我毫不怀疑，先生。"

"一群可怜的笨蛋！别再废话了，冲到他家里去，给我在城里仔细搜，去查所有的宾馆。你们自己想办法吧，今天晚上务必把他们抓到，否则你的工作就别做了。明天一早来见我，听到了吗？"

和阿什顿爵士通电话的人又说了几句抱歉的话，并保证在最短的时间内弥补这次由他负责但受到重创的行动。

希斯罗机场，协和转盘

一辆菲亚特500沿着人行道停了下来。司机探出头看了看，然后打开车门。

"我在这儿转悠一个小时了。"沃尔特发着牢骚把座椅放下来，好让我坐到后面。

"您还能开辆更小的车吗？"

"您就别说风凉话了。在这个点，您让我来这么大地方的一个转盘来找您，结果您还有意见？"

"我只是想说，幸好我们没有行李。"

"我想，如果你们有行李，你们就会和正常人一样，约我在航站楼见面，而不是让我在这儿转圈找你们。"

"你们还要吵多久？"凯拉说。

"很高兴再次见到您，"沃尔特说着，冲她伸出手，"旅途怎么样？"

"糟透了！"她说，"我们走吗？"

"非常乐意，可是，去哪儿？"

我正要让沃尔特送我们到我家，就看到两辆警车呼啸着驶过，于是明白，这个主意并不好。不管我们的敌人是谁，我都完全有理由相信，他们知道我家的地址。

"那么，我们去哪儿？"沃尔特再次询问。

"我一点主意都没有。"

沃尔特驶向高速公路。

"我愿意开一整夜，"他告诉我们，"但得先把油加满。"

"这辆车是您的吗？"凯拉问道，"很可爱。"

"很高兴您喜欢它，我刚买的。"

"什么时候？"我问沃尔特，"我以为您身无分文了呢。"

"的确是个好时候，星期五，您迷人的小姨要来了，我贡献出了最后一点积蓄，好带她到处去转转。"

"伊莲娜这个周末来看您了？"

"是的，我跟您说过，您忘了？"

"我们上星期太忙了，"我回答，"别怪我啊，我有点心不在焉。"

"我知道我们可以去哪儿了。"凯拉说，"沃尔特，你的确最好在服务区停下来，把油加满。"

"我可以问，我们要去哪里吗？"他询问，"我先说好啊，最迟明天我就得回来，我约好了去理发。"

凯拉瞥了一眼沃尔特的秃顶。

"好，我知道，"他说着翻了个白眼，"但我得把这一缕可笑的头发剪去。今天早上我在《泰晤士报》上看到一篇文章，里面说秃头的人比普通人的性能力更强。"

"如果您有剪刀，我现在就可以帮您剪掉。"凯拉提议。

"当然不行，我最后一缕头发只能交给专业的手来处理。现在告诉我，我要带你们去哪儿？"

"去圣莫斯，在康沃尔郡，"凯拉回答，"到了那里，我们就安全了。"

"为什么？"沃尔特问道。

凯拉不说话了。我猜到了问题的答案，然后，我问他能否让我来开车。

我利用这六个小时的车程，把我们在俄罗斯的历险告诉了沃尔特。听到我们在跨西伯利亚列车和曼普纳高原上的遭遇，他惊呆了。他一再询问到底是谁想要杀我们，但我也没多少东西可以告诉他，我自己一无所知。我唯一能够肯定的就是，他们的杀意和我们正在寻找的东西有关。

凯拉自始至终没有说一句话。天亮的时候，我们到达圣莫斯，她让我们在一条通往墓地的小路上停下来，那里有一家小旅馆。

"就是这儿了。"她说。

她向沃尔特告别，然后下车离开了。

"我们什么时候能再见面？"沃尔特问我。

"和伊莲娜好好享受你们的周末吧，不要为我们担心。我想，休息几天对我们来说是最好的事。"

"这是个安静的地方，"沃尔特看着"胜利"小馆的门面说道，"我相信，你们在这儿会好好的。"

"我希望如此。"

"她受了很大的打击……"沃尔特指着凯拉说道，此时，凯拉正沿着小路向上走去。

"是啊，这些日子太辛苦了，挖掘猛然停止也让她一时接受不了。我们当时已经接近目标了。"

"但你们还活着，这是最重要的。让那些碎块见鬼去吧，停止这一切吧，你们冒了太大的危险。你们能逃出来简直是奇迹。"

"如果这只是对宝藏的争夺，沃尔特，事情会简单许多。但这并非少年的游戏。如果把所有碎块聚集起来，说不定我们会有前所未有的发现。"

"您还要再说一遍您那颗最初的原始行星吗？好吧，它好好地在天上待着呢，您也好好地待在地球上吧。保重身体，这是我对您的所有期望。"

"您真好，沃尔特，但是我们很可能找到窥见宇宙诞生之初的途径了，从而知道我们来自哪里、地球上第一批人类是什么样的。这是凯拉一辈子的希望。而如今，她失望极了。"

"那就赶快去追她吧，不要再和我废话了。如果事情的确像您说的那样，那么她会很需要您。好好照顾她，忘了您那些不着边际的研究吧。"

沃尔特拥抱了我，然后发动了他的菲亚特500。

"您这样就上路不会太累吗？"我趴在车门上问道。

"累什么呢？来的时候我睡过了。"

我看着汽车在沿海峭壁的车道上远去，到村庄的尽头，汽车的尾灯隐没在一座房子后面。

凯拉已经不在那里了，我爬上山坡去寻找她。在小路的顶端，公墓的铁门半开着，我顺着主道走进去。地方不大，圣莫斯公墓里有一百来个灵魂在安眠。凯拉蹲在一座墓碑前，旁边的墙上爬满了交缠的紫藤。

"春天的时候，它会开出美丽的紫色花。"凯拉说，她并没有抬头。

我看着坟墓，金色的油漆字母几乎磨灭了，但依然可以看出威廉·帕金斯的名字。

"我没有跟让娜说就带你来这里，她会怨我的。"

我伸出手臂把她拥在怀里，寂然无声。

"我跑遍全世界，想要让他看看我有多么能干，但只有回到这里，我才感觉双手充实，心里满满的。我想，我一直以来在寻找的，只有他而已。"

"我肯定，他为你骄傲。"

"他从来没有跟我说过。"

凯拉擦去石碑上的灰尘，然后抓过我的手。

"我想让你认识他。他是一个害羞，在生命的尽头又非常孤单的人。在我小的时候，我整天都问他各种稀奇古怪的问题，而他总是努力给我答案。如果问题太难回答，他就会笑一笑，带我去码头上散步。夜里，我踮着脚起来，会发现他坐在厨房的桌边，专心阅读百科全书。第二天吃早餐的时候，他就会转向我，若无其事地说：'昨天你问了一个问题，我们当时大概在谈其他事情，我忘了回答你，是这样的……'"

凯拉打了个冷战。我脱下外套，给她穿上。

"你从来都没有跟我说过你的童年，阿德里安。"

"因为我和你父亲一样，也很羞涩，而且我也不太喜欢谈论自己。"

"你还是试试吧，"凯拉说，"如果我们需要一起走过一段路程，我不想在我们之间有过多的秘密。"

凯拉把我带到旅馆。"胜利"小馆里没有一个人，老板把我们安置在落地窗旁边的一张桌子旁，给我们上了一顿丰盛的早餐。我感觉到，他和凯拉有些默契。然后，他陪我们到二楼的房间，它面朝圣莫斯的小码头。我们是这里唯一的客人，即使在冬天，这里也魅力十足。我走到窗边，海水正在退去，渔船都卧在岸边。一个男人拉着小男孩的手，正在沙滩上散步。凯拉来到我身边，靠着栏杆。

"我也很想念我的父亲，"我说道，"他很少和我在一起，哪怕是他在世的时候。我们甚至无法沟通。他很优秀，但他有太多的工作，几乎都意识不到自己还有个儿子。当他意识到这一点的时候，我刚刚离开家。我们住得并不远，但从来没有真正见过面。但我不能这样抱怨，妈妈给了我世界上所有的温柔和爱。"

凯拉深情地看着我，然后她问我为什么想要成为天体物理学家。

"小的时候，当我和妈妈在伊兹拉岛的时候，每晚睡觉前，我们都有一个仪式。我们肩并肩站在窗前，就像我们现在这样，一起抬头仰望天空。

妈妈给好多星星取了名字。一天晚上，我问她世界是怎么诞生的，为什么每天早上都会天亮，夜晚也总是按时到来。妈妈看着我说道：'宇宙中有多少生命，就有多少不同的世界；我的世界是在你出生的那一天，我把你抱在怀里的那一刻开始的。'从那时开始，我就梦想知道黎明是从哪里开始的。"

凯拉转过头来，用胳膊环住我的脖子。

"你会是一个了不起的爸爸。"

伦敦

"我星期一就把车卖了，我会还你钱，然后给自己买一双靴子，让办公室的屋顶见鬼去吧，我再也不干了。我再也不会说服他们继续。不要再指望我能帮你。每天早上，每当我看到镜子里的自己，我都会感觉自己太卑鄙了，就这样背叛阿德里安的信任。不用再坚持了，不管你说什么，都不会让我改变主意。我早就该跟你说，你一边凉快去吧。如果你要想办法刺激他们再次上路，我就会把一切都告诉他们，虽然，我对你几乎一无所知。"

"你在跟自己说话吗，沃尔特？"伊莲娜小姨问道。

"没有啊，怎么了？"

"我敢保证，你看起来像在嘟哝什么，你的嘴唇在动。"

红灯。沃尔特刹住车，回头看着伊莲娜。

"今天晚上，我得打一个重要的电话，我在排练我要说的话。"

"事情很严重吗？"

"不，没什么，我向你保证，事实完全相反。"

"你是不是有事情瞒着我？如果你生活中还有其他人，更年轻的人，我可以理解，但是我愿意知道事实。"

沃尔特靠近伊莲娜。

"我当然什么都没有瞒着你，我不会允许自己做出这种事。而且，我没见过比你更性感的女人。"

这番告白后，沃尔特的脸颊瞬间变得通红，他结巴起来。

"我很喜欢你的新发型。"伊莲娜小姨回答，"似乎信号灯已经转为绿色了，后面的车在按喇叭，你该发动了。我很高兴去参观白金汉宫。你觉得我们会不会碰巧见到女王？"

"或许吧，"沃尔特回答，"如果她碰巧从家里出来，谁能说得准呢……"

圣莫斯

白天的大部分时间里，我们都在睡觉。当我拉开窗帘的时候，天空已夕阳西下。

我们饿坏了。凯拉知道，离旅馆几条街的地方有一家茶室，也顺便带我在镇里转转。看着山丘上三三两两的白色小房子，我梦想有一天也能居于其中。但跑遍整个世界的我，有朝一日有可能在康沃尔郡的一个小村庄里定居下来吗？我很遗憾这里离马汀定居的地方太远了，他肯定想时不时来看看我。我们会去码头喝杯啤酒，共同回忆以往的美好。

"你在想什么？"凯拉问道。

"没什么特别的。"我回答。

"你看起来心不在焉，我说过不希望我们之间有过多的秘密。"

"如果你想知道的话，我是在寻思，下星期以及接下来的日子我们要做什么。"

"这么说，你想到我们下星期要做什么了？"

"没有！"

"可我想到了！"

凯拉的身体正对着我，她却把头转向一边；每当她这么做的时候，都是有重大的事情要跟我说。有人在向你宣布重大事情时，会用非常严肃的语气，凯拉则是把头转向一边。

"我想向伊沃里讨个说法。但是，我需要你和我一起撒个谎……"

"什么谎？"

"我想让他以为，我们离开俄罗斯的时候，已经成功地拿到了第三个碎块。"

"为什么要这么说？这对我们有什么好处？"

"让他告诉我们，在亚马孙发现的那一块现在在哪里。"

"他跟我们说过，不用管那一块。"

"他跟我们说过不少事，但这个老家伙也隐瞒了很多事。叶戈罗夫说他把我们当木偶一样操控，他这么说并没有什么错。如果我们让他相信我们手里已经有三个碎块，他就抵抗不了把拼图补充完整的诱惑。我敢肯定，他知道的远比他告诉我们的事情多得多。"

"我现在开始寻思，你是不是比他更会操控人。"

"他比我擅长多了，小小地报复一下并不会让我不高兴。"

"嗯，假设我们成功地让他相信这个谎言，他告诉我们第四个碎块在哪儿，可我们依然缺少埋在曼普普纳高原的那一块，星空图依然是不完整的。那么，费这么多功夫有什么意思？"

"不是因为拼图中缺少一块，我们就不能想象它完整的形象。我们挖掘到化石的时候，它们通常都是不完整的。但是，只要有足够数量的骸骨，我们就可以推断出缺少的部分是什么，从而成功地重组整副骨骼，甚至能复原整个躯体。我们已经有两个碎块了，加上伊沃里的那一块，或许就能弄明白这幅星空图要向我们揭示什么。总之，除非你告诉我你想在这个小村庄里度过余生，每天钓鱼来打发时间，否则我看不到其他出路。"

"你的想法可真奇怪！"

一回到旅馆，凯拉就给她姐姐打电话。她们在电话里聊了很久。对我们在俄罗斯的经历，凯拉只字不提，她只是说，我们二人现在在圣莫斯，她可能很快会去一趟巴黎。我更愿意让她们单独聊天。我下楼去了旅馆的酒吧，在等待她的时间里，为自己点了一杯啤酒。她来找我的时候，已经是一个小时后了。我放下报纸，问她有没有给伊沃里打电话。

"他完全否认对我们的研究有过一丝一毫的影响。当我问他从我在博物馆遇见他的那一天起，他是否一直在耍我时，他几乎都要生气了。他听起来很真诚，但我并不完全相信他。"

"你告诉他我们从俄罗斯带回来第三个碎块了吗？"

凯拉拿过我的酒杯，点了点头，然后一口喝下。

"他相信你的话？"

"他立刻停止了对我的批评，而且，他想要马上见到我们。"

"我们和他见面的时候，你要怎么做来圆谎？"

"我告诉他，我们把东西放在了一个安全的地方，只有他告诉我们更多关于在亚马孙发现的那个碎块的信息，我才会拿给他看。"

"他怎么回答？"

"他大概知道那个碎块在什么地方，但他不知道怎么拿到。他请我们一起帮他解开谜团。"

"什么谜团？"

"他不想在电话里说。"

"他要来这儿？"

"不，他约我们48小时后在阿姆斯特丹见面。"

"你觉得我们该怎么去阿姆斯特丹？我可不想这么快就再去一趟希斯罗机场，一旦我们穿越国境，就极有可能被逮捕。"

"我知道，我把我们遇到的事情告诉了他，他建议我们乘渡轮去荷兰。据他说，从英国出发的轮船控制没那么严格。"

"我们到哪里乘坐去阿姆斯特丹的渡轮？"

"在普利茅斯，离这里只有一个半小时的车程。"

"可我们没有汽车。"

"到那里有公交线路。你怎么这么犹豫？"

"乘船需要多久？"

"12个小时。"

"我怕的就是这个。"

凯拉突然一脸内疚，她温柔地拍着我的手。

"怎么了？"我问道。

"其实，"她不好意思地说，"我们要乘的船还算不上是渡轮，而是货轮。大部分货轮会答应载客，不过，管它是渡轮还是货轮，我们都不在乎，对不对？"

"既然在12个小时的航行中，我都要在船头的甲板上晕船晕得死去活来，说实在的，我不在乎！"

公共汽车在早晨 7 点出发。旅馆的主人为我们准备了一些在路上吃的三明治。告别前，他向凯拉保证，春天到了，他会去给她父亲扫墓。他希望能再次见到我们，如果我们提前通知的话，他会为我们保留同一间房。

在普利茅斯的码头，我们去了港务长办公室。这个码头长官指给我们看一艘悬挂着英国国旗的散装货船，一个小时后，它将发往阿姆斯特丹。装船就要结束了。他把我们送到五号码头。

船长要我们每个人付 100 英镑，用现金支付。船费付清后，他让我们顺着外面的走廊前往高级船员休息区。在船员休息区，他给我们分配了一个单间。我向他解释，我宁愿待在甲板上，船艏船艉都可以，在那里，我不会打扰大家。

"随您便，到深海以后，那里会冷得要死，而且，整个航程有 20 个小时。"

我回头看向凯拉。

"你不是说最多 12 个小时吗？"

"乘超高速船的话有可能，"船长大笑着说，"但这样一艘破船，即使顺风的时候，航速也很难超过 20 节。您要是晕船，就待在外面。千万不要弄脏我的船！多穿点。"

"我向你保证，我事先不知道。"凯拉背着手说道。

货船起航了。拉芒什海峡上几乎没有风浪，但天空一直在下雨。凯拉陪了我一个多小时，然后就回船里去了，天气实在太冷了。副船长看我可怜，叫他的副手给我拿来一件雨衣和一副手套。男人借机在甲板上抽了支烟，为了让我换换脑筋，他开始聊天。

船上一共有 30 人，包括大副、技师、乘务长、厨师、水手。副手解释说，散装货船的装载是一件非常复杂的工作，航行安全牵系于此。在 20

世纪 80 年代，曾有 100 艘同样的货船迅速沉没，以至于没有一个人幸免。就这样，650 个人死在了海上。我们有可能碰到的最大危险来自货物倾斜。那样的话，船会向一边倾斜，从而侧翻，乃至沉船。我在货舱见到的挖掘机就是用来防止倾斜的。但这并不是我们有可能遇到的唯一危险，他说着，吸了一大口烟。如果海浪太高，海水通过舱口进入里面，货舱底重量的增加可能会使船身裂成两半，船也会顷刻间覆没。那个晚上，拉芒什海峡风平浪静，除非突然起风，否则我们丝毫没有这种危险。副手把烟蒂扔过栏杆就回去工作了，留下我一个人在那里沉思。

凯拉来看了我好几次，求我和她一起回船舱。她给我带了一些三明治和一保温壶热茶，但我并不想吃。她不停地说我这样很可笑，我会把皮都冻掉的。午夜来临的时候，她去睡觉了。我把自己紧紧裹在雨衣里，蜷缩在桅杆脚下。桅杆顶上，灯火闪烁着，在船艏破浪的声音中，我昏昏欲睡。

一大早，凯拉叫醒了我。我正双臂抱在胸前，躺在前甲板上。我还是有点饿了，但一走进餐厅，我的胃口就不翼而飞了。一股鱼腥味跟浓烈的油炸味和着咖啡的气味，让我感到一阵恶心，我立刻冲到外面。

"远处就是荷兰的海岸了，"凯拉来找我，"你的苦难就要到头了。"

这种评价只是相对而言，还要耐心等待四个小时，号角的声音才会幽幽响起，船速也才会慢慢放缓。船掉头转向陆地，不久后就驶入航道，靠近阿姆斯特丹码头。

船一靠岸，我们就立马上了岸。一名海关人员在舷梯下等着我们，他迅速地检查了一下我们的护照，翻看了一下我们的背包——那里面只有在圣莫斯的商店买的一点东西，然后就放行了。

"我们去哪儿？"我问凯拉。

"去洗个澡！"

"然后呢？"

她看了看手表。

"我约了伊沃里晚上6点在一家咖啡馆见面……"

她从衣兜里掏出一张纸。

"……在阿姆斯特丹水坝广场。"她说。

第三部分

　　愿无人知晓其界限，一人的永夜，守卫住一切的源头。愿无人将其唤醒，在虚拟的时间重聚之际，将是空间的终结之时。

阿姆斯特丹

　　我们在克拉斯纳波尔斯基（Krasnapolsky）大酒店订了一个房间。在这座城市里，这并不是一家便宜的酒店，但它的好处在于离我们约定的地点只有50米远。傍晚时分，凯拉拖我到广场去，一到那里，我们就淹没在了人群中。杜莎夫人蜡像馆前排着长龙，一些游客在 Europub 的露天座上靠着煤气暖炉吃东西，但伊沃里并不在那里。我第一个看到他。当我们在落地窗旁就座后，他就过来找我们了。

　　"我真高兴见到你们，"他边说边坐了下来，"多么奇妙的旅行！"

　　凯拉一脸冷淡，老教授立刻明白，自己并不能无所顾忌。

　　"您在怨我？"他问道，似乎觉得好笑。

　　"我为什么要怨您？我们差点坠入深渊，我几乎在黄河里淹死，我无缘无故地蹲了几个月的监狱，乘火车有人朝我们开枪，我们最后被别动队赶出了俄罗斯，他们在我们眼皮底下杀了二十多个人。这几个月来，您看看我们是在什么样的极端条件下奔波的，有闷热潮湿的飞机、破汽车、旧得要散架的公共汽车，我还上过机场的小行李车，卡在两个'新秀丽'行李箱之间。当您惬意地散步的时候，我想，您是打算在舒适的家里平静地等待我们把所有这些苦差事做完吗？您在博物馆的办公室里接待我的时候就已经开始算计我了，还是在那之后？"

"凯拉，"伊沃里用一种教训人的口吻说道，"前天我们打电话的时候已经说过这些了。你们误会我了，我几乎没来得及向你们解释，但我要说，我从来都没有控制过你们。相反，我是在不停地保护你们。是你们自己要做这些研究的，我没有劝说你们打消念头，只是给你们罗列了上百个事实。至于你们二位冒的风险……要知道，为了把阿德里安从中国弄回来，为了把你救出监狱，我也出了不少力。我甚至为此失去了一个非常亲密的朋友，他为你们的自由付出了生命的代价。"

"哪个朋友？"凯拉问道。

"他的办公室就在我们对面的宫殿里，"伊沃里语气忧伤地说道，"就是因为这个原因，我才约你们来这里的……你们真的从俄罗斯带回了第三个碎块？"

"有来有往，"凯拉说，"我跟您说过，您把在亚马孙找到的那一块的情况全部告诉我之后，我会给您看的。我知道，您清楚那一块在哪里，千万不要否认！"

"就在你们面前。"伊沃里叹了口气。

"教授，别再玩这种猜谜的游戏了，我已经玩够了，而您也要够了我。我没在桌子上看到任何碎块。"

我们的视线一起转向宫殿，它就矗立在广场的另一端。

"在那座宫殿里？"凯拉问。

"是的，我有十足的理由相信，但我不知道它具体在哪里。这位死去的朋友曾经负责保管它，但他把帮我们解开谜团的钥匙也带到坟墓里去了。"

"您怎么这么肯定？"现在轮到我提问了。

伊沃里俯身拿起放在脚边的挎包，打开盖子，拿出一本厚厚的书，放在桌上。书的封面立刻吸引了我的注意，那是一本非常古老的天文学手记。我把它拿在手里，一页页地翻着。

"这是一本绝妙的著作。"

"是啊，"伊沃里回答，"而且这是原版。是那位朋友给我的礼物，我很喜欢，尤其要注意他写给我的献词。"

我把书翻到前面，高声朗读扉页上用钢笔写下的字句：

我知道您会喜欢这本著作，它非常全面，您在这部著作里能找到一切，甚至我们友谊的证明。

您忠诚的棋友，

维吉尔

"解开谜团的钥匙就在这几句话里。我知道维吉尔是想告诉我些什么。这绝对不会是一句毫无意义的话。但它到底要说什么，我还没有弄明白。"

"我们又帮得了什么，我们都没有见过维吉尔。"

"相信我，我真遗憾你们没有见过他，你们会非常喜欢他，他是一个罕见的聪明人。这是一部天文学著作，我想，阿德里安，您也许能明白些什么。"

"这本书将近 600 页，"我提醒他，"如果我要在里面有所发现，那不是几个小时就能做到的事。初步研究就需要几天的时间。您没有线索能指引我们吗？我们甚至不知道应该在这本书里找什么。"

"跟我来，"伊沃里说着站起身，"我带你们去一个从没有人去过的地方，哦，是几乎没有人去过。只有维吉尔、他的机要秘书和我知道这个地方的存在。维吉尔知道我已经发现了这个秘密地点，但他装作不知道。我想，这种体贴正是我俩友谊的见证。"

"他在献词里不是已经提到了吗？"凯拉问道。

"是啊，"伊沃里叹息着，"我们就是因此而来的。"

他结了账单，我们跟着他穿过广场。凯拉完全不顾往来的车辆，一辆有轨电车响了几遍铃，她还是差点被撞到。我惊险地拉住了她。

伊沃里带我们从侧门进入一座教堂，我们穿过昏暗的中殿，来到耳堂。我欣赏着德·鲁伊特的坟墓，然后一个身穿黑色制服的男人来祭室找我们。

"感谢您如约前来。"伊沃里几乎在耳语，以免打扰其他在默哀的人。

"您是维吉尔先生唯一的朋友，我知道他会愿意让我来帮助您。但我需要您严守秘密，如果我被发现，我会面临非常严重的问题。"

"不要怕，"伊沃里亲切地拍着他的肩膀回答，"维吉尔很看重您，他对您欣赏得不得了。他和我谈起您的时候，我从他的语气里感觉到……怎么说呢……友谊，对，就是友谊，维吉尔是把您当作朋友的。"

"真的？"男人的声音里满是真诚的感动。

他从衣兜里掏出一把钥匙，打开祭室深处的一扇小门，然后，我们从门后的楼梯下去。走过 50 级台阶后，我们进入了一条长长的通道。

"这间地下室就在水坝广场下面，它直接通往王宫。"男人告诉我，"这里光线太暗了，越往里走就越暗，你们别离我太远了。"

耳边只有脚步声在回荡，我们越往里走，光线就越发暗淡，很快，我们就陷入了一片漆黑。

"再走 50 步，我们就能看到光线了。"男人说道，"走中间的路，小心被绊倒。我知道，这里让人太不舒服了，我真讨厌走这里。"

有一段阶梯出现在我们面前。

"小心，台阶很滑，拽好墙上的麻绳。"

走到阶梯的尽头，我们面前出现一道木门，上面装着沉重的铁条。维吉尔的助手在两个硕大的把手上摆弄了一下，机关打开。我们走进王宫市民厅的一间候见室。大厅的白色大理石地面上雕刻着三张巨大的地图。一张雕刻的是西半球，第二张是东半球，第三张则是一张精准得令人瞠目的星空图。我走上前去，想要看得清楚些。我还从未有机会从仙后座一步跨到仙女座，从一个星系跳到另一个星系，感觉非常好玩。凯拉咳嗽了几声，想要提醒我恢复正常。伊沃里和他的向导都惊愕地看着我。

"我们从那儿走。"穿黑色制服的男人说。

他打开另一扇门，我们踏上楼梯，下到王宫的地下室。这又需要片刻来重新适应昏暗。在我们面前，纵横交错的栈道在地下排水沟上面延伸。

"我们就在大厅下面，"男人指出，"下脚的时候要当心，凹槽里的水冰冷刺骨，而且，我不知道它有多深。"

他走近一块厚木板，按住一个金属键。两块木板开始旋转，然后打开一条通道，通往墙的深处。只有在离得非常近的时候，我们才能看清那里有一扇隐藏在石头中间的门，在黑暗中根本就看不到它。男人带我们走进一个小房间。他开了灯。一张金属桌子、一把扶手椅，这就是屋里所有的家具了。墙上挂着一面大屏幕，电脑键盘就放在桌子上。

"好了，我帮不了你们更多了，"维吉尔的秘书说道，"你们也看到了，这里没有多少东西。"

凯拉打开电脑，屏幕亮了起来。

"需要输入密码才能打开。"凯拉说。

伊沃里从衣兜里掏出一张纸，递给了她。

"试试这个密码。我趁在他家下棋的时候换了密码。"

凯拉敲着键盘，然后点击确定，维吉尔的电脑就这么打开了。

"现在呢？"她说。

"现在，我也不知道，"伊沃里回答，"看看硬盘里都有什么，或许能找到点什么能指引我们找到碎块的东西。"

"硬盘是空的，我只看到一个对话软件。这台电脑应该是开视频会议用的。屏幕上方有一个摄像头。"

"不，不可能，"伊沃里说，"再找一找，我敢肯定，谜团的钥匙就在里面。"

"很抱歉，可是里面真的什么都没有，没有任何数据！"

我们又回到起点，输入这段献词：

我知道您会喜欢这本著作，它非常全面，您在这部著作里能找到一切，甚至我们友谊的证明。

您忠诚的棋友，

维吉尔

屏幕显示"未知请求"。

"情况有些反常，"凯拉说，"你们看，硬盘是空的，内存却有一半是满的。有些信息被隐藏了。您想想，还有没有其他密码？"

"没有，我想不出来。"伊沃里回答。

凯拉看着老教授，然后低头看着键盘，打出"伊沃里"几个字。新的窗口在屏幕上出现。

"我想，我找到了你们俩友谊的证明，但还缺一个密码。"

"我没有。"伊沃里叹了口气。

"好好想一想，想想维系你们俩友谊的东西。"

"我想不出来，我们之间有太多的共同点、那么多的回忆，怎么选得出来呢。我不知道。试试'象棋'。"

屏幕上又跳出"未知请求"的对话框。

"再试试，"凯拉说，"想个更复杂一点的，只有你们俩会去思考的东西。"

伊沃里开始背着手在屋里来回踱步，嘴里小声嘟哝着什么。

"有一个棋局，我们下了有上百次……"

"什么棋局？"我问道。

"那是 18 世纪时两名象棋高手之间的对弈，弗朗索瓦·安德烈·丹尼坎·菲利多尔对史密斯上校。菲利多尔是一名非常厉害的象棋大师，或许是当时最厉害的。他出版了一本书叫《国际象棋分析》，一直以来都被视为国际象棋界的重要参考著作。试试他的名字。"

维吉尔的电脑依然打不开。

"再跟我讲讲这个丹尼坎·菲利多尔。"凯拉要求。

"来英国定居之前，"伊沃里说道，"他在法国的时候经常在摄政咖啡馆下棋，在那里，人们能遇到象棋界的顶尖高手。"

凯拉依次输入"摄政"和"摄政咖啡馆"，都没有成功。

"他是凯尔莫尔的学生。"伊沃里补充道。

凯拉输入"凯尔莫尔"，没有成功。

屏幕又一次拒绝了我们的请求。伊沃里猛地抬起头。

"菲利多尔是通过打败叙利亚人菲利普·斯塔玛成名的，不，等等，他真正成名是在赢了一场联赛之后。在那场比赛中，他蒙着眼睛，同时和三个人下棋。他在伦敦圣詹姆斯街的国际象棋俱乐部赢得了这场比赛。"

凯拉输入"圣詹姆斯街"。还是不对……文字游戏已经玩够了。

"或许我们思路不对，或许我们应该关注那个史密斯上校？又或者，我不知道……菲利多尔的生日和祭日分别是哪一天？"

"我当然不知道，我和维吉尔只对他的象棋大师身份感兴趣。"

"史密斯上校和菲利多尔的那盘棋是什么时候下的？"我问道。

"1790 年 3 月 13 日。"

凯拉输入"13031790"这一串数字。这下，我们简直惊呆了。一张古老的星空图出现在屏幕上。通过它的精确程度和错误判断，这张图应该始于 17 或 18 世纪。

"太不可思议了。"伊沃里惊叹。

"这张图太了不起了，"凯拉也说道，"但是，它依然没有指明我们要找的东西在哪儿。"

穿黑色制服的男人抬起了头。

"这是镶嵌在宫殿大厅里的一张图，就在一楼，"他靠近屏幕，"总之，有些细节很像。"

"您能肯定吗？"我问道。

"我在上面走过不下一千次了，我为维吉尔先生工作了十年，他经常约我去他在二楼的办公室。"

"这张图有什么地方不一样？"凯拉询问。

"它们并不完全是同一张图，"他告诉我们，"把星星连起来的那些线不在同样的位置。"

"这座宫殿是什么时候建造的？"我问道。

"它是 1655 年竣工的。"制服男回答。

凯拉立刻输入这四个数字。屏幕上的星空图开始转动，与此同时，天花板上传来沉闷的声响。

"我们上面是什么？"凯拉问道。

"宫殿大厅，那些星空图就镶嵌在大理石地板上。"男人回答。

我们四人立刻朝门口冲去。凹槽像迷宫一样错综复杂，离地下排水沟只有几厘米远。我们一路奔跑的时候，制服男提醒我们要万分小心。五分钟后，我们来到宫殿的大厅。凯拉冲向镶嵌在地板上的星空图，那是一张天穹的图案，它正在缓缓地逆时针转动。转了半圈后，它停了下来。突然，它的中间部分升高了几厘米。凯拉把手伸到缝隙里，然后得意地拿出了第三个碎块，和我们拥有的两块一模一样。

"我求你们了，"制服男说道，"我们得把它复原。如果明天王宫开门后，让人发现这里变成了这个样子，你们想象不出我会有多惨！"

但我们的向导并没有担忧很久。他的话刚说完，这个秘密凹槽的盖子就合上了，星空图开始朝反方向转动，很快就恢复了原样。

"那么，"伊沃里说，"你们从俄罗斯带回的第四个碎块在哪儿？"

凯拉和我面面相觑，我们此时都很尴尬。

"我并不想让你们扫兴，"制服男说道，"但如果你们能在宫殿以外的地方讨论，我会更加方便。我还得去把维吉尔先生的办公室锁上。卫兵们马上就要开始巡逻了，你们真得走了。"

伊沃里抓住凯拉的胳膊。

"他说得对，"他说，"我们离开这儿，我们还有一整个晚上可以讨论呢。"

回到克拉斯纳波尔斯基大酒店后，伊沃里要我们去他的房间。

"你们撒谎了，对吗？"他关上门，"哦，千万别把我当成傻瓜，刚才我可是看到了你们俩狼狈的神情。你们并没有把第四个碎块从俄罗斯带回来。"

"的确没有，"我愤怒地回答，"不过，我们知道它在哪儿，我们当时只有几米远了。但没有任何人通知我们有什么在等着我们，您也防备着不告诉我们。自从您把我们推上寻找碎块的征途，那些人就在不遗余力地阻止我们，我们差点连小命都丢了。您就别再指望我们说抱歉了。"

"你们俩简直太不负责任了！为了来到这里，你们让我动用了眼线，那人本来是要放到最后时刻的。你们以为我们来这里是神不知鬼不觉的吗？我们打开的那台电脑属于一个非常尖端的网络。这会儿，上面的几十名信息人员应该已经通知了他们各自的负责人，维吉尔的终端在半夜自动打开了。我想，不会有人认为这是他的灵魂在捣鬼！"

"可是，他妈的，那些人到底是谁？"我冲伊沃里大叫。

"你们俩都冷静一下，现在不是清算的时候，"凯拉说，"你们再怎么吼，也不会让我们有任何进展。我们也没有完全撒谎，是我说服阿德里安配合我的。我希望这三个碎块能让我们有所发现，来进一步进行我们的研究。所以，与其这样争吵，我们不如把它们放在一起。"

凯拉摘下她的吊坠，我也从口袋里掏出用手绢包裹的那一块，然后，我们把它们和刚刚在荷兰王宫发现的那一块放在一起。

结果却让我们三人万分失望，什么现象都没有发生。以往把两个碎块放在一起时产生的蓝光似乎消失了。它们甚至都不能紧密贴合在一起，看起来毫无生气。

"这下可真是进展不小。"伊沃里发牢骚了。

"这怎么可能？"凯拉满是困惑。

"我想，我们用的次数太多了，它们的能量耗尽了。"我回答。

伊沃里去了卧室，然后使劲甩上了门，留下我们俩待在小会客室里。

凯拉把碎块收在一起，然后拖着我离开。

"我饿了，"她在走廊里说道，"去餐馆还是叫客房服务？"

"客房服务。"我毫不犹豫地回答。

凯拉去泡澡了。我把碎块放在房间的小桌子上观察着它们，依次向自己提了十个问题。需不需要把它们放在强光下，给它们补充能量？什么样的能量能再次创造出让它们相互吸引的力量？……我清楚地感觉到，我的推理中缺少了什么东西。我凑近观察我们刚刚发现的那一块。三角形的碎块看起来和其他两块很相似，尤其是厚度一模一样。我拿在手里转动着，突然，一个细节吸引了我的注意。碎块上有一道刻痕，就像一道划出的沟槽，而且是一道水平的环形划痕。这个形状不应该是偶然产生的。我把三个碎块依次放在桌子上，更加仔细地研究它的断面。刻痕的形状非常完美。一个念头闪过我的脑海，我拉开桌子的抽屉，找到我想要的东西——一支黑色铅笔和一本便笺。我撕下一张纸，把碎块放在上面，使它们聚在一起。然后，我用铅笔把它们的轮廓描下来。当我把碎块移开，看到我在纸上画下的线条时，我发现，那是一个完美的圆形的四分之三。

我冲到浴室。

"快穿上浴袍，跟我来。"

"怎么了？"凯拉问道。

"快点！"

她一会儿就出来了，腰间系着一条毛巾，另一条毛巾包着头发。

"你看！"我把画递给她。

"你差不多画了一个圆形，不错，你就是因为这个把我从卫生间里叫出来的？"

我拿过那三个碎块，把它们放在纸上各自的位置上。

"你没看出什么吗？"

"看出来了，还缺少一块！"

"这已经是一个了不起的信息了！在此之前，我们从来都不知道这张图是由多少个碎块构成的，但一看到这张纸就明白了，很显然，我们还缺少一块，而不是我们一直以来以为的两块。"

"可是，我们依然缺少一块，阿德里安，而且，我们手头的两块已经没有任何力量了。现在，趁水还没有变凉，我可以回到浴室了吗？"

"你没有其他发现？"

"这种猜谜游戏你还要玩多久？没有，我只看到一条线，那你来告诉我，以我的智力完全看不出、对你却显而易见的到底是什么？"

"在浑天仪中，最让人感兴趣的，不是它向我们展示的东西，也不是它没有展示的东西，而是我们所猜测的东西！"

"这是什么意思？"

"如果物体再也不起反应了，那是因为它们缺少一个导体，拼图中缺少的第五块！这些碎块是镶嵌在一个环形上的，那是一条能够输送电流的线。"

"那么，为什么前两块以前会发光？"

"因为它们在有闪电的时候收集了能量。但由于我们经常把它们放在一起，它们储存的能量已经耗尽了。它们利用的是最基础的工作原理，通过正负两极之间的流动来工作，这适用于所有形式的电流。"

"你得说得再仔细些，"凯拉在我身边坐下来，"我连换灯泡都不会。"

"电流是电子在导电体中的移动。不论是最强的电流还是最微弱的电流，比如你神经系统中的电流，它们都是电子移动的结果。如果说我们的碎块不再有反应了，那是因为导体不存在了。而这个导体正是我说过的拼图中缺少的第五块，一个圈住碎块的圆环，那是它们原本就有的。应该是把这些碎块四散的人把圆环摘了下来。我们得想办法做一个新的，让它完全贴合碎块的周长，我确信，届时它们会重新焕发出闪光的力量。"

"哪里能做你说的圆环？"

"去找一个浑天仪修复专家！世界上最美的浑天仪都是在安特卫普制造的，我知道巴黎有个人或许能给我们一些有用的信息。"

"我们要告诉伊沃里吗？"凯拉问我。

"不要犹豫。尤其不要和陪我们去王宫的那个人断了联系，他对我们大有用处，而我一点荷兰语都不会！"

我说服凯拉迈出了第一步。她给伊沃里打了电话，向他宣布我们有重大发现。老教授已经睡了，但他同意起床，并请我们立刻去他那儿。

我跟他解释了我们的推理，这至少消除了他的坏情绪。他建议我不要去找我第一时间想到的玛黑区的古董商。时间紧急，他怀疑我们马上就会有新的麻烦。他积极响应去安特卫普的主意，我们越是动得频繁，就越是安全。他半夜给维吉尔的秘书打了电话，请他为我们找一个能够修复非常古老的天文学仪器的人。维吉尔的秘书答应去调查，并提议第二天再和我们联系。

"我不想这么不谨慎，"凯拉问道，"这个人有个姓，或者至少有个名吗？如果我们明天还要去见他，我想知道我是在跟谁打交道。"

"目前，你们叫他维姆就可以了。过几天，他很可能会叫'阿姆斯特丹'，到那时，我们就不能再信任他了。"

第二天，我们找到了那个名叫维姆的人。他和昨天一样，身穿同样的制服，打同样的领带。当时我们正在酒店喝咖啡，他告诉我们，不需要去安特卫普了。阿姆斯特丹就有一个非常古老的钟表作坊，作坊的主人被认为是伊拉莫斯·哈伯梅尔的直系传人。"

"伊拉莫斯·哈伯梅尔是谁？"凯拉问道。

"16世纪最著名的科学仪器工匠。"伊沃里回答。

"您是怎么知道的？"我也问道。

"我是教授，你们会忽略的知识，抱歉我可能会知道。"

"我很高兴您对这个领域也有涉猎，"凯拉又说，"确切地说，您是哪方面的教授？我和阿德里安，我们都不知道。"

"我很高兴我的职业生涯让你们感兴趣，但你们告诉我，我们是要找一个古董天文仪器修复专家，还是说你们更想花一整天来了解我的履历？好了……关于伊拉莫斯·哈伯梅尔，我们都说什么了？既然阿德里安对我渊博的知识感到惊讶，就让他说说吧，我们看看他对自己的专业是不是足够了解。"

"哈伯梅尔作坊制造出来的仪器不论在工艺还是美观程度上，都是无人能匹敌的。"我用充满火药味的目光看了伊沃里一眼，"人们发现的唯一一台归到他名下的浑天仪就在巴黎，如果我没弄错的话，收藏在国家科学院。哈伯梅尔应该和当时的大天文学家们往来密切，比如第谷·布拉赫和他的助手约翰·开普勒，以及瑞士大钟表制造商乔斯特·布尔吉。他也和亚瑟尼乌斯一起工作过，后者的作坊就在鲁汶。1580年黑死病爆发的时候，他们一起逃离了城市。哈伯梅尔制造的仪器和亚瑟尼乌斯的仪器在风格上非常相像……"

"好了，阿德里安同学的叙述非常完美，"伊沃里干巴巴地说，"但我们来这里并不是为了听他炫耀自己的知识。我们感兴趣的只是哈伯梅尔和亚瑟尼乌斯之间的联系。多亏维姆，我才知道他的一个直系后裔就住在阿姆斯特丹，所以如果你们不反对的话，我建议立刻'下课'，尽快去拜访他。你们去穿上大衣吧，十分钟后在大堂见！"

凯拉和我离开了伊沃里，回到了我们的房间。

"你怎么对哈伯梅尔知道这么多？"凯拉在电梯里问道。

"我仔细研读了在玛黑区古董商那里买的书。"

"什么时候的事？"

"你抛弃我，和你的麦克斯共度夜晚的那一天，我是在旅馆过的夜，你还记得吗？我可是有一整晚的时间来阅读！"

出租车把我们带到老城的一条小巷里。在一条死胡同的尽头，开着一家钟表店……工作室四面都是巨大的玻璃墙。站在院子里，我们能看到一位老人正趴在工作台上，忙着修复一台挂钟。他细致入微地把零件拢在一起，摆在面前，那些小零件的数量多得惊人。我们把门推开，铃声响起。男人抬起头。他戴着一副古怪的、把他的眼睛放大的眼镜，让他看起来像一头怪异的动物。工作室里有浓重的老木头和灰尘的气味。

"请问我能为你们做什么？"他问我们。

维姆解释说，我们想找人做一个零件，把一件非常古老的仪器补充完整。

"什么样的零件？"男人说着，把那副奇怪的眼镜摘了下来。

"一个圆环，用黄铜或纯铜。"我回答。

男人转过头来，用带有日耳曼口音的英语跟我说："直径多少？"

"我不知道确切的尺寸。"

"您能给我看看你们想要修复的这件古物吗？"

凯拉走近工作台，男人立刻挥舞双手，大叫着说："不能去那儿，不好意思，不过您会把一切都弄乱的。跟我来这张桌子旁边，走这里。"他指着工作室的中央。

我从未见过这么多的天文学仪器。玛黑区的那名古董商会嫉妒死的。星盘、浑天仪、经纬仪、六分仪在架子上依次排开，等待着重新焕发昔日的年轻光彩。

凯拉把三个碎块放在老匠人指定的桌子上，她把它们拢在一起，然后退后了一步。

"多么奇怪的仪器，"老人说，"是做什么用的？"

"这是星盘的一种。"我说着，向前靠了靠。

"这种颜色、这种材质？我从来都没有见过这样的。似乎是缟玛瑙的，但表面看来又不太像。会是谁制造的？"

"我们一无所知。"

"你们真是奇怪的客人，你们不知道是谁制造的，也不知道它是什么材质的，你们甚至不知道它有什么用，却还想修复……该怎么修复一件我们甚至都不知道怎么用的东西呢？"

"我们想把它补充完整，"凯拉说，"如果您凑近一点看的话，就会看到每一个碎块的侧面都有一道划痕，我们确信那里曾经有一道箍，很可能是一个镶嵌在整个物体上的合金导体。"

"可能吧，"老人说道，他的好奇心似乎被激起了，"我们来看看，"他边说边抬起了头。

天花板上扯了一根绳子，上面挂满了各式各样的工具。

"我这儿的东西都不知道放哪儿了，所以我们得自己发明了。啊，找到了！"

老人拿起一个很长的圆规，它的支脚是可以伸缩的，用一道带刻度的圆弧连接起来。他又把眼镜戴上，低下头研究我们的碎块。

"这可真有意思。"他说。

"怎么了？"凯拉问道。

"它的直径是 31.4115 厘米。"

"这有什么有意思的？"她问。

"这大约是 π 乘十倍以后的数值。π 是一个超越数，你们不知道吗？"老钟表匠问道，"圆的面积和它的半径的平方之间有着稳定的关系，或者说，圆周和半径有着稳定的关系。"

"我们学这个的时候，我大概逃课了。"凯拉老实地说。

"这没什么，"钟表匠说道，"但我还从来没有见过这么精密的仪器。这真是巧夺天工。你们一点都不知道它是干什么用的吗？"

"不知道！"我回答，努力压抑住一贯的诚恳。

"制造一个箍并不复杂，付我 200 盾，我应该就能完成这个工作，这相当于……"

男人打开一个抽屉，从里面拿出一个微型计算器。

"……90 欧元，不好意思，我总是不习惯使用这种新型货币。"

"什么时候能做好？"我问道。

"我首先得把你们来的时候我正在修理的那只挂钟装好。它得尽快回到教堂正面门墙的位置上去，神父每天都打电话询问修理得如何了。另外，我还有三只古董手表要修理，月底我才能为你们制作，这个时间可以吗？"

"如果您能马上开始，我付您 1 000 盾。"伊沃里说。

"你们这么着急吗？"钟表匠问道。

"其实更急，"伊沃里回答，"如果今晚能做好，我再加您一倍的价钱。"

"不用了，"钟表匠说道，"1 000 盾就已足够了，其他工作已经拖延许久了，多一天少一天也没关系……晚上 6 点左右你们就来拿吧。"

"我们更愿意在这儿等，您会不会不方便？"

"我的天，只要你们不打扰我的工作，随你们的便。话说回来，有人陪在一旁并不会让我感觉不方便。"

钟表匠立刻投入工作了。他把抽屉一只接一只地打开，然后选了一根似乎很适合它的黄铜丝。他专注地研究着，比较铜丝的直径是否适合碎块上凹痕的深度，然后他宣布，这根铜丝应该合适。他把铜丝放在工作台上，然后开始锻造。他用滚刀在铜丝的一边划了一条线，然后把卷尺翻过来，给我们看另一边形成的纹理。我们三人都被他灵巧的技术迷住了。钟表匠小心翼翼地把铜丝嵌进碎块的凹陷处，又拿起滚刀，在上面来回移动，加深凹痕，然后从绳子的一端摘下量规。他手里拿着一把小锤子，开始依着凹痕的形状为铜丝塑形。

"您真的是哈伯梅尔的后裔吗？"凯拉问道。

男人抬起头，冲凯拉笑了笑。

"这有什么关系吗？"他问道。

"没什么，只是您工作室里有这么多古老的工具……"

"如果您想让我把这圆环做完，您就应该让我安静地工作，回头我们还有时间谈论我的祖先们。"

我们一言不发地待在角落里，饶有兴致地观看钟表匠那让我们叹为观止的灵巧动作。工具在他的手里舞动着，其灵巧程度可媲美外科手术。突然，钟表匠把他的板凳换了个方向，头转向我们。

"我想我做好了，"他说，"你们要走近点看吗？"

我们都凑到他的工作台旁。圆环太完美了，他用一把钢丝刷打磨着，然后用一块柔软的布擦拭。

"来看看是不是合适。"他说着，拿起第一个碎块。

然后，他摆好第二块，接着是第三块。

"显然，还缺少一块。圆环我压得非常紧，当然，在不把它弄断的前提下，这是为了防止它以后变松。"

"是的，还缺少一块。"我说着，失望的心情几乎掩饰不住。

但我期待的事情并没有发生，任何奇妙的现象都没有发生。

"真遗憾，"钟表匠说，"我真想看看这个东西完整时的样子。它就是一种星盘，对不对？"

"完全正确。"伊沃里脸不红心不跳地撒谎。

他拿出 500 欧元放在工作台上，并向钟表匠道谢。

"你们觉得，是什么人造出来的？"钟表匠问道，"我印象中从未见过类似的东西。"

"您的手艺太了不起了，"伊沃里回答，"您简直有一双金手，我会记得向朋友们推荐，他们应该有东西要修复。"

"只要他们不像你们这么匆忙，我随时欢迎。"钟表匠陪我们走到工作室的门口。

"现在，"走到街上后，伊沃里发话了，"你们想到其他让我花钱的方法了吗？我还从来没有见过更高超的手法呢。"

"我们需要一个激光器，"我说，"一个足够强大的激光器能够给碎块补充充足的能量，然后，碎块上的星空图就能重新显现。谁能打包票说这三个碎块显示的图案不能为我们提供重要信息呢？"

"足够强大的激光器……只有这个吗？我们在哪里能找到这种东西？"伊沃里生气地问道。

整个下午都没说一句话的维姆此时站了出来。

"自由大学里有一个，在 LCVU，物理系、天文系和化学系共同使用。"

"LCVU 是什么？"伊沃里问道。

"自由大学激光中心，"维姆回答，"是霍格沃斯特教授创立的。我就是在那里读的大学，我和霍格沃斯特教授很熟；他已经退休了，但我可以去找他，请他为我们说说话，好让我们能够用上大学里的设备。"

"太好了，还等什么呢？"伊沃里问。

维姆从衣兜里掏出一个小本子，烦躁地翻找着。

"我没有他的电话号码，不过我可以给学校打电话，我敢肯定他们知道怎么联系上他。"

维姆的电话一打就是半个小时，他拨出无数个电话寻找霍格沃斯特教授。后来，他一脸失落地朝我们走来。

"我终于问到了他家的电话号码，真是费了不少功夫。可是，他的助理并没有让我和他通话，他现在在阿根廷，受邀去参加一个大会，下星期才回来。"

曾经奏效的方法完全有理由再奏效一次。我想起在克里特岛的时候，我们曾经设法使用类似的设备，是沃尔特给我们出的主意，他打出了科学院的招牌。我拿过伊沃里的手机，立刻给他打了电话。他跟我打了声招呼，声音充满了忧伤。

"您怎么了？"我问道。

"没什么！"

"不对，我听得很清楚，有什么不对劲，沃尔特，发生什么事了？"

"什么事都没有，我都说过了。"

"这话骗不了我，你听起来好像不舒服。"

"您打电话就是为了说这个吗？"

"沃尔特，别孩子气了，您真的和平常不一样。您喝酒了吗？"

"我总有权利做我想做的事吧？"

"现在才晚上 7 点，您在哪儿？"

"在办公室！"

"您在办公室挨揍了？"

"我没有挨揍，只是有点喝多了，哦！别再跟我讲道德了，我现在没心情听这些。"

"我没有跟您讲道德，但是，您不讲清楚您发生了什么事，我是不会挂电话的。"

一阵沉默后，听筒里传来沃尔特的呼吸声，然后突然，我似乎听到了抽噎的声音。

"沃尔特，您在哭吗？"

"这关您什么事？我真希望从来没有碰到过您。"

我不知道沃尔特怎么变成这样了，但他的话让我陷入了不安。又一阵沉默，接着又是一阵抽泣，然后是沃尔特大声擤鼻涕的声音。

"抱歉，我不是那个意思。"

"但您已经那么说了。我做了什么事，让您恨我到这个地步？"

"您，您，您。从来都是为您！沃尔特为我做这个，沃尔特帮我做那个，只要您打电话给我，肯定就是有事要我帮忙。别告诉我，您只是想问问我好不好。"

"可电话刚接通的时候，我就在问您好不好，可惜没用。"

又是一阵沉默，沃尔特在思考。

"的确。"他叹了口气。

"现在可以告诉我是什么事把您弄成这样了吗？"

伊沃里不耐烦了，他冲我挥舞着胳膊。我走远了一点，留下他和凯拉以及维姆在一起。

"您小姨回伊兹拉岛了，我从来没有这么孤独过。"沃尔特说着，又开始抽泣起来。

"你们周末过得开心吗？"我问着，心里暗暗祈祷事情如我所愿。

"好得不得了，每一分钟都很美好，我们相处得非常融洽。"

"那么，您大概是幸福得发疯了吧，我真搞不懂您。"

"我好想她，阿德里安，您无法想象我有多想她。我从来没有过这样的经历。遇到伊莲娜之前，我的感情生活还是一片沙漠，虽然遇到过几片绿洲，但结果都证明是海市蜃楼。但和她在一起，一切都那么真实、实在。"

"我向您保证，我不会告诉伊莲娜您把她比作树林的，我会保密的。"

这个玩笑似乎让我的朋友发笑了，我感觉到，他的情绪已经好转。

"你们下一次什么时候见面？"

"我们什么都没有说定。我送您小姨去机场的时候，她的情绪非常不好。我想，她在高速路上肯定哭了，您知道她有多么害羞，路上她一直在看窗外的风景。总之，我看得出，她很不开心。"

"但你们并没有说定下一次什么时候见面？"

"没有，上飞机前，她跟我说，我们之间的关系太不理智了。她的生活在伊兹拉岛，和您妈妈在一起，她还补充说，她在那儿有自己的小生意，而我的生活是在伦敦，在科学院庄严的办公室里。我们之间有 2 500 公里的距离。"

"沃尔特，您看，您总是认为我什么都不懂！您难道没听明白她话里的意思吗？"

"她的意思是，我们最好就此分手，她不愿意再看到我。"沃尔特呜咽着说。

我等着他哭完平静下来再跟他说话。

"完全不是这样！"我几乎是在冲着电话喊叫，好让他听清楚我的话。

"什么？不是这样？"

"意思完全相反。这些话的意思是'快去岛上看我吧，我每天早晨都盼着您从第一班船上走下来'。"

如果我没算错的话，这是第四阵沉默了。

"您确定？"沃尔特问道。

"确定。"

"您怎么能确定？"

"她是我小姨，又不是您的，我当然了解她。"

"感谢老天！幸好不是，即使爱得发疯，我也永远不会和自己的小姨谈情说爱，那太下流了。"

"那当然！"

"阿德里安，我该怎么做？"

"把您的汽车卖掉，买一张去伊兹拉岛的机票。"

"这主意可真棒！"沃尔特欢呼起来，他的声音又恢复了我熟悉的样子。

"谢谢夸奖，沃尔特！"

"我挂了，我马上回家睡一觉，定好早上 7 点的闹钟。明天一早我先去车行，随后就去一趟旅行社。"

"稍等，我能请您帮个小忙吗，沃尔特？"

"您尽管说。"

"您还记得我们在克里特岛那一次是怎么逃跑的吗？"

"我当然记得，那次干得太漂亮了，每次想起来我都忍不住想笑，您都不知道我把那个看守打昏的时候您自己是什么脸色……"

"我现在在阿姆斯特丹，我需要拿到与克里特岛那次一样的设备，这一次，设备在自由大学。您能帮我吗？"

最后一阵沉默……沃尔特还在考虑。

"过半个小时再打过来吧，我得想想我能怎么做。"

我回到凯拉身边。伊沃里提议去宾馆吃晚饭。他向维姆道了谢，然后就让他走了。凯拉问我沃尔特怎么样，我回答："沃尔特很好，非常好！"晚饭时，我留下他们，回到我们自己的房间。沃尔特的电话占线，我又拨了好几次，终于，电话接通了。

"明天上午 9 点半，您去阿姆斯特丹 De Boelelaan 1081 号。记清楚了。您可以用激光器一个小时，一分钟都不要超过。"

"您怎么办到的？"

"您不相信我的能力！"

"说说看！"

"我给自由大学打了电话，要求跟值班室的负责人讲话。我向人家通报自己是科学院的主席，需要尽快跟他们的校长通话，请打电话到校长家里，让他尽快回我电话。我给了他科学院的电话号码，让他证实这的确不是一个恶作剧，当然，我留的是我办公室的号码，好让他直接找到我。然后就是小儿科的游戏了。一刻钟后，阿姆斯特丹自由大学的主任于巴赫教授给我回了电话。我热情地感谢他给我回电，然后跟他说，我们最优秀的两名科学家目前正在阿姆斯特丹，他们正在做一个很可能获得诺贝尔奖的项目，目前项目已经接近尾声，他们需要借用贵校的激光器来核实几个参数。"

"然后他就同意接待我们了？"

"是的，我还补充说，作为交换，科学院将提供双倍的录取名额给荷兰学生，于是他同意了。别忘了，他是在跟科学院的'主席'讲话！真是把我笑坏了。"

"我该怎么感谢您呢，沃尔特？"

"还是感谢我今晚喝的那瓶波旁威士忌吧，如果没有它，我永远都不能那么好地扮演我的角色！阿德里安，您当心点，快点回来，我也非常想您。"

"您也一样，沃尔特。总之，明天我会丢出最后一张牌，万一这个主意不行，我们就只好放弃了。"

"我并不希望您失败，虽然坦白地说，有时候我真是挺消极的。"

挂断电话后，我回到餐厅，向凯拉和伊沃里宣布了这个好消息。

伦敦

阿什顿离开餐桌去接电话，管家刚刚来叫他。他向来宾们致歉，然后回到了办公室。

"进展怎么样了？"他问道。

"他们三人一整晚都在酒店。我派人在汽车里蹲点，以防他们今晚出门，但我并不认为他们会出来。我明天上午去找他们，得到更多消息后，再给您打电话。"

"尤其注意不要跟丢了他们。

"对此您可以放心。"

"我并不后悔推荐你，上任第一天，你就做出了很棒的成绩。"

"谢谢您，阿什顿爵士。"

"不用谢，阿姆斯特丹，晚上愉快。"

阿什顿把话筒放回座机上，关上办公室的门，回到来宾中间。

阿姆斯特丹，自由大学

9 点 25 分，维姆在 LCVU 门口找到了我们。虽然我们每个人的英语都很流利，但他还是陪着我们，万一需要，他可以充当翻译。大学科研部的主任私下接待了我们。我很惊讶，于巴赫教授如此年轻，他应该只有 40 岁。他诚恳的握手方式以及他的直率立刻赢得了我的信任。自从这场冒险开始，我就很少有机会碰到亲切的人，所以我决定告诉他，我希望通过他的设备获得什么样的实验效果。

"您是认真的？"他惊讶极了，"如果不是你们科学院的主席亲自打电话推荐，老实说，我都以为您是疯子。但如果您所说的实验能得到证实，我就会更好地理解他为什么说到诺贝尔奖了！跟我来，我们的激光器在最里面。"

凯拉一脸不解地看着我，我示意她什么都别说。我们走进一条长长的通道，途中不时碰到研究人员和学生们，主任的出现并没有引起异常的关注。

"就在这里。"他告诉我们，在一扇双层门旁边的键盘上输入号码，"考虑到您刚刚说的事情的重要性，我希望我们能一起参与，我来操作激光器。"

这是一间非常现代的实验室，它会让欧洲所有的研究中心嫉妒得发疯。我们要使用的机器相当大，我想象着它的强大威力，迫不及待地想让它开工。

激光器的枪管轴上有一条轨道延伸出来。凯拉帮我把碎块放在一块托板上。

"你们需要多大的光束？"于巴赫问道。

"π 的十倍。"我回答。

教授趴在小桌子上，输入了我刚刚告诉他的数值。伊沃里站在他旁边。激光器开始缓缓转动。

"多大强度？"

"最大强度！"

"您的东西会在瞬间熔化的，我还没见过有材料能抵挡住最大的负荷。"

"相信我！"

"你知道自己在做什么吗？"凯拉凑到我耳边说。

"我希望如此。"

"现在请你们站到防护玻璃后面。"于巴赫命令道。

激光器开始发出声响，电子产生的能量刺激了玻璃管里的原子。光子开始在玻璃管两端的磁镜之间共鸣。效应增强了，须臾之间，光束就足以穿透磁镜半透明的壁板，我也就能知道自己有没有弄错了。

"你们准备好了吗？"于巴赫问道，他和我们一样急切。

"准备好了，"伊沃里回答，"我们准备得不能再好了，您想象不到，为了见证这个时刻，我们等待了多长时间。"

"等等！"我喊道，"您有照相机吗？"

"我们有比那更好的，"于巴赫回答，"激光器一旦开始工作，就有六部摄像机进行180度拍摄。我们可以开始了吗？"

于巴赫推了一下手柄，强烈的光束从机器中迸发出来，强力照射在三个碎块上。圆环开始熔化，碎块焕发出蓝色的光彩，那蓝色比我和凯拉以往看见的更为强烈。碎块的表面开始闪烁，那光芒每一秒都在增强，突然，数十亿个光点投射在激光器对面的墙上。实验室里的每个人都认出那是广袤的天穹，我们眼花缭乱。

和我们见证的第一次投射的画面不同，宇宙开始呈螺旋状旋转，并缓缓合拢。而托板上的碎块正在圆环内全速转动。

"太神奇了！"于巴赫赞叹道。

"还不止这些呢。"伊沃里热泪盈眶地回答。

"这是什么？"主任问道。

"宇宙诞生之初的平面图。"我回答。

让我们惊讶的还在后面。碎块的亮度又一次加倍，旋转的速度也在不断加快。天穹依然在收缩，然后静止了片刻。我曾希望它能走到尽头，向我们展示我一直希望发现的第一束星光、时间长河中的第一秒，但我刚刚看到的已经属于另外一种性质了。现在，投射的图像已经扩大到肉眼可见的程度。一些星星消失了，就好像随着我们走近，它们已经被驱赶到了墙的另一侧。眼前的景象非常震撼，我们就仿佛在星空里遨游，然后我们靠近一个星系，我认出了那是什么。

"我们进入了银河，"我向身边的人说道，"旅行在继续。"

"接下来会去哪里？"凯拉惊讶万分。

"我还不知道。"

现在，碎块的旋转速度已经达到了惊人的程度，圆环早已熔化，但看来已经没有什么能把碎块分开了。它们的颜色变了，从天蓝色转为靛蓝。我又把目光投到墙上。我们转向地球，认出了海洋和三个大陆。投影集中在非洲，图像扩大到肉眼可见的程度，然后以令人眩晕的速度集中在非洲东部。碎块旋转时发出刺耳的声音，几乎让人无法忍受。伊沃里捂住了耳朵。于巴赫把双手放在控制台上，时刻准备停止。肯尼亚、乌干达、苏丹、厄立特里亚和索马里在视线中消失，我们正向埃塞俄比亚进发。碎块的转动速度慢了下来，图像清晰了。

"我不能让激光器一直以这样的强度工作，"于巴赫请求道，"得停下来了！"

"不要！"凯拉大叫，"快看！"

图像中央出现了一个细小的红色圆点。我们越靠近，它就越发明显。

"我们看到的这些都录下来了吗？"我问道。

"都录下来了，"于巴赫回答，"我现在可以关掉了吗？"

"再等一会儿。"凯拉请求。

尖叫声停止了，碎块也静止不动了，墙上鲜红的圆点固定在那里。于巴赫不再询问我们的意见，他拉下手柄，激光束熄灭了。投影在墙上停留了几秒，然后也消失了。

我们依然处在震惊中，于巴赫最受触动，伊沃里也一言不发。看到他这个样子，我感觉他突然变老了，那张我已经熟悉的脸看起来依然年轻，面部线条却发生了变化。

"这个时刻我梦想了 30 年，"他告诉我，"你们能想象吗？你们可知我为这些东西做出了什么样的牺牲，我甚至为此失去了我唯一的朋友。真奇怪，我应该松一口气才对，就像卸下重担那样，可我并没有这种感觉。我多么希望自己能再年轻几岁，活足够长的时间，直到这场冒险的尽头。我多想知道我们看到的这个红点代表什么，看看它能揭示什么。

这是我生命中第一次害怕死亡，你们明白吗？"

他坐下来，叹了口气，并没有期待我回答。我回头看看凯拉，她面朝墙直直地站着，紧紧盯着重新变白的墙面。

"你在做什么？"我问道。

"我在回忆，"她说，"我在努力回想我们刚刚经历的这些瞬间。刚刚出现的画面的确是埃塞俄比亚。我对那里十分熟悉，在投影中却没有看到地形的起伏，而我并不是在做梦，那儿的确就是埃塞俄比亚。你也看到了同样的画面，对不对？"

"是的，最后一个画面停留在非洲之角。你能确定这个点是在什么地方吗？"

"并不太确定。我已经有了想法，但不知道那是我的主观意愿在说话，还是现实的确如此。"

"我们很快就能知道了。"我回头看看于巴赫。

"维姆在哪里？"我问凯拉。

"我想，这对他的震撼太大了，他似乎不舒服，出去透气了。"

"您能给我们播放一下摄像机录下的最后的画面吗？"我问于巴赫。

"好的，当然可以，"他说着站起身，"我只要打开投影仪就可以了，它会在它愿意的时候开始工作。"

伦敦

"进展到什么地步了？"

"我刚刚见证的一切太不可思议了。"维姆回答。

阿姆斯特丹把在自由大学激光中心发生的一切做了详尽的描述,没有忽略任何一个细节。

"我给你派人,"阿什顿说,"事不宜迟,得立刻制止这一切。"

"不必,不过,只要他们在荷兰的领土上,就由我来负责好了。时机合适,我会下手的。"

"阿姆斯特丹,你在工作上用这种语气跟我说话还是太嫩了点。"

"我请求您,阿什顿爵士,我想要全面地履行自己的职责,不需要友邦或者友邦代表的任何干预。您清楚我们的规则,团结但又独立!就像我们约定的,每个人在自己的国家履行各的职责。"

"我警告你,只要他们离开你的地盘,我就会用尽一切办法来制止他们。"

"我能想象,您不会告知委员会。我很感激您,所以我不会告发您,但我也不会替您遮掩。就像您刚刚提醒我的,我在履行新的职责方面还太年轻,所以不能冒险把自己拉下水。"

"我没有要求你做别的,"阿什顿干巴巴地说,"别把事情弄到不可收拾,阿姆斯特丹,你不知道如果他们达到目的会造成什么样的后果,而他们已经走得太远了。既然你已经把他们握在手中,你打算怎么做?"

"我把他们的东西没收了,然后分别把他们遣送回国。"

"伊沃里呢?他和他们在一起,不是吗?"

"是的,我跟您说过。您想让我怎么做?我们对他没什么好指责的,他想去哪儿就能去哪儿。"

"我想请您帮个小忙,既然您看来很高兴得到这个职位,就把它当作给我的谢礼吧。"

自由大学

于巴赫打开悬在天花板上的投影仪。摄像机录下的高清图像被储存在大学的服务器里，我们得等待好几个小时，解压缩软件才能处理好。凯拉和我提出让计算机集中处理我们最后看到的几个画面上。于巴赫按下几个键，把一系列指令发送到主机上。图像处理器执行命令的时候，我们耐心等待着。

"不用着急，"于巴赫跟我们说，"还要很久呢。上午的时候系统有些慢，发出指令的并非只有我们。"

终于，投影仪亮了起来，它往墙上投射出碎块显示出的最后七秒的画面。

"麻烦停在这儿。"凯拉告诉于巴赫。

投影在墙上静止了，我们等着画面变清晰，就像每次突然中止一个画面时那样，但那都是在一瞬间。我更加明白了为什么我们等了那么久才等到这七秒的画面，分辨率如此之高，每个画面需要处理的信息量应该是很惊人的。凯拉丝毫不理会我的技术考虑，她靠近投影，专注地观察起来。

"我认出这些回旋的东西了，"她说，"这条蜿蜒的曲线，这儿很像脑袋的形状，再看这条直线，然后这四个圆环，这是奥莫河的一部分，我几乎可以肯定了。但在那儿，有什么东西不太妥当。"她说着，指指红点闪烁的地方。

"有什么不妥？"于巴赫问道。

"如果这的确是奥莫河的某一段，我们应该会看到一个湖，就在画面的右边。"

"你认出这里啦？"我问凯拉。

"我当然认出来了，我可是在那儿生活过三年！这个红点所在的地方是一小块平原，被奥莫河沿岸的一片灌木丛所包围。我们甚至差点在那儿进行挖掘，但那里太靠北了，离伊尔密三角地带太远。但我跟你说这些没有任何意义，如果的确是我想到的那个地方，Dipa湖就应该出现。"

"凯拉，我们发现的碎块并非只能组成一幅星空图。把它们放在一起时，它们就像一张光碟，里面存储着数不胜数的信息，虽然很不幸，我最感兴趣的信息或许就在缺少的那一块里，但目前也无所谓了。这张记忆'光碟'为我们播放了宇宙诞生最初时刻的演变，一直到信息被录入的那一刻。在这样的远古时期，Dipa湖或许还不存在。"

伊沃里来到我们旁边，他也走近墙壁，专注地观察墙上的图像。

"阿德里安说得对，我们现在需要得到准确的地理位置。您的服务器里有一份详细的埃塞俄比亚地图吗？"他问于巴赫。

"我想，我能从网上找到一张，然后下载下来。"

"那就请您去找找吧，看看能否找到一张完全吻合的。"

于巴赫坐回桌子后面。他开始搜索非洲之角的地图，执行伊沃里交代的任务。

"除了河床部分有些许偏离，其余部分完全吻合！"他说，"这里的坐标是多少？"

"北纬 5°10'2"67，东经 36°10'1"74。"

伊沃里回头看着我们。

"你们知道接下来要做什么……"他对我们说。

"现在我们得把实验室腾空了，"于巴赫对我们说，"为了满足你们的需要，我已经调整了两名研究员的工作。虽然我并不后悔，但我不能再过多地使用这里了。"

当于巴赫把所有设备都关上时，维姆走了进来。

"我错过什么了？"

"什么都没有，"伊沃里回答，"我们要离开了。"

正当于巴赫准备带我们去他的办公室时，伊沃里突然感到不舒服。他眩晕得厉害。于巴赫想要叫医生，可是伊沃里拒绝了，说没必要担心，他只是累了。他一再这样保证。他问我们是否愿意陪他回宾馆，休息过后，他会好起来的。维姆立刻提出开车送我们回去。

回到克拉斯纳波尔斯基大酒店后，伊沃里对他表示感谢，然后请他在下午茶时分来找我们。维姆接受了邀请，然后离开了。我们扶着伊沃里回到他的房间，凯拉掀开床罩，我扶他躺下来。伊沃里把双手放在胸前，叹了口气。

"谢谢你们。"他说。

"就让我叫医生过来吧，这可不是闹着玩的。"

"不用。不过，你们愿意帮个小忙吗？"伊沃里问道。

"当然了。"凯拉回答。

"你去窗边看看，把窗帘稍稍拉开一点，告诉我维姆那个蠢货有没有离开。"

凯拉一脸惊讶地看了看我，然后按伊沃里的话去做了。

"酒店前面一个人都没有。"

"停在酒店对面的那辆黑色奔驰，里面坐着的两个蠢货还在那儿吗？"

"我看到一辆黑色的汽车，但从这儿看不到里面有没有人。"

"里面有人，相信我！"伊沃里说着，一下子坐了起来。

"您最好躺下来……"

"我一秒都不相信维姆刚才的不适，我怀疑他也不相信我的不适。留给我们的时间不多了。"

"但我还以为维姆是我们的同盟呢。"我惊讶地说。

"在他升职以前是的。但从今天上午开始，他不再是维吉尔以前的助理了，而是接替维吉尔位置的人，维姆是新上任的阿姆斯特丹。我没时间跟你们解释这些了。赶快回你们的房间收拾行李，我来给你们订票。你们一收拾好就来找我，要赶快！在陷阱布置好之前，你们得离开这里，但愿还为时不晚。"

"我们要去哪儿？"我问道。

"你们想去哪儿？当然是埃塞俄比亚了！"

"不行！太危险了。您一直不愿意告诉我们那些人是谁，但如果他们再来跟踪我们的话，我不会再让凯拉面临危险，也别想方设法来说服我！"

"飞机几点起飞？"凯拉问伊沃里。

"我们不会去那儿！"我坚持道。

"诺言就是诺言，如果你希望我忘掉你许过的诺言，你可就错了。快，我们得抓紧时间！"

半个小时后，伊沃里带我们从酒店的后厨走了出去。

"别在机场滞留，一过安检，你们就分头去商店转悠。我不认为维姆有这么聪明，能猜到我们在跟他玩什么，但谁能说得准呢。答应我，一有机会就给我消息。"

伊沃里交给我一个信封，并要我保证在飞机起飞前绝不打开。他向我们友好地招招手，然后出租车就带着我们走远了。

到达斯希普霍尔机场后，登机过程没有遇到任何阻碍。我们没有听从伊沃里的建议，而是在咖啡厅找了一张桌子坐下，享受这面对面交流的时光。我借机告诉凯拉关于我和于巴赫教授短暂的交谈。我们离开的时候，我请他帮了最后一个小忙：以告诉他我们研究的进展为交换，他答应在我们的研究报告发表之前，他都会为我们保密；他为会我们保存实验室的录像，并拷贝一份寄给沃尔特。飞机起飞前，我告诉沃尔特，他将收到一个从阿姆斯特丹寄来的包裹，在我们从埃塞俄比亚回来前，请他把包裹锁好。

我还补充说，万一我们遇到意外，就由他全权负责，随他怎么处理。沃尔特拒绝听我最后的那些嘱托，坚信我们一定不会遇到什么问题，他说完就把电话挂断了。

在飞机上，凯拉懊恼得不得了，她没有向她姐姐问好；我向她保证，飞机一降落，我们就一起打电话给她。

亚的斯亚贝巴

亚的斯亚贝巴机场熙熙攘攘。办完海关手续后，我开始寻找私人陪同服务柜台，我曾经使用过这项服务。一名飞行员同意送我们去金卡，要价600 美元。凯拉惊愕地盯着我。

"真是疯了，我们走公路就行了，阿德里安，你已经身无分文了。"

"当奥斯卡·王尔德在巴黎的酒店房间里吐出最后一口气的时候，他说道：'我超越我的身份而亡。'既然前方凶险，就让我和他一样体面吧。"

我从衣兜里掏出信封，里面装着一小沓绿色的纸币。

"这些钱是从哪儿来的？"凯拉问道。

"伊沃里给我们的礼物，就在我们离开之前，他给了我这个信封。"

"然后你就接受了？"

"他让我保证飞机起飞后再打开；在一万米的高空，我又不能把它从窗户丢出去……"

我们乘一架派珀飞机离开了亚的斯亚贝巴。飞机飞得并不高。飞行员指给我们看一群正在向北方迁徙的大象，稍远处，长颈鹿在广阔的草原上嬉戏。一个小时后，飞机准备降落。金卡机场的短跑道出现在我们眼前。车轮从舱里弹出来，在地面上弹了几下，飞机慢慢停了下来，在跑道尽头转了个弯。透过舷窗，我看到一大群孩子朝我们跑过来。一个年龄稍大的男孩坐在一只旧木桶上，他看着飞机驶向茅屋，那里就是航站楼的所在地。

"我好像认识这个男孩，"我用手指着，告诉凯拉，"上次我来这儿找你的时候，就是他帮的忙。"

凯拉趴在舷窗上。突然，我看到她的双眼溢满泪水。

"我确定，我认出他来了。"她说。

飞行员关掉螺旋桨。凯拉第一个下了飞机。孩子们拥在她左右，叫呀，跳呀，让她无法前行。她挤出一条路来。男孩从木桶上跳下来，准备离开。

"哈里！"凯拉大叫，"哈里，是我！"

哈里回过头，顿时惊呆了。凯拉朝他跑过去，伸手揉揉他乱蓬蓬的头发，然后紧紧抱住了他。

"你看，"她呜咽着说，"我可是说到做到。"

哈里抬起头。

"可是你用了很长时间！"

"我尽力了，"她回答，"但现在我来了。"

"你的朋友们把所有的一切都重建了，现在的房子比风暴前的还要高大。这次你会留下来吗？"

"我不知道，哈里，我一无所知。"

"那么你什么时候回去？"

"我可是刚到，你就盼着我走了？"

男孩挣脱了凯拉的怀抱，走远了。我犹豫了一下，然后追了过去，拽住了他。

"小伙子，你听我说，她没有一天不在念叨你，没有一个夜晚不在思念你。你不觉得，只有更热情地欢迎她的到来，才不辜负她吗？"

"既然她有你了，为什么还要回来？是为了看我，还是为了在土地里挖掘？回你们那儿去吧，我忙着呢。"

"哈里，你可以不相信，但凯拉爱你，这就是事实。她爱你，你都不知道她有多么想念你。别不理她。这是我作为男人提出的要求，不要推开她。"

"让他安静会儿吧。"凯拉走上前来小声说道，"哈里，你想怎么做就怎么做吧，我能理解。不管你是不是怨我，都不会改变我给你的爱。"

凯拉拿过她的行李，头也不回地朝航站楼走去。哈里犹豫了片刻，然后追了上去。

"你去哪儿？"

"我还不知道，我得先找到埃里克他们，我需要他们的帮助。"

男孩把手插进衣兜，抬脚踢飞了一粒石子。

"哦，我知道了。"他说。

"知道什么了？"

"你不能没有我。"

"这个啊，我的大男孩，自从我遇到你的那一天，我就知道了。"

"你想要我帮你去那里，是吗？"

凯拉蹲下来，直直地看着他的眼睛。

"首先，我希望我们不要再闹了。"说着，凯拉冲他伸出了双臂。

哈里犹豫了一下，然后伸出一只手，但凯拉把手放在了他的背上。

"不，我想要和你拥抱。"

"我现在长大了，不能再这么做了。"他非常严肃地说。

"是，但对我应该例外。你也想和我拥抱，对不对？"

"我得想一想。现在跟我来吧，你们得先找个睡觉的地方，明天我再告诉你答案。"

"好吧。"凯拉说。

哈里挑衅地看了我一眼，然后迈开了步子。我们拿起包，跟着他走上通往村里的小路。

一个身穿破烂背心的男人站在他的棚屋前，他记起了我，然后冲我使劲挥手。

"我都不知道你在这么偏僻的地方还这么有名。"凯拉拿我开起了玩笑。

"那可能是因为我第一次来这儿的时候，向人介绍说我是你的一个朋友……"

我们入住的家庭的男主人给了我们两张睡觉用的席子，并为我们准备了恢复体力的吃食。我们吃饭的时候，哈里就坐在我们对面，不错眼珠地盯着凯拉，然后，他突然站起身，朝门口走去。

"我明天再来。"他说着，走出了房子。

凯拉冲到门外，我跟着她，但男孩已经走远了。

"给他一点时间吧。"我告诉凯拉。

"可我们没有多少时间。"她回答我，然后心情沉重地回到了屋里。

拂晓时分，我被越来越近的马达声惊醒。我走到门口，看到一辆越野车后面尘土飞扬。我立刻就认出，他们是我第一次来这里时给过我帮助的那两个意大利人。

"真是惊喜啊，是什么风把您吹来的？"强壮的那个说着下了车。

他声调中假意的热情引起了我的怀疑。

"和您一样，"我回答说，"太爱这里了。只要来过这里，我们就很难抵制回来的欲望。"

凯拉也来到门口，伸出手臂揽住我。

"看来您已经找到您的女朋友了，"另一个意大利人走上前来，"像她这么漂亮，我明白您应该花了不少力气。"

"这两个家伙是谁？"凯拉凑到我耳边说，"你认识他们？"

"谈不上认识，我上次来寻找你的营地的时候遇到了他们，他们帮了点忙。"

"你上次来找我的时候，谁没有帮过你的忙？"

"别惹他们，这是我对你唯一的要求。"

这两个意大利人走上前来。

"你们不邀请我们进去吗？"强壮的那个说道，"天还早，但已经热得受不了了。"

"这儿不是我们的家，你们还没有介绍过自己。"凯拉回答。

"他是乔凡尼，我是马可，我们现在可以进去了吗？"

"我说过了，这儿不是我们自己家。"凯拉语气温和地坚持道。

"没关系，没关系，"那个自称乔凡尼的人说道，"非洲人热情好客，你们担心什么呢？你们可以给我们点阴凉和一点喝的吗？我渴死了。"

茅屋的主人也来到门口，邀请我们进去。他在一只箱子上放了四只杯子，给我们倒了咖啡就离开了。他到田里干活去了。

那个所谓的马可斜眼看着凯拉，这让我非常不快。

"如果我没记错的话，您是考古学家？"他问凯拉。

"您都已经知道了。"她回答，"我们还有工作，得走了。"

"您真是不好客，您可以更可爱一些。话说回来，几个月前，还是我们帮您的朋友找到您的，他没说过？"

"说过，所有人都帮他找到了我，但我又不是走丢了。现在，请原谅我这么直接，但我们真得走了。"她生硬地说着，站起身来。

乔凡尼猛地站起来，挡住了她，我立刻插在他们中间。

"说吧，你们到底想要干什么？"

"没什么，和你们聊聊天，仅此而已，在这儿，我们不是经常有机会遇到欧洲人。"

"现在话也说过了，请让开。"凯拉再次说道。

"你们给我坐下来！"马可命令道。

"我还不习惯听从别人的命令。"凯拉回答。

"恐怕您得改改习惯了。你们现在坐下来，然后闭嘴。"

这一次，这个家伙的粗鲁已经过分了，我正要和他理论，他突然从衣兜里掏出一把手枪，瞄准凯拉。

"别想着玩英雄救美的游戏了，"他关闭枪的保险，"老老实实地待着就不会有事。三个小时后，就会有飞机来。我们四个从这里出去，你们随我们一起上飞机，千万别做傻事。你们乖乖地上飞机，乔凡尼会陪着你们。你们看，没什么复杂的事。"

"飞机要飞到哪儿？"我问道。

"时机来的时候，你们会知道的。现在，既然我们要打发剩下的时间，那就来说说看，你们到这儿干什么来了？"

"来见两个拿手枪威胁我们的流氓！"凯拉回答。

"她还真有点脾气。"乔凡尼耻笑道。

"'她'名叫凯拉，"我回答，"你们没必要这么粗俗。"

我们就这样瞪着眼睛过了两个小时，乔凡尼拿火柴棍剔牙，马可面无表情地盯着凯拉。一阵马达声从远处传来，马可站起身，去台阶上眺望。

"有两辆越野车从这里经过，"他回来的时候说道，"老实在屋里待着，等着汽车开过去，狗叫声平息，听明白了吗？"

行动的欲望非常强烈，但马可正用枪指着凯拉。汽车走近了，我们听到离茅屋几米远的地方传来刺耳的刹车声。马达声停止了，随之而来的是啪啪的关门声。乔凡尼走到窗边。

"妈的，有十几个家伙朝这儿来了。"

马可也站起来，走到乔凡尼身边，枪口依然不忘指着凯拉。茅屋的门猛地被打开。

"埃里克？"凯拉轻声说道，"我从来没有这么高兴见到你！"

"有问题吗？"她的同事问道。

在我的记忆里，埃里克并没有这么魁梧，但我很高兴我弄错了。我利用马可转身的那一瞬狠狠地踢了他的裤裆。我并不粗暴，但当我失去理智的时候，我的力道当然不会轻。马可一惊，手枪掉了下来，凯拉立刻把它丢到房间另一边。乔凡尼还没来得及行动，我就迎面给了他一拳，这让我的手腕痛得不得了，他的下巴当然也是如此。马可已经站起身，但埃里克钳住他的脖子，把他按到了墙上。

"你们在这儿搞什么？为什么拿着枪？"埃里克大叫。

由于埃里克并没有松开锁住他的喉咙的手，马可几乎无法开口，他的脸色越来越苍白。我建议埃里克别再使劲摇他，让他喘口气，恢复一点气色。

"住手，我来告诉你们，我们为意大利政府工作，我们的任务是把这两个狂热分子驱逐出境。我们并不打算伤害他们。"

"我们跟意大利政府有什么关系？"凯拉惊奇地问道。

"这个我也不知道，小姐，这跟我也没关系，我们昨晚才接到命令。除了我刚才说的，其他我一无所知。"

"你们在意大利干蠢事了？"埃里克回头看看我们问道。

"可我们都没去过意大利，这家伙瞎说！况且，谁又能证明他说的是真的呢？"

"我们粗暴地对待你们了吗？如果我们想袭击你们，你们以为我们会坐在这儿等吗？"马可说着，时不时咳嗽一下。

"你们后来把图尔卡纳湖旁边村子的村长怎么样了？"

埃里克逐个审视我们，乔凡尼、马可、凯拉和我。他跟队伍里的某个人说了些什么，然后命令他去车里找些粗绳子过来。年轻人去了，回来时手里拿着绷带。

"去把这两个人捆起来，然后从这儿离开。"埃里克命令道。

"听我说，埃里克，"一名同事提出异议，"我们是考古学家，不是警察。如果他们真的是意大利公务人员，我们为什么要找麻烦呢？"

"别担心，"我说，"我会负责。"

马可想要对即将到来的命运表示反对，但凯拉拿起武器，瞄准他的肚子。

"我拿这玩意儿手可不稳，"她对他说，"我的朋友刚才已经说了，我们只是考古学家，控制武器不是我们的强项。"

当凯拉拿枪指着他的时候，埃里克和我把这两个"攻击"我们的人绑了起来。他们背对背坐着，手脚都被绑住了。凯拉把手枪插到腰带里，蹲下身，靠近马可。

"我知道这不太光彩，哪怕你们说我卑鄙，我也没什么好反驳的，但是'她'还有最后一件事要告诉你们……"

凯拉狠狠地给了马可一巴掌，把他打翻在地。

"好了，现在我们可以走了。"

当我们离开茅屋的时候，我想到了那个接待我们的可怜的男人，他回家后，看到的可是两个情绪非常差的家伙……

我们爬上其中一辆越野车。哈里在后座上等着我们。

"你看到了，你需要我。"他对凯拉说。

"你们得感谢他，是他来通知的我们，说你们遇到了麻烦。"

"你是怎么知道的？"凯拉问哈里。

"我认识他们的车，村里没有人喜欢他们。我跑到了窗户底下，看到发生了什么，所以，我就去找你的朋友们了。"

"这么短的时间里，你是怎么跑到挖掘现场的？"

"营地离这里并不远，凯拉，"埃里克回答，"你走后，我们换了挖掘的地方。村长死后，情况就变了，我们在奥莫山谷再也不受欢迎了。况且，我们在你挖掘的地方什么也没找到。不安全的环境外加集体的厌倦，我们因而往北迁移了一点。"

"啊，"凯拉说，"我看出来了，你真正掌控工程了。"

"你知道你有多久没和我们联系了吗？你可不能教训我。"

"拜托，埃里克，别把我当傻瓜。你把场地迁移，等于抹掉了我所有的工作痕迹，然后你就可以把所有的发现都据为己有。"

"我可从来都没有这么想过，有这种想法的人是你，凯拉，不是我。现在，你来告诉我们一下，为什么这两个意大利人会找上你们？"

途中，凯拉向埃里克讲述了她离开埃塞俄比亚后我们经历的所有冒险。她讲到了我们在中国的经历、我们在纳尔贡达姆岛的发现，但并没有提及她在监狱的遭遇。她告诉他我们在曼普普纳高原做的研究以及她由此对苏美尔人的不凡经历所做的结论。她既没有多讲我们离开俄罗斯时经历了怎样的痛苦，也没有讲我们在跨西伯利亚列车上最后一晚的惊险，但她细致入微地描述了我们在自由大学激光中心看到的奇异景象。

埃里克把车停下，回头看着凯拉。

"你到底在说什么？四亿年前宇宙诞生时的记录？还有什么不可能

的！像你这样受过这么多教育的人，怎么会提出这么荒谬的理论？泥盆纪的四足动物给你录了这张光盘吗？这太可笑了。"

凯拉并没有和埃里克争辩，她还用眼神制止了我争辩的企图，然后，我们到达了营地。

在我的预想中，凯拉的队友们会很高兴看到她，对她表示热烈欢迎，然而，什么都没有发生，就好像他们依然在为去图尔卡纳湖时发生的一切埋怨她。但凯拉骨子里就有领导的欲望，她耐心等待一天的工作结束，然后站起身，把她以前的团队召集起来，她有重要的事情要宣布。埃里克对她的做法感到非常愤怒，但我小声提醒他说，在奥莫山谷进行挖掘使用的资助给的是凯拉，而不是他。一旦沃尔什基金会得知凯拉被排除在外，委员会里慷慨的资助人到月底的时候就很可能会重新考虑是否要支付款项。埃里克就任由她去说了。

凯拉等待太阳在地平线上消失。天色足够黑了，她拿出我们拥有的三个碎块，把它们放在一起。碎块一旦彼此靠近，就焕发出令每个人惊讶万分的光彩。这对每个考古学家的震撼远远超过任何语言。就连埃里克也搞不明白了，当人群中发出一阵窃窃私语时，他带头鼓起掌来。

"这东西太漂亮了。"他说，"魔法很漂亮，你们的同事还没有把一切都告诉你们，她想让你们相信这些发光的玩意儿已经有四亿年的历史了，没有别的！"

有人哄笑起来，另一些人没有表示。凯拉爬上一只箱子。

"你们当中有谁过去曾在我身上看到哪怕一丁点古怪的地方？当你们决定接受这项任务，在漫长的时日中远离你们的朋友和家人来到奥莫山谷时，你们有没有核实过，自己将要和谁一起工作？你们中间有没有一个人在上飞机前怀疑过我是否值得信任？你们以为我回来是要浪费你们的时间，并让我自己在你们面前变得可笑吗？如果不是我，又是谁选择了你们，请求你们来这里工作？"

"确切地说，你期待我们做何反应？"考古学家沃夫迈耶问道。

"这个有惊人特质的物质也是一张星空图，"凯拉接着说，"我知道，这看起来很难相信，但只要你们见证了我们刚刚看到的一切，你们就再也忘不掉它。这几个月以来，我确信的一切都受到了质疑，这是多么谦卑的教训啊！北纬 5°10'2"67、东经 36°10'1"74，这就是它为我们指引的地方。你们只需要信任我一个星期。请你们把所有必要的装备装上车，明天一早跟我出发去挖掘。"

"去找什么？"埃里克抗议道。

"我还不知道。"凯拉坦白。

"啊！我们伟大的考古学家还不满足于把我们赶出奥莫山谷，她还要让我们把八天以来的工作就这么丢掉，而连老天都知道我们的时间有多么紧张，她还要我们去一个不知名的地方找一个不知名的东西！可谁又在乎我们呢？"

"等等，埃里克，"沃夫迈耶说道，"我们又能失去什么呢？我们已经挖掘几个月了，到目前为止也没找到什么值钱的东西。况且，凯拉也有她的道理，我们是被雇来和她一起工作的，我想，没有十足的理由，她不会冒着让自己变得可笑的风险拖我们走的。"

"没错。可是你知道她有什么理由吗？"埃里克依然反对，"连她自己都说不清想要找到什么。你知道我们团队一个星期的工作要花多少钱吗？"

"如果你是指我们的薪水，"卡弗里斯说道，他也是同盟，"那我们没有人会因此而破产的；况且，据我所知，钱也是她来负责的。自从她走了，我们都装作什么也没发生过，但凯拉才是这场挖掘行动的发起人。我不明白为什么不能给她几天时间。"

队伍里的另一个法国人诺尔曼也发表了意见。

"凯拉给我们的坐标比较准确；哪怕把地点铺展到方圆 50 平方米，我们也不需要拆掉这里的装备。很少的物资应该就足够了，这也能把短短一个星期的中断对目前工程的影响降到最低。"

埃里克向凯拉探过身，要求和她单独谈话。他们稍稍走远了几步。

"真是了不起，我发现你还是那么善于把握时机，你几乎把他们都说服了。话说回来，为什么不呢？但我还没使出撒手锏呢，我可以拿我的辞职来要挟，迫使他们在你我之间选择。"

"告诉我你想干什么，埃里克，我赶了不少路，已经很累了。"

"不管我们能挖到什么，只要能找到，我就要和你一起分享这些成果。这几个月以来，当你在旅行中舒适度日时，我可丝毫没有惜力，我这么做可不是为了当个小职员。你把我们丢在这里的时候，我接替了你的工作；你走了以后，是我保证了这里的工作正常进行。如果你发现这支队伍更加团结、更有行动力了，你应该感谢的是我。我不会让你在我负责的地盘上将我的军，把我推到副手的位置上去。"

"你刚才说的是真心话？你真是了不起，埃里克。如果我们有了重大发现，成果应该由整个团队共享，你也有份，我保证，还有阿德里安，因为，相信我，他的贡献比这里的任何人都大。现在，你可以放心了，我可以从你那里得到支持了吗？"

"八天，凯拉，我给你八天时间，如果我们无功而返，你就带着你的行李和你的男朋友，从这里退出去。"

"拜托你再去跟阿德里安说一遍吧，我肯定他会喜欢听……"

凯拉回到我们这里，重新爬上箱子。

"我说的地方就在 Dipa 湖以西三公里处。明天天一亮就出发的话，我们中午前就能到达，然后立刻开始工作。谁想跟我来，我都热烈欢迎。"

人群中再次发出一阵窃窃私语。卡弗里斯第一个走出来，站到凯拉面前。阿尔瓦罗、诺尔曼和沃夫迈耶也加入进来。凯拉赌赢了，很快，整个团队都站到了她身边，而埃里克再也没有离开她一步。

我们在太阳升起前装好了物资，天一亮，两辆越野车就离开了营地。凯拉开一辆，埃里克开另一辆。在羊肠小道上行驶了三个小时后，我们把汽车丢在灌木丛边上，然后就扛着装备穿过灌木丛。哈里为我们开路，他拿着大砍刀砍掉挡路的枝丫。我想要帮他，但他跟我说，我会把自己弄伤的，他来做就可以了。

不远处，凯拉跟我说过的林中空地出现在我们眼前。这是一块 800 平方米大小的圆形土地，就在奥莫河拐弯的凹陷处，奇特的形状就像人的脑袋。

卡弗里斯手里拿着 GPS，他把我们带到空地的中央。

"北纬 5°10'2"67，东经 36°10'1"74，我们到了。"他说。

凯拉蹲下来，抚摸着土地。

"多么令人难以置信的旅程，最终竟然回到了这里！"她对我说，"你都不知道我有多么怯场。"

"我也是。"我告诉她。

阿尔瓦罗和诺尔曼开始划定将要挖掘的区域，与此同时，其他人在高大的欧石楠的树荫下搭建帐篷。

凯拉对阿尔瓦罗说道："不用画方格了，锁定一个 20 平方米的区域就可以了，我们主要是深度挖掘。"

阿尔瓦罗重新把线缠好，然后执行凯拉的吩咐。到了傍晚，大家已经挖出了 30 立方的泥土。随着工作的进展，一个洞穴渐渐成形。当太阳落下的时候，我们还什么都没有发现。光线已经不足了，我们停止了工作。第二天一早又重新开始。

　　到了 11 点，凯拉开始出现烦躁的迹象。我走到她身边。

　　"我们还有一个星期的时间呢。"

　　"我不认为这是一个时间问题，阿德里安，我们有精确的坐标，不管它是不是正确，我们都没有权宜之计。另外，我们的设备不能深挖超过十米。"

　　"我们现在挖多少了？"

　　"已经一半了。"

　　"那么，我们还没什么损失。我敢肯定，我们挖得越深，机会就越多。"

　　"万一我搞错了，"凯拉叹了口气，"我们就全完了。"

　　"我们的汽车掉进黄河的那一天，我也以为我们全完了。"我说着走开了。

　　下午过去了，依然没有丝毫成果。凯拉走到欧石楠树下稍事休息。16 点，已经在洞底狂干了许久的阿尔瓦罗发出一声号叫，惊动了整个营地。片刻后，卡弗里斯也大叫起来。凯拉站起来，然后就像瘫痪似的，一动不动了。

　　我看着她缓缓走向林中空地，阿尔瓦罗的脑袋探了出来，他满面笑容，我从未见过有人那样笑过。凯拉加快了脚步，开始奔跑起来，直到一个小小的声音提醒她不要慌。

　　"我们都说过多少次了，不要在挖掘现场奔跑！"哈里说着赶上了她。

　　他抓住她的手，把她带到洞穴边缘，整个团队都聚在那里了。在洞穴底部，阿尔瓦罗和卡弗里斯找到了一些骨骼。那是人类的骨骼化石，团队发现了一副几乎完整无缺的骨架。

　　凯拉走到她的两名同事身边，然后跪了下来。骨骼在泥土中显现出来，还需要很长时间才能完全把它从周围的泥土和矿石中解放出来。

　　"你给我出了难题，但我还是把你找到了，"凯拉说着，轻柔地抚摸着那只头颅，"得先给你取个名字，然后，你来告诉我们你是谁，尤其是，你有多大年龄了。"

"这东西有些古怪，"阿尔瓦罗说，"我从未见过石化到这种程度的人类骨骼。说明白点，这骨骼相对于它的年龄来说有些过于进化了……"

我凑到凯拉身边，把她拉出人群。

"你相信我许过的诺言会实现，以及这骨骼和我们认为的一样古老吗？"

"我还不知道，这看起来很不可思议，但……只有经过进一步分析，我们才能知道这样的梦想是否成为现实。但是，我向你保证，如果事实的确如此，它将是人类历史上最伟大的发现。"

凯拉回到洞穴里同事们的身边。太阳落山了，挖掘又一次停下来，等待第二天一早重新开始，但这里的每个人都不再关心时日。

我们的辛苦并没有结束，第三天的工作又给了我们一个更大的惊喜。一大早，我就看到凯拉以超乎寻常的细心开始工作。她就像点彩派画家那样，拿着刷子一毫米一毫米地进行，让骨骼摆脱泥土的包裹。突然，她的动作停住了。凯拉非常清楚工具遇到阻力意味着什么。"遇到这种情况，不能用力，"她曾经跟我说过，"而是要绕过这里，好了解它的形状。"而这一次，她没办法确定纤细的刷子碰到的是什么样的东西。

"太奇怪了，"她对我说，"似乎是一个球体，或许是膝盖骨。可这里是胸口的位置，这么推测就更让人惊讶了……"

酷热难耐，汗水不时从她的额头滴落在尘土上，所以，我打算劝她休息一会儿。

阿尔瓦罗刚刚结束了短暂的休息，他提议接替她。凯拉已经筋疲力尽了，她把位置让给他，叮嘱他一定要万分小心。

"来吧，"她对我说，"这里离河不远，我们从灌木丛穿过去，我需要洗个澡。"

奥莫河的河岸上沙子很多，凯拉脱掉衣服，没有等我就跳进了河里；我脱掉衬衫和裤子，赶上她，把她搂进怀里。

"这里的风景非常浪漫，是做爱的理想场所，"她对我说，"不要以为我没有欲望，但如果你继续动手动脚，我们很快就会有访客了。"

"什么访客？"

"饥饿的鳄鱼。快来，不能在这片水域多停留，我只是想冲个凉。我们去上面晾干，然后就去挖掘现场吧。"

我不知道她关于鳄鱼的那番说辞是不是真的，或许那只是她巧妙地编造出来的借口，只为赶快回去工作。现在，对她来说，工作就是一切。当我们回到洞穴旁时，阿尔瓦罗正等着我们，更确切地说，他是在等凯拉。

"我们到底在找什么？"他压低了声音对凯拉说道，以免别人听到，"您现在有概念了吗？"

"你怎么了？你看起来忧心忡忡。"

"因为这个，"阿尔瓦罗回答道，伸手递给她一个像大弹珠或者玛瑙珠的东西。

"这就是我洗澡前扫出的东西？"

"我在离第一节胸椎十厘米的地方发现的。"

凯拉把珠子握在指间，拂去上面的灰尘。

"给我点水。"她惊讶地说。

阿尔瓦罗拔掉水壶的塞子。

"等等，不要在这儿，我们从洞里出去。"

"所有人都会看到的……"阿尔瓦罗悄声说。

凯拉从洞里跳出去，把珠子藏在手心里。阿尔瓦罗跟着她。

"慢慢倒。"她说。

谁都没有注意他们。从远处望去，他们就像是两个一起洗手的同事。

凯拉轻轻地擦着珠子，除去覆在上面的污垢。

"再倒一点。"她对阿尔瓦罗说。

"这玩意儿是干什么用的？"阿尔瓦罗问道，他和凯拉一样迷惑。

"我们下去吧。"

在别人看不到的地方，凯拉把珠子的表面擦拭干净，然后凑近观察。

"它是透明的，"她说，"里面有东西。"

"给我看看！"阿尔瓦罗请求道。

他拿过珠子，把它对着阳光。

"这样就清楚多了，"他说，"好像是树脂。你觉得它会不会是一个吊坠？我完全搞不清了，我从来没有见过这样的东西。该死！凯拉，这骨骼有多少年了？"

凯拉拿回珠子，做出和阿尔瓦罗一样的姿势。

"我想，这个东西或许能带给我们答案。"她笑着对同事说，"你还记得圣真纳罗的避难所吗？"

"请再跟我讲讲吧。"阿尔瓦罗要求。

"圣亚努斯是贝内文托的主教，公元 300 多年，他在戴克里先执政时期的基督教大迫害中于波佐利殉教。有关这位圣人的传说众说纷纭，我给你讲几个细节。真纳罗是被康帕涅行省总督蒂莫特奥判处死刑的，但是，他完好无损地从烈火中走出，连猛狮都拒绝吃他，因而被斩首。刽子手砍掉了他的头和一根手指。按当时的风俗，他的保姆把他的鲜血接了出来，倒满两个圣水壶，为他举行了最后一次弥撒。这位圣人的身体经常被迁移。4 世纪初，当主教的遗骸经过安蒂尼亚诺时，保存圣水壶的保姆把壶靠近他的遗骸。霎时间，里面已经干枯的血液变回了液体。到了 1492 年，这个现象再次发生，那时，他的遗骸正被带往圣真纳罗的一座小教堂。自此，真纳罗鲜血的液体化就成了每年一度的庆典，由那不勒斯大主教主持，那不勒斯人在全世界纪念他。干枯的血液被保存在两只密封的圣油瓶中，展示给成千上万名信徒。血有时变成液体，有时甚至会沸腾。"

"你怎么知道这些的？"我问凯拉。

"当你阅读莎士比亚的时候，我在读大仲马。"

"那么，就像圣真纳罗一样，你们在洞里发现的这颗透明珠子里的也可能是此人的血液？"

"我们看到的珠子里面凝固的红色物质很可能就是血液，这样的话，就将是一个奇迹。我们几乎可以知道此人一生中的一切，他的年龄，他的生理特点。如果我们可以检验他的 DNA，那么，他对我们来说就再也没有秘密了。现在，我们需要把它放在稳妥的地方，找一个专门的实验室研究里面的东西。"

"你打算把这个任务交给谁？"我问道。

凯拉强烈地直视着我，暴露出她的意图。

"我不能把你留在这儿。"没等她开口，我就回答，"没门！"

"阿德里安，我不能托付给埃里克，而如果我离开这儿哪怕一秒，大家也不会原谅我的。"

"你的同事们，你的研究，这骨骼甚至是这珠子又关我什么事！要是你出点什么事，我也不会原谅你的！哪怕是再伟大的科学发现，我也不会一个人离开这儿。"

"阿德里安，求你了！"

"你好好听我说，凯拉，我要很努力才能说出接下来的话，所以我不会再说第二遍。我曾经把生命中的大部分时间用来观察星系，寻找宇宙最初时刻的微小轨迹。我一度认为自己是那个领域里最优秀、最前卫、最一往无前的人，我曾经以为什么都难不倒我，我也以此为傲。但是，当我曾以为自己失去你的时候，我彻夜不眠，仰望星空，可那些星星的名字我一个都记不起来。我才不在乎这骨骼有多少年了，我也不管它能告诉我们什么人类的秘密，如果你不在我身边，管它是一百年还是四亿年，对我来讲都无所谓。"

我几乎忘了阿尔瓦罗还在旁边，他轻咳了几声，一脸尴尬。

"我不想掺和你们的事，"他说，"不过，有了刚才的发现，哪怕是你六个月后再回到这里，要我们跟你去马丘比丘，我也敢打赌，所有人都会追随你的，我就是第一个。"

我感到凯拉犹豫了，她盯着地上的骨骼。

"圣母啊！"阿尔瓦罗大声说，"听了这个男人刚刚说的话，你还愿意在这骨骼旁边度过日日夜夜吗？赶快出发，然后快点回来告诉我这颗树脂球里面装的是什么！"

凯拉把手递给我，我把她从洞穴里拉出来。她向阿尔瓦罗表示感谢。

"走吧，听我的！让诺尔曼把你送到金卡，你可以信任他，他很谨慎。你走了以后，我会把这些告诉其他人。"

我收拾行李的时候，凯拉去找诺尔曼。幸运的是，队伍里的其他人都已经离开营地，去河里冲凉了。我们三人重新穿过灌木丛，走到越野车那里的时候，哈里正交叉双臂等待我们。

"你又要不辞而别吗？"他打量着凯拉说道。

"不，这一次只离开几个星期。我很快就回来了。"

"这一次，我再也不会在金卡等你了，我知道，你不会回来了。"哈里回答。

"我保证我会回来，哈里，我永远不会抛弃你，下一次，我带你一起走。"

"我在你的国家什么都做不了。你忙着寻找死人，你应该知道我的位置就在我的亲生父母去世的地方，这里就是我的土地。你走吧。"

凯拉走到哈里身边。

"你讨厌我了吗？"

"不，我只是伤心，我不想让你看到我伤心的样子，你走吧。"

"我也很伤心，哈里，你要相信我，我已经回来一次了，我还会再回来的。"

"那么，我可能还会去金卡，不过只是偶尔去一次。"

"你不亲我吗？"

"亲嘴巴？"

"不，不是嘴巴，哈里。"凯拉大笑着回答。

"我现在已经长大了，我更愿意和你拥抱。"

凯拉把哈里搂在怀里，亲了亲他的额头，然后他头也不回地朝森林的方向跑去了。

"顺利的话，"诺尔曼说，"我们会赶在邮政航班起飞前到达，你们可以乘它走，我认识航班的机长。然后，你们需要准时在亚的斯亚贝巴降落，换乘飞往巴黎的航班，不然就得坐飞往法兰克福的航班，那是最后一班飞机，你们肯定能赶上。"

上路后，我转过头看着凯拉，一个问题在我脑子里盘桓好久了。

"如果当时阿尔瓦罗没有为我说话，你会怎么做？"

"你为什么这么问？"

"因为，当我看到你的目光在我和骨骼之间徘徊时，我在想，你更喜欢我们中的哪一个？"

"我就在车上，这应该可以回答你的问题了。"

"嗯。"我咕哝了一声，转过头看着路面。

"'嗯'是什么意思……你不相信？"

"不，不是。"

"如果阿尔瓦罗没有跟我说那番话，我或许会待在骄傲的阶梯上下不来，并且留下来，但十分钟后我就会请求别人开另外一辆越野车带我来追你。现在你满意了？"

巴黎

我们拼命地奔跑，终于赶上飞往巴黎的航班。当我们到达法国航空公司的柜台时，几乎要停止办理登机了。幸运的是，飞机上还有十来个空位，于是一名热情的空姐同意让我们穿过排队的人群，走安全通道登机。飞机离开航站楼前，我成功地拨出两通电话，一个打给沃尔特，把他在半夜叫醒，另一个打给伊沃里，他还没有睡。我首先通知他们我们要回欧洲了，然后问了他们同一个问题：哪里能找到最尖端、能做最复杂的DNA 测试的实验室？

伊沃里请我们一下飞机就去他家。早晨 6 点，我们打车从戴高乐机场来到圣路易岛。伊沃里为我们打开门，他还穿着睡袍。

"我不知道你们几点到，"他告诉我们，"我几乎没有睡着。"

他回到厨房为我们准备咖啡，并请我们在客厅等待。他回来时，双手端着托盘，然后在我们面前的扶手椅上坐下来。

"那么，你们在非洲发现了什么？我没有睡觉可是因为你们，接到电话后，我简直没办法合上眼睛。"

凯拉从衣兜里掏出珠子，拿给他看。伊沃里把他的眼镜调整了一下，然后仔仔细细地观察起来。

"是琥珀？"

"我还不能确定，但里面的红色斑点可能是血液。"

"太好了！你们是在哪里找到的？"

"就在碎块指引的地点。"我回答。

"在我们挖掘出的骨骼的胸口。"凯拉接着说。

"这真是个了不起的发现！"伊沃里惊呼。

他走到写字台边，拉开一只抽屉，从里面拿出一张纸。

"这是我翻译的吉兹语文献的最终版本，读读看。"

伊沃里拿着那张纸在我面前挥舞，我拿过来，开始大声朗读：

我把记忆之盘分开，托付给每个部落的首领相应的部分。在布满星星的三角盘下，隐藏的是无限的阴影。愿无人知晓其界限，一人的永夜，守卫住一切的源头。愿无人将其唤醒，在虚拟的时间重聚之际，将是空间的终结之时。

"我想，从现在开始，这个谜团已经迎刃而解了，不是吗？"老教授说道，"在自由大学，多亏阿德里安想出的办法，我们让记忆之盘说话，给我们指引坟墓的方向。4 000 年前，可能有人发现了这个界限，他明白它何等重要，于是把它分开，由不同的使者分头带往世界各地。"

"为了什么？"我问道，"为什么要走这趟旅程？"

"当然是为了不让人发现你们找到的那具尸体，他们发现记忆之盘的尸体。一人的永夜，守卫住一切的源头。"伊沃里皱着眉说道。

老教授的脸色苍白，他的额头上布满了细密的汗珠。

"不舒服吗？"凯拉问道。

"我把一辈子的时间都花在了这上面，你们终于把它找到了。我很好，我一生中从来没有这么好过。"他说着，嘴角现出一个苦涩的微笑。

老教授还是捂住胸口，坐回到椅子上，脸色惨白。

"没什么，"他说，"累着了。那么，他怎么样？"

"谁？"我问道。

"那骨骼呀，该死的！"

"完全石化，惊人得完好无损。"凯拉回答道，她很为伊沃里担心。

老教授呻吟了一声，然后蜷成一团。

"我去叫救护车。"凯拉说。

"不要叫任何人，"老教授命令道，"我说了，一会儿就好了。听我说，我们时间不多了。你们要找的实验室就在伦敦，地址我写在门口的便笺上了。要加倍小心，如果他们知道你们找到了什么，就没有什么能让他们退缩的了。我很抱歉把你们置于危险中，但现在已经太迟了。"

"那些人都是谁？"我问道。

"我没时间跟你们解释了，时间紧急。在我写字台的小抽屉里还有一份文稿，你们拿走吧。"

伊沃里摔倒在地毯上。

凯拉抓过矮桌上电话的听筒，拨急救电话，但是伊沃里把电话线拽了出来。

"走吧，求你们了！"

凯拉在他身边蹲下，拿过一个靠垫放在他头下。

"我们不能就这样把您丢下，您听到了吗？"

"我真欣赏您，您比我还倔。你们只要把门开着就好了，走后再叫救护车。老天，真是难受。"他说着抱紧胸口，"请你们一定要继续我不能继续的事业，直到终点。"

"什么终点，伊沃里？"

"亲爱的，您已经有了最了不起的发现，您的同行会嫉妒得发狂。您已经找到了'史前第一人'，您是我们中的第一人，而这颗血珠就是证据。如果我没有弄错的话，您会发现，让您惊讶的还在后面呢。我写字台里的第二篇文章，阿德里安已经知道了，不要忘了它，你们俩最后会明白的。"

伊沃里昏迷了过去。凯拉并没有听从他的要求，当我在写字台里翻找时，她用我的手机叫了救护车。

走出大楼的时候，我们都深感后悔。

"我们不应该把他独自留在那儿。"

"是他把我们赶出来的……"

"那是为了保护我们。来吧，我们上去看看。"

汽笛声从远处传来，声音一秒秒地临近。

"我们就听他这一次吧，"我对凯拉说，"不要拖延了。"

一辆出租车朝奥尔良码头驶来，我叫住它，请司机带我们去火车北站。凯拉惊讶地看着我，我冲她挥了挥从伊沃里家门口的便笺上撕下的那张纸。上面挥笔写下的地址在伦敦：英国基因研究协会，Hammersmith Grove 大街 10 号。

伦敦

我提前告诉沃尔特我们何时到达。他来圣潘克拉斯火车站接我们。他背着双手，在电梯口等我们。

"您似乎情绪不好？"我看着他说道。

"你们不知道？我都没睡好，得好好想想这该怪谁！"

"很抱歉把您叫醒了。"

"你们俩气色也不好。"他审视着我们说道。

"我们在飞机上过了一夜，这几个星期也尤其不便休息。好了，我们走吧？"凯拉问道。

"我找到了你们询问的地址，"沃尔特边说边带我们去排队打车，"至少，我也算是没白熬夜，我希望努力不会白费。"

"您的汽车卖了？"坐上一辆黑色出租车后，我问沃尔特。

"我和某人可不一样，他的名字我就不说了，"他回答，"我听从朋友们的建议。我把车卖了，还给你们准备了一个惊喜，不过回头再看吧。Hammersmith Grove 大街 10 号，"他对司机说，"我们去英国基因研究协会。"

我决定把伊沃里的字条藏在口袋深处，不跟沃尔特提起……

"那么，"他问道，"我能知道我们要去那儿做什么吗？难道是亲子鉴定？"

凯拉拿出珠子给他看了看，沃尔特紧紧地盯着它。

"真漂亮，"他说，"中间的红色是什么东西？"

"血液。"凯拉回答。

"哟！"

沃尔特已经成功地为我们约到了普安卡诺博士，他是古基因室的负责人。"皇家科学院的大门开得好好的，你们为什么不去那儿呢？"他语带嘲弄地对我们说。

"我自作主张告诉了他们你们各自的专业。放心，我并没有说出你们工作的性质。但为了尽快约到他，我透露了一下你们从埃塞俄比亚带回了一些了不起的东西需要研究。我也说不了更多，因为阿德里安丝毫没有多说！"

"当时飞机门都已经关上了，我没多少时间，况且，我感觉把您吵醒了……"

沃尔特狠狠地看了我一眼，目光几乎喷出火来。

"您是打算告诉我你们在非洲发现了什么，还是想让我至死都蒙在鼓里？看在我为你们做的这一切的分儿上，我还是有知情权的吧？我可不仅仅是跑腿的、司机、送信的……"

"我们发现了一副不可思议的骨骼。"凯拉亲切地拍着他的膝盖说道。

"这就是让你们俩变成这样的原因吗？一副骨骼？上辈子你们大概是狗吧。另外，阿德里安，您长得就有点像西班牙猎犬。发现了没，凯拉？"

"照您这么说，我也像长毛猎犬了？"凯拉拿报纸指着他问道。

"我可没这么说！"

出租车在英国基因研究协会门前停下来。这是一座现代风格的建筑，装饰得相当奢华。长长的走廊两边皆是设备完备的实验室，吸管、旋转机、电子显微镜、冷藏室……应有尽有。而围着这些先进的设备转的，是密密麻麻的研究人员，他们身着红色的制服，在令人难以置信的安静中工作。普安卡诺带我们参观了这个地方，跟我们讲解了一下实验室的运作机制。

"我们的工作成果被用于各种科学用途。亚里士多德说过，能自我供养、有信仰并能消亡者皆为生命；而我们可以说，所有那些内部装着程序的，比如某种软件，皆为生命。一种机制应该能够自行发展，避免混乱和无序，而为了建立起某种和谐的东西，就需要一个计划。生命的计划藏在哪里？就在 DNA 里。打开任何一个细胞核，都能找到基因的螺旋，它以编码的形式携带了所有基因信息。DNA 为遗传提供了依据。我们在全世界对各个民族进行了广泛的细胞提取，结果通过分析人类的大迁徙以及人类的年龄，我们发现了意想不到的血缘关系。我们对数千个人的 DNA 进行分析后，破解了迁徙中的人类的演变进程。DNA 一代接着一代传递着信息，程序进化，也让人类进化。我们都出自同一个祖先，不是吗？追溯到他那里，也就等于发现了生命的源头。我们在因纽特人和西伯利亚北部的居民之间发现了遗传关系。因此我们告诉这两组人，他们的先祖是从哪里出发的……另外，我们也研究昆虫和蔬菜的基因。最近，我们从一株有两千万年历史的玉兰叶子中获取了有益的信息。如今，我们学会了从几乎不存在基因程序的地方提取基因信息。"

凯拉从衣兜里掏出珠子，递给普安卡诺。

"这是琥珀？"他问道。

"我不这么认为，更像是人工树脂。"

"人工？怎么说？"

"说来话长，您能研究一下里面的东西是什么吗？"

"除非我们能穿透外面包裹的这一层东西。跟我来！"普安卡诺说，他盯着珠子，越来越好奇。

实验室沐浴在红色的昏暗光线中。普安卡诺打开灯，霓虹灯开始在天花板上噼啪作响。他坐在小凳子上，用一把细小的钳子夹住珠子，然后拿起一把手术刀，试图划开表面。毫无结果。于是，他把手术刀丢开，换了一个金刚钻头，但依然没有划开珠子。博士换了实验室和方法，这一次使用了激光，但结果依然不尽如人意。

"好吧，"他说，"得加大力度了，跟我来！"

我们走进一个隔间，博士让我们穿上奇怪的连体服。我们从头到脚全副武装，眼镜、手套、帽子，无一遗漏。

"我们这是要给人做手术吗？"我问道，面罩贴着嘴巴。

"不，不过，我们要避免让哪怕微不足道的外来基因污染提取物，比如你们的基因。我们要去无菌室。"

普安卡诺在一只密封桶前的小凳子上坐下来。他把珠子放进第一个隔间，然后盖上盖子。然后，他把双手伸进两只橡胶皮套，等珠子被清理干净，从里面把它挪到第二个隔间。他把珠子放在一个基座上，然后扭动一个阀门。一种透明的液体注满了隔间。

"这是什么？"我问道。

"液体氮。"凯拉回答。

"零下195.79摄氏度，"普安卡诺补充道，"低温的液体氮能阻止酶发挥作用，以免它损害DNA、RNA或我们希望提取的蛋白质。我戴的手套有特殊的隔热层，可避免冻伤。珠子的外层应该很快就裂开。"

事实并非如此，唉！可是普安卡诺的好奇心被大大激起，他并没有准备放弃。

"我用氦3把温度快速降低。如果它能抵挡住这样的温差，我就只好放弃了，我没有别的办法了。"

普安卡诺拧开一个小小的水龙头，表面看来，什么都没有发生。

"这种气体肉眼看不见，"他告诉我们，"我们再等几秒。"

沃尔特、凯拉和我都全神贯注地盯着桶身的玻璃，屏住了呼吸。在做了这么多尝试后，我们无法接受自己对这么小的容器的外壳束手无策。但是，突然，透明的壁板微微震动了一下，珠子上出现一道裂痕。普安卡诺把眼睛贴在电子显微镜的目镜环上，然后拿起一根细细的针。

"我取到样了！"他回过头冲我们大喊，"我们可以着手分析了，这需要几个小时，一有结果我就给你们打电话。"

我们脱掉连体衣，从无菌室走了出来，留下他自己在实验室里。

我提议凯拉回家休息一会儿。她提起伊沃里的警告，然后问我这样做是否谨慎。沃尔特愿意让我们住在他那里，但是我想要洗个澡，换身干净的衣服。我们在人行道上分手，沃尔特坐地铁去科学院，凯拉和我爬进出租车，朝克雷斯韦尔的方向驶去。

家里已经落了一层厚厚的灰尘，冰箱里空空如也，卧室里的床单还是我们离开时的样子。我们都累坏了，在努力做了一番整理后，我们相拥而眠。

我们是被手机铃声吵醒的，我摸索了一番才接起电话，沃尔特听起来兴奋异常。

"你们到底在搞什么？"

"您要知道，我们在休息呢，是您把我们吵醒了。我们扯平了。"

"您知道现在是什么时间了吗？我已经在实验室等你们 45 分钟了，我可不是没给您打电话啊。"

"我应该是没听到电话响。有什么事那么着急？"

"普安卡诺博士打电话到科学院，让我迅速来实验室，但你们不在场，他拒绝告诉我他的发现。所以，你们快点穿好衣服，和我会合。"

沃尔特啪地挂断了电话。我叫醒凯拉，告诉她实验室那边在热切地盼着我们过去。她一下子跳进牛仔裤，套上毛衣，当我还在关窗户的时候，她已经在外面等我了。我们到达 Hammersmith Grove 大街的时候，已经将近晚上 7 点了。普安卡诺正在实验室空无一人的大厅里来回踱步。

"你们可真够慢的，"他小声嘟哝着，"来我办公室吧，我们需要谈一谈。"

他让我们面对一面白墙坐下，拉上窗帘，关上灯，打开投影仪。

他播放的第一张投影就像一群粘在网上的蜘蛛。

"我看到的是最荒诞不经的样本，所以我需要知道这到底是诈骗，还是恶作剧。今天上午，我是冲着皇家科学院的推荐和你们各自的身份才接待你们的，但这已经过界了，我不会拿我的名誉开玩笑，给两个浪费我时间的骗子开什么证明。"

凯拉和我丝毫不明白普安卡诺的情绪为什么这么激动。

"您发现了什么？"凯拉问道。

"在我回答前，你们先告诉我，你们是在哪里、在什么情况下找到这颗树脂珠子的。"

"在奥莫山谷北边挖出的一副骨骼上。那副人类的骨骼已经石化了，珠子就在胸骨的位置。"

"不可能，您撒谎！"

"您听我说，博士，我跟您一样，也没有时间浪费，如果您认为我们是骗子，那就随您！阿德里安是一名天体物理学家，他的名誉并不是拿来说说的，而我也有一些值得一提的优点，所以您能告诉我们，您在指责我们什么吗？"

"小姐，把您的文凭挂满我的墙壁也改变不了什么。你们在这幅图上看到了什么？"他说着，放出第二张投影。

"线粒体和基因螺旋。"

"对，的确是这些。"

"在您看来，这有问题吗？"我问道。

"20 年前，我们成功地提取并分析了一只保存在琥珀里的象虫的 DNA。那只昆虫来自黎巴嫩，是在杰津发现的，被粘在树脂里。树脂后来石化，把它完整地保存了下来。那只昆虫有一亿三千万年的历史了。你们绝对能想象我们从那次发现中了解到了什么，迄今为止，那依然是复杂的有机生命体最古老的证明。"

"我真为您感到高兴，"我说，"但这和我们有什么关系？"

"阿德里安说得对，"沃尔特也插话了，"我还是没有明白问题出在哪里。"

"先生们，问题在于，"普安卡诺干巴巴地说道，"你们请我研究的

DNA 比它还要古老三倍，总之，分光镜就是这样显示的。它甚至有四亿年的历史！"

"可这是一个了不起的发现。"我满怀热情地说道。

"下午伊始的时候，我们也是这样认为的，虽然有些同事表示怀疑。你们在第三幅图片上看到的线粒体太过完美，引起了一些怀疑。但我们要承认的是，这种特殊的树脂，虽然我们还不能确定它是什么材料的，它在如此漫长的时间里提供了完美的保护，这让我更加疑惑。现在，请看这幅图片，这是对上一幅显微镜图片放大后的效果。请你们靠墙壁近一点，我无论如何都不愿错过这景观。"

凯拉、沃尔特和我，我们依照普安卡诺的要求靠在一起。

"现在，你们看到了什么？"

"这是 X 染色体，'史前第一人'是女人！"凯拉宣布道，她彻底凌乱了。

"是的，很显然，你们发现的骨骼是女人的骨骼，并不是男人的骨骼，但我并不为此而生气，我并不鄙视女人。"

"我还是不明白，"凯拉小声对我说，"这太了不起了，你意识到了吗？夏娃是在亚当之前诞生的。"她笑着说。

"男人的自命不凡要遭受迎头痛击了。"我补充道。

"你们完全有理由开玩笑，"普安卡诺接着说，"还有更可笑的呢！你们再凑近一些，然后告诉我你们注意到了什么。"

"我不想玩猜谜的游戏，博士，这项发现具有颠覆意义，对我来说，它是十多年工作和牺牲的终点，所以，告诉我们您为什么恼火，这能节省我们所有人的时间，我想您的时间同样宝贵。"

"小姐，如果人类的进化能够接受倒退的原则，您的发现会是非常了不起的。但是，您和我一样清楚，自然的规律是希望我们进步……而不是倒退。而我们在这里看到的染色体比你们和我的都要完善得多！"

"比我的还要完善？"沃尔特问道。

"比如今世上所有活着的人都要完善。"

"啊！您是怎么得出这个结论的？"沃尔特追问。

"这里的一小部分，我们称之为等位基因，它存在于同源染色体里每一个成员中。从遗传学来看，它们被改变了，但我怀疑在四亿年前是否有条件这么做。除非你们现在告诉我这出闹剧你们是怎么做到的，不然我更愿意现在就给科学院管理委员会打电话。"

凯拉惊呆了，她一下子跌坐在椅子上。

"改变这些染色体的目的是什么呢？"我问道。

"操控基因不是今天的主题，但我还是回答一下你的问题。一般来说，我们这样改变染色体，是为了预防一些遗传病或某种癌症，或者为了引起基因突变，让我们能够面对一些比我们更完善的生命。从某种意义上来说，改变基因是为了纠正生命的计算方式，修补某些失调状态，其中包括我们引起的失调。总之，医学考量是无止境的，但这并非我们今晚所担忧的。你们在奥莫山谷发现的这个女人不可能既属于遥远的过去，又能在基因中保留未来的痕迹。现在告诉我，为什么要做这等欺骗之事？你们二人太想得诺贝尔奖了吧，以为我就这么粗浅吗？"

"这里没有丝毫的欺骗，"凯拉反驳道，"我理解您怀疑的心情，但我们丝毫没有伪造，我发誓。给您分析的这颗珠子是前天才从土里挖掘出来的，相信我，骨骼的石化状态也是伪造不了的。如果您知道为了找到这副骨骼我们付出了什么样的代价，您就一秒都不会怀疑我们有多么真诚。"

"如果我相信您，您知道这项发现会带来什么后果吗？"博士询问。

普安卡诺换了语气，似乎突然愿意听我们解释了。他在办公桌后面坐直了身体。

"这意味着，"凯拉说，"夏娃是在亚当之前诞生的，人类的妈妈比我们认为的古老得多。"

"不，小姐，远不止这些。如果我分析的这些线粒体真的有四亿年的历史，那么，这就预先假设了许多其他的东西，和您这位天体物理学家同伙说给您听的并不一样。我猜想，来这里之前，你们已经完美地排练好了这一切。"

"我们丝毫没有做这样的事情，"我起身说道，"您到底在说什么？"

"得了，我可没有你们以为的那么无知。有时候，我们各自研究的领域会有重合，你们也非常清楚。许多科学家都一致认为，地球生命是一场陨石大爆炸的结果，是这样吗，天体物理学家先生？而自从有人在彗星尾巴里发现了甘氨酸，这个理论就进一步得到了加强，您不会不知道吧？"

"有人在彗星尾巴里发现了植物？"沃尔特惊愕地问道。

"不，不是你说的紫藤，沃尔特，甘氨酸是最简单的氨基酸，它是生命出现的最基本的分子。当维尔特二号彗星在离地球三亿九千万公里远的位置飞过时，星尘号探测卫星从它的尾部提取了样本。保证器官完整的蛋白质、有机生命体的细胞和酶组成了一系列氨基酸。"

"让天体物理学家们备感幸福的是，这个发现恰恰佐证了地球生命源自太空的观点，他们认为，在太空中，生命更加普遍，远远超出我们的认知。我这么说并没有夸大吧？"普安卡诺打断我的话，"但从这个理论出发，使用手段改变基因，试图让我们相信地球上曾经遍布和我们一样复杂的生命，这就太疯狂了。"

"您在暗示什么？"凯拉问道。

"我已经跟您说过，您所谓的夏娃不可能既属于过去，同时又携带变异的细胞，除非您是想借此让我们相信，'史前第一人'——还是一个女人，是从另外一个星球来到奥莫山谷的！"

"你们说的这些和我并不相干，我并不想掺和进去，"沃尔特说道，"但如果有人告诉我曾祖母，我们可以乘坐一只 560 吨重的罐头盒子，飞上一万米高空，用几个小时就可以从伦敦飞到新加坡，她会马上向村里的医生告发你，那么在最短的时间里，你就会被关进疯人院！我想说的并不是超音速飞机，也不是登月，更不是在离地球三亿九千万公里远的地方发现彗星尾巴里有氨基酸的那场探测！为什么我们当中学识最渊博的人如此缺乏想象力呢？"

沃尔特发火了，他在房间里来回走动，没有谁敢在此刻打断他。他突然停下来，愤怒地伸出一根手指指着普安卡诺。

"你们这些科学家，整日都在愚弄自己。如果犯下错误的不是你们自己，你们就不停地审视同人的错误。别反驳，我殚精竭虑地平衡预算，好让你们拥有必要的资金重新发明一套。然而，每当出现一个创新观点，老一套就出现了：不可能，不可能，这不可能！这简直令人难以置信！就因为在 100 年前改变染色体是不可想象的？放在 20 世纪初，会有人给予你们的研究丝毫的信任吗？起码我的管理人员不会……老实讲，你们只会被当作异端。遗传基因学博士先生，我认识阿德里安已经许久了，我禁止您，您听清楚了吗，我禁止您对他有丝毫的怀疑。坐在您面前的这个人太过诚实……有时接近愚蠢！"

普安卡诺轮流看着我们。

"您做这个工作真是可惜了，科学院行政管理先生，您应该去做律师！很好，我不会去跟管理委员会说什么，我们将继续对这个血样进行研究。我将核实我们的发现，但仅限于此。我将会在报告中提到我们说到的异常及不和谐现象，但我会克制自己，不对此提出任何假设，不依据任何理论。随便你们发表哪一部分，但全部责任在你们。如果我在你们的成果报告中看到哪怕一行对我的指责或者是拿我做证人，我会立刻把你们告上法庭，清楚了吗？"

"我并没有对您提过这种要求，"凯拉回答，"如果您同意证明细胞的年龄，以科学的名誉证实它们已有四亿年的历史，这就已经是巨大的贡献了。您放心吧，为时尚早，我们还没有想过要发表什么，要知道，我们和您一样，对于您告知的一切还没有缓过神来，我们还无法得出结论。"

普安卡诺送我们走到实验室门口，然后保证几天后再联系我们。

那天晚上，伦敦上空飘着雨，沃尔特、凯拉和我，我们一起走上Hammersmith Grove大街泥泞的人行道。天又黑又冷，一天下来，我们都筋疲力尽了。沃尔特提议去旁边的一家酒吧吃晚饭，我们很难留下他独自一人。

我们在落地窗边的一张桌旁坐下，对于我们在埃塞俄比亚的旅行，沃尔特接连发问，凯拉细致入微地为他讲述了一切。沃尔特听得入了迷，当凯拉讲到如何发现那副骨骼时，他一下子跳了起来。面对这么给力的听众，她也毫不惜力，有好几次，沃尔特甚至激动得浑身发抖。在沃尔特身上有非常孩子气的一面，那正是凯拉所欣赏的。看着他们俩笑个不停，我暂时忘却了这几个月以来经历的所有不快。

我问沃尔特，在普安卡诺那里，他说的那句话是什么意思，如果我没记错的话，他是这么说的："坐在您面前的这个人太过诚实……有时接近愚蠢！"

"意思是，今晚你付账！"他说着，又点了一份巧克力慕斯，"别计较嘛，说真的，这只是一种修辞。"

我请求凯拉把她的吊坠交给我，然后把另外两块从衣兜里掏出来，递给沃尔特。

"为什么要给我这些？这是你们的。"他窘迫地说。

"因为我是一个诚实得有时候犯傻的人，"我回答，"如果我们的研究被证实是伟大的发现，对我来说，它将以我隶属的科学院的名义发表，而我希望你也是其中一员。可能它最终会帮你修复办公室上方的屋顶。现在，你需要把它们妥善保存。"

沃尔特把它们收进口袋，从他的眼神里，我看得出他很激动。

这场不可思议的冒险为我带来了一份我坚信不疑的爱和一份真正的友谊。我的大半生都在世界的偏远角落度过，观察宇宙，寻找遥远的星球，而现在，我在 Hammersmith Grove 古老的酒吧里，倾听我心爱的女人和我最好的朋友聊天，一片欢声笑语。那天晚上，我意识到，身边的这两个人改变了我的生命。

我们每个人身上都有鲁滨孙的影子，我们都有一个新世界要发现，都有一个星期五要遇见。

酒吧打烊了，我们是最后的客人。一辆出租车经过这里，我们把它让给沃尔特，凯拉想走一走。

招牌在我们身后熄灭了。Hammersmith Grove 寂静无声，在这条死胡同里连猫都不见踪影。车站离这里还有几条街，我们在附近肯定能找到一辆出租车。

一辆卡车的马达声穿透了寂静，它正从停靠的地方驶出来。经过我们身边时，车门突然打开，跳出四个蒙面人。凯拉和我都没来得及弄明白发生了什么事，就有人猛地抓住我们。凯拉叫了一声。但为时已晚，我们被丢进车厢，然后卡车迅速发动了。

我们挣扎着，但是白费力气——我成功地推倒了一个袭击者，凯拉几乎要把推她翻倒在地上的人的眼睛抠出来。我们被绑了起来，嘴巴也被塞住。有人蒙上我们的眼睛，然后给我们吸了一种催眠气体。这是我们俩对那一晚最后的记忆，而那个夜晚本有个良好的开端。

无名之地

　　意识恢复的时候，我看到凯拉正俯身看着我。她的笑容很苍白。

　　"这是哪里？"我问她。

　　"我一点都不知道。"她回答。

　　我环顾四周，四面都是水泥墙，除了一扇屏蔽门外，没有任何出口。天花板上的日光灯散发出惨白的光线。

　　"怎么了？"凯拉询问。

　　"我们没有遵从伊沃里的嘱咐。"

　　"我们应该睡了好长时间。"

　　"你怎么知道的？"

　　"你的胡子长出来了，阿德里安。我们和沃尔特一起吃饭的时候，你连胡楂都没有。"

　　"你说得对，我们应该在这儿待了许久，我又饿又渴。"

　　"我也是，我都快渴死了。"凯拉回答。

　　她站起身，去捶打那扇门。

　　"至少给我们拿点喝的呀！"她喊道。

　　我们没有听到任何声音。

　　"别耗费体力了。在合适的时候他们会出现的。"

　　"或者永远不会出现！"

"别瞎说了，他们不会让我们在这间囚室渴死饿死的。"

"我不是故意要让你担心，但是在我的印象中，跨西伯利亚列车上射出的子弹可不是塑料的。可是，谁会恨我们到这种地步？"她哀叹着，席地坐了下来。

"这是因为你找到的东西，凯拉。"

"那不过是一副骨骼，它再古老，也不能成为这么猛烈的攻击的理由吧？"

"那可不是随便什么骨骼。我感觉，你没有完全理解普安卡诺不安的原因。"

"那个蠢货还指控我们篡改了给他研究的那份基因。"

"我在想，你还没有完全明白你的发现波及的范围。"

"这不是我一个人的发现，而是我们的发现。"

"普安卡诺试图向你解释，血液分析让他陷入怎样的两难境地。所有有生命的有机体都有细胞，最简单的那些只有一个细胞，而人类拥有的细胞有一百多亿个，所有这些细胞都是由两种基本物质构成的——核酸和核蛋白。这些生命物质是碳、氮、氢、氧这几种元素在水里发生化学反应的结果。对于生命的起源，这一点已经确定，但是，这一切是从哪里开始的？在这个问题上，科学家们假设了两种可能。其一是生命是在一系列的复杂反应之后在地球上出现的；其二是一些来自太空的物质开启了地球生命的进程。所有生命都不断进化，而不是倒退。如果你的埃塞俄比亚'夏娃'的DNA中包含被改变的等位基因，这就等于说她的身体比我们的更加先进，但这又是不可能的，除非……"

"除非什么？"

"除非你的'夏娃'不是在地球上出生的……虽然她是在地球上去世的。"

"这太不可思议了！"

"如果沃尔特在这儿，你会让他火冒三丈的。"

"阿德里安，我可没有花十年的时间寻找链条中缺失的一环，好跟我的同行们解释'史前第一人'来自另一个世界。"

"就在我跟你说话的这个时刻，有六名宇航员被关在莫斯科附近的某个实验舱里，为火星之旅做准备。我可没有瞎编。地面上看不到火箭，它目前还只是欧洲空间局和俄罗斯科学院生物医学问题研究所共同组织的一个实验，目的是检验人类在太空中长途旅行的能力。这项计划被命名为'火星500'，预计40年后结束。但是，在人类的历史中，40年的时间又算什么？2050年，将有六名宇航员出发前往火星，就像不到几十年前第一个地球人踏上月球一样。现在来想象一下接下来的剧本：如果有人在火星上去世了，你觉得其他人会怎么做？"

"他们会把他当点心吃了！"

"凯拉，严肃两秒好不好！"

"抱歉，待在这间囚室里让我很紧张。"

"这就更需要我为你换换脑子了。"

"我不知道其他人会怎么做。我想，他们会把他埋了。"

"完全正确！我不认为他们回来的时候会愿意带一具日益分解的尸体。所以，他们会把他埋了。但是，在火星的尘土下面，他们发现了冰层，就像曼普普纳高原上那些苏美尔人的坟墓。"

"不太一样，"凯拉纠正道，"他们是被埋在那里的，但是在西伯利亚，那样的冰墓有很多。"

"那么，就像在西伯利亚一样……抱着还会有队伍来的希望，我们的宇航员埋葬了同伴的尸体，并留下一个标志和一份血样。"

"为什么？"

"因为两方面的原因：一是确定墓地的位置，因为暴风雪会改变景观；二是以可靠的方式确定安息在那里的人的身份……就像我们做过的那样。队伍再次出发了，就像第一批踏上月球的人一样。从科学的角度来说，这和我刚刚说的没有什么不同，我们用了一个世纪的时间，只学会了比以往走得更远。但是，在阿代尔的第一次飞行（虽然只飞了几米高）和阿姆斯特朗第一次踏上月球之间，只有 80 年的时间。技术的进步，从这微不足道的飞行，发展到让一枚几吨重的火箭脱离地心引力，这其中所需的认知是难以想象的。那么，继续刚才的话题，队员们回到了地球，而他们的同伴安息在火星的冰层下面。宇宙可不管这些，它继续膨胀，太阳系的行星们依然围绕太阳旋转，太阳给它们提供热量，不断地提供热量。在几百万年后，火星重新变暖，它的地下冰层开始融化，这在宇宙的历史中并不多见。那么，宇航员冰冻的尸体也将开始分解。人们常说，几粒种子就足以孕育一片森林。假设，当我们的星球结束冰河世纪，重启孕育生命的进程时，你的埃塞俄比亚'夏娃'的 DNA 样本溶入水中，她的每个细胞所蕴含的程序都足以孕育生命，只需要几亿年的时间，生命就可以进化到和其源头的'夏娃'一样复杂……'一人的永夜，守卫住一切的源头。'有人比我们更早地明白了我说的这些……"

　　上方的日光灯熄灭了。

　　我们陷入一片漆黑。

　　我抓过凯拉的手。

　　"我在这儿呢，别怕，我们在一起。"

　　"你相信你刚刚讲给我的这些吗，阿德里安？"

　　"我不知道，凯拉，如果你问我这种情况是否可能，我的答案是肯定的。如果你问我，我们能否相信这种情况就是事实？鉴于我们找到的那些证据，我的答案会是：为什么不呢？就跟所有调查或所有研究计划一样，我们要从一个假设开始。自古以来，有重大发现的人都是懂得谦虚地换一种眼光看问题的人。上中学的时候，我们的科学课老师告诉我们：要想有所发现，就要跳出自己的体系。站在内部，我们不会看到什么大不了的东西，也就是说，丝毫看不到外部发生了什么。如果我们是自由的，并且以我们手头的证据为依据发表了这样的结论，我们将会激起各种不同的反应，有人感兴趣，有人怀疑，这还不算同行们因为嫉妒而大叫这是异端邪说。然而，有那么多人拥有信仰，凯拉，那么多人相信上帝的存在，他们却没有任何证据能证明上帝真的存在。根据碎块告诉我们的一切，在 Dipa 找到的骨骼以及 DNA 分析给我们揭示的不可思议的真相，我们有权对地球如何出现生命提出各种问题。"

"阿德里安，我渴了。"

"我也是。"

"你认为他们会这样弄死我们吗？"

"我也不知道，时间已经很久了。"

"听说渴死很可怕，到某个时间点后，舌头会开始肿胀，造成窒息。"

"不要想这些了。"

"你后悔吗？"

"被关到这里？是的，我很后悔，但我丝毫不后悔我们一起度过的每个时刻。"

"我总算是找到她了，人类的'大祖母'。"凯拉叹息道。

"你甚至可以说，你找到了人类的曾曾曾祖母。我还没来得及恭喜你呢。"

"我爱你，阿德里安。"

我紧紧地把凯拉拥在怀里，在黑暗中寻找她的双唇，然后吻了她。时间一小时一小时地过去了，我们的力气即将耗尽。

"沃尔特该担心了。"

"他已经习惯我们消失了。"

"我们从来没有不告诉他就离开。"

"这一次，他或许会为我们的命运担心。"

"并非只有他一个人。我们的研究没有白费力气，我知道，"凯拉轻声说道，"普安卡诺会继续研究那份 DNA，我的团队也会把'夏娃'的骨骼带回来。"

"你真的想这么称呼她吗？"

"不，我本想叫她'让娜'。沃尔特把碎块放在了稳妥的地方，自由大学的团队将会研究那份录像资料。伊沃里开辟了道路，我们一直在追随他，没有我们，其他人也会继续的。不论早晚，他们会一起完成拼图。"

凯拉不说话了。

"怎么不说话了？"

"我好累，阿德里安。"

"不要睡，坚持一会儿。"

"有什么用呢？"

她说得没错，在睡梦中死去要舒服得多。

日光灯再次亮起来，我不知道我们失去意识后又过了多长时间。我的双眼很难适应光线。

在门前放着两瓶水、一些巧克力和饼干。

我摇摇凯拉，为她沾湿双唇，然后摇着她，求她睁开眼睛。

"你准备了早餐？"她小声说道。

"差不多是这样吧，别喝得太猛了。"

凯拉解了渴，立刻扑向巧克力，之后我们一起把饼干吃完了。我们终于恢复了一些力气，凯拉脸上也有了血色。

"你觉得他们是改变主意了吗？"她问我。

"我和你一样，一点也不知道，等等看吧。"

门打开了。首先进来两个头戴风帽、只露出两只眼睛的男人。然后是第三个人，他没有戴帽子，身穿一套剪裁得体的粗花呢西装，来到我们面前。

"站起来，跟我们走。"他说。

我们走出囚室，踏进一条长长的走廊。

"那儿，"男人说，"是工作人员的浴室，你们去洗洗，你们也确实该洗洗了。等你们准备好，我的人会带你们到我的办公室。"

"我能知道我们有幸跟谁打交道吗？"我问道。

"你可真狂妄，我喜欢。"男人回答，"我叫爱德华·阿什顿。待会儿见。"

我们收拾得几乎可以见人了。阿什顿的手下护送我们穿过一座奢华的英式乡村庄园。我们被囚禁的地方是一栋建筑的地下室，旁边就是一间巨大的暖房。我们走过精心养护的花园，爬上台阶，有人带我们走进了一间巨大的墙上镶着细木板的会客厅。

阿什顿爵士坐在办公桌后面等着我们。

"你们可真是给我制造了不少麻烦。"

"反过来也是。"凯拉回答。

"看来您也不乏幽默。"

"我可没看出您让我们遭受的一切有什么好玩的。"

"只能怪你们自己，给你们的警告已经不少了，可是似乎什么都不能阻止你们继续研究。"

"可为什么我们要放弃？"我问道。

"如果我一个人能决定的话，你们已经没有机会问这个问题了，可我并不是唯一做决定的人。"

阿什顿爵士起身走到办公桌后面。他按下一个按钮，装饰环形墙壁的细木板顿时撤离，露出 15 个屏幕，它们同时亮了起来。每个屏幕上都现出一个人的面孔，我立刻就认出在阿姆斯特丹接待我们的那个人。男男女女都用城市名称做代号：雅典、柏林、波士顿、伊斯坦布尔、开罗、马德里、莫斯科、新德里、巴黎、罗马、里约、特拉维夫、东京……

"你们是什么人？"凯拉问道。

"我们负责和你们有关的档案。"

"什么档案？"现在轮到我问了。

首先和我们说话的是这次会议里唯一的女性，自称伊莎贝拉，她问了我们一个奇怪的问题。

"如果你们有证据证明上帝并不存在，你们确定人类想要知道吗？而且你们有没有考虑过，这样的消息一旦传播开来，会造成什么样的后果？在这个星球上，有 20 亿人口在贫困线上挣扎。世界上一半的人口放弃了一切，只求维持生存。你们有没有考虑过，这个如此不平衡、不稳定的世界是如何立足的？是希望！希望有一种高于一切的仁慈的力量存在，希望在死后得到更好的生活。我们可以把这个希望称作上帝或信仰，随你们。"

"女士，请原谅，可是，人类不停地以上帝之名自相残杀。给他们带来上帝并不存在的证据，会让他们永远地从对他人的仇恨中解脱出来。看看宗教战争造成了多少伤亡，这些战争每年还在造成多少人受难，又有多少暴政建立在宗教的基石上。"

"人类自相残杀并不需要信仰上帝，"伊莎贝拉反驳道，"他们是为了生存，是在遵循大自然的要求，保证物种的延续。"

"动物不相信上帝，也会自相残杀。"凯拉反驳。

"但是，人类是地球上唯一认识到自己会死亡的生物，小姐，唯有人类会对此感到害怕。您知道宗教情感源自何时吗？"

"十万年前，在拿撒勒附近，"凯拉回答，"一些智者埋葬了一名二十多岁女子的遗体。这或许是人类历史上的第一次。在她的脚边放着一具六岁孩子的尸体。发现他们的坟墓的人还在他们的骸骨周围找到许多红色赭石和祭品。两具尸体都是祈祷的姿势。在失去亲人的痛苦中，加入了纪念死者的迫切需要……"她重复着伊沃里之前说过的内容，总结道。

"十万年，"伊莎贝拉说道，"一千个世纪的信仰……如果您给世人带来科学证据，说明地球上的生命并非上帝创造的，这个世界将会毁灭。地球上有 15 亿人生活在无法容忍、难以接受和无法承受的贫苦中。如果希望被剥夺，哪个男人、女人和孩童还会愿意承受自己的生活境况？如果他的意识不再受任何超越一切的秩序束缚，谁还能阻止他杀害自己的同类，抢夺自己缺少的东西？宗教曾经导致人的死亡，但信仰挽救了如此多的生命，给予最贫苦的人如此多的力量。您不能熄灭这样的光芒。对你们科学家来说，死亡是必不可少的，我们的细胞死亡，其他细胞诞生，我们死去是为了让位给后来的接替者。诞生、成长，然后死亡，这是事物本身的秩序，但对大多数人来说，死亡只是一个走向别处的阶段，那儿有一个更加美好的世界，所有已经去世的人都在那里等待他们。你们没有挨过饿，更不用说贫困，你们只需追随自己的梦想。不管你们的能力怎么样，你们的运气都相当不错。但是，你们想到过没有这种运气的那些人吗？你们会残忍到要告诉他们，他们在地球上承受的一切苦难并没有尽头，这只是进化的过程吗？"

我朝着屏幕走过去，面对我们的"法官"。

"这场悲惨的会议，"我说，"让我想起伽利略曾经接受的审判。人们最终知道了，审查官们只是想掩盖真相，然而，地球并没有停止旋转！

完全相反。当人类最终摆脱了恐惧，决定迈向天边的时候，这个边界在他们面前消退了。如果昨日的信徒成功地阻挠了真相，我们今天又会是什么样子呢？认知也是人类进化的一部分。"

"如果你们披露了你们的发现，第一天，在第四世界将会有数以万计的人死亡。第一个星期，在第三世界将会有数百万人死亡。十亿饥饿的人将穿过大陆，漂洋过海去抢夺他们缺少的一切。每个人都会努力在当下体验他们原本为未来保留的东西。到第五个星期，将是第一夜的开始。"

"既然我们的发现这么可怕，为什么还要把我们放了？"

"我们并不想这么做，直到听到你们在囚室里的谈话，我们得知你们并不是唯一知情的人。你们若突然消失，会促使接触过你们的科学家完成你们的工作。从现在起，唯有你们能阻止他们了。你们现在可以走了，独自去面对你们将要采取的决定。自从人们发现核裂变，还从未有一个男人和一个女人承担过如此艰巨的责任。"

屏幕一个接一个地熄灭了。阿什顿爵士起身朝我们走来。

"你们可以用我的汽车，我的司机会送你们回伦敦。"

伦敦

我们在家里待了几天。凯拉和我还从未这样安静地停下来过。当我们中的一个想开口说点什么时，比如闲聊，就会立刻闭上嘴巴。沃尔特给我在电话上留了言，对于我们一声不响地消失，他非常恼火。他想，我们大约是去阿姆斯特丹或者回埃塞俄比亚了。我试着和他取得联系，但总是找不到他。

克雷斯韦尔的气氛有些沉重。我偶然听到凯拉给让娜打电话，即便是她姐姐，凯拉也什么都没有说。我决定换个地方，带她去伊兹拉岛。充足的阳光对我们都有好处。

希腊

上午 10 点，雅典的渡轮把我们带到港口。站在码头上，我可以看到伊莲娜小姨，她系着围裙，正拿着刷子奋力地给商店门面刷上蓝色的油漆。

我放下行李，朝她走去，想要给她一个惊喜，这时……沃尔特从商店里走出来，他穿着可笑的格子运动短裤，头戴一顶搞怪的帽子，还戴了一副对他来说过于宽大的太阳镜。他手持镘刀，刮墙的同时还声嘶力竭地吼着《希腊人佐巴》（Zorba le grec）的曲调——跑调跑得厉害。他看到了我们，然后转过身来。

"这段时间你们去哪儿了？"他说着就冲上来迎接我们。

"我们被关在地窖里了！"凯拉给了他一个大大的拥抱，"我们好想您，沃尔特。"

"现在可是工作日，您来伊兹拉岛做什么？您不是应该在科学院吗？"我问他。

"我们上次在伦敦见面的时候，我已经告诉你我把汽车卖了，我还给你准备了一个惊喜。可你从来都不听我说什么！"

"我当然记得，"我抗议道，"可是你当时没告诉我是什么样的惊喜。"

"嗯，我决定换个工作。我把剩余的一点存款给了伊莲娜，你们也看到了，我们在粉刷店面。我们还要扩大货架的面积，我希望从下个季度开始，让她的营业额翻倍。你们没觉得有什么不妥吧？"

"我很高兴，伊莲娜终于找到了一个打灯笼都难找的管理人员来帮助她。"我拍着朋友的肩膀说道。

"你们该上去看您妈妈了，她应该已经知道你们回来了，我看到伊莲娜在打电话……"

老卡里巴诺斯借给我们两头驴子——"两头快的。"他把驴子交给我们的时候说道。妈妈按照岛上惯常的做法迎接我们。傍晚，她没有问我们的意见，就在家里组织了一个盛大的宴会。沃尔特和伊莲娜紧挨着坐在妈妈那一桌，这就意味着，他们并非单纯地比肩而坐。

晚餐结束后，沃尔特把凯拉和我叫到露台上。他从口袋里掏出一只小包——用线缠起来的手绢——交给了我们。

"这些碎块是你们的，我已经开始了新的生活。科学院从此就属于过去了，我的未来就在你们眼前。"他说着，面朝大海张开了双臂，"你们想怎么用就怎么用吧。啊，最后一件事！"他看着我补充道，"我在你们的房间里留了一封信，是写给您的，阿德里安，但我希望您能回头再读，比如过一两个星期……"

然后他转身离开，去找伊莲娜了。

凯拉拿着小包，将它放在了她的床头柜里。

第二天上午，她要求我陪她去我们上次回来的时候沐浴过的小海湾。长长的石头栈桥深入海里，我们在栈桥尽头坐下来。凯拉把小包递给我，然后目不转睛地看着我。她的双眼溢满忧伤。

"它们是你的，我知道对我们俩来说这个发现意味着什么，但我不知道那些人说的是不是真的，他们是不是真的已经不再担忧了，我没法判断。我唯一能确定的，就是我爱你。如果披露我们的发现会导致哪怕一个孩子的死亡，我就永远不能直视我们，更不能和你生活在一起，即使我想你想得要死。在这场不可思议的旅行中，你不止一次说过，决定应该由我们俩一起做出。所以，拿着这些碎块，做你想做的。不论你怎么决定，我都永远尊重你。"

她把小包交给我，然后就离开了，留下我独自一人。

凯拉走后，我走到停靠在小海湾沙滩上的一只小舟旁边，把它推入水中，朝大海深处划去。

在离岸边一英里的地方，我解开沃尔特缠在手帕上的绳子，拿出碎块，长久地凝视着。数千公里的旅程在我眼前一一闪现。我又看到了图尔卡纳湖、湖心岛、华山之巅的寺庙、西安的寺院，以及救了我们性命的僧人；我听到了飞机在缅甸上空驶过时的轰鸣声，想起我们停下来加油的那块稻田、到达布莱尔港时飞行员冲我们眨的眼睛、乘船逃亡到的纳尔贡达姆岛；我又一次"参观"了北京城、监狱、巴黎、伦敦、阿姆斯特丹、俄罗斯以及曼普普纳高原；奥莫山谷绚丽的色彩中，哈里的面孔闪现其中。但每个回忆中，最美丽的风景永远都是凯拉的脸。

我摊开了手帕……

回到堤岸的时候，我的手机响了起来。我立刻听出对方的声音。

"您做了一个非常明智的决定，我们向您表示感谢。"阿什顿爵士宣布。

"可是，您是怎么知道的，我刚刚……"

"你们离开后，就一直在我们枪手的瞄准范围中。或许有一天……但是，相信我，现在还为时过早，我们还需要完成更多的进步。"

不等阿什顿说完，我就挂断了电话。我愤怒地把手机扔到海里，骑着驴回了家。

凯拉在露台上等着我。我把沃尔特空空的手帕交给她。

"我想，他更愿意让你还给他。"

凯拉把手帕叠好，把我拖回房间。

第一夜

整座房子都陷入沉睡中，凯拉和我小心万分地走出家门，没有弄出一丝声响。我们蹑手蹑脚地走到驴子那里，解开了缰绳。妈妈走到台阶上，朝我们走来。

"你们要是去海滩，在这个季节就完全是在发疯，至少拿着这些毛巾，沙子很潮湿，不然你们会感冒的。"

她递给我们两支手电筒，就回去了。

不久之后，我们在水边坐下来。圆月当空，凯拉把头靠在我的肩膀上。

"你一点都不后悔吗？"她问我。

我抬头看看天空，又想起了阿塔卡马高原。

"每个人都由一百多亿个细胞组成，这个星球上又有数十亿个居民，这个数量一直都在增加；宇宙也悬挂着上万亿颗星星。我以为自己已经了解宇宙的边界，但如果它只是一个更加宏大的整体微不足道的一小部分呢？如果我们所处的地球也只是'母亲'腹中的一个细胞呢？宇宙的诞生和每个生命的诞生并没有不同，同样的奇迹产生了，从无限大到无限小。你能想象，要想到达'母亲'眼睛的位置，通过她的虹膜（iris）看世界，需要经历怎样不可思议的旅程吗？生命是一个不可思议的程序。"

"那么，是谁制定了如此完美的程序呢，阿德里安？"

后记

九个月后，伊丽丝（Iris）出生了。我们没有为她洗礼，但在她一周岁的时候，我们第一次把她带到奥莫山谷。她妈妈和我给了她一个吊坠，她也将在那里遇到哈里。

我不知道她以后会选择做什么，但等她长大后，如果她跑来问我脖子上挂的这个奇怪的东西是什么，我会把一位老教授托付给我的这段古老文字读给她听：

这是一个传说：某个小孩在母亲肚子里的时候就已经知晓一切关于"创世记"的奥秘——从世界的起源到末日的来临。在他出生之时，一位使者来到了他的摇篮前，用一根手指在他的双唇上一点，让他永远无法透露心中的秘密，关于生命的秘密。这根手指永久地抹去了孩童的记忆，并留下了一道记号。每个人上嘴唇的上方都有一道这样的记号，除了我之外。

我出生的那天，使者忘记了前来探望。而我记得所有的一切。

献给伊沃里，请接受我们最崇高的谢意。

凯拉、伊丽丝、哈里和阿德里安。

（全文完）

感谢

宝玲。
路易。

苏珊娜·雷亚和安托万·奥杜亚。

艾玛纽埃尔·阿杜安。
雷蒙、达尼埃尔和罗莱那·莱维。

妮可尔·拉泰斯、莱奥内罗·布朗多里尼、安托万·卡罗、伊丽莎白·维勒内夫、安娜－玛丽·朗方、阿里耶·斯贝罗、西尔薇·巴尔多，蒂内·热尔贝、莉迪·勒鲁瓦，若埃尔·勒诺达，以及 Robert Laffont 出版社的所有工作人员。

波利娜·诺尔曼、玛丽－艾弗·普罗沃斯特。

莱奥纳·安多尼、罗曼·吕什、达尼埃尔·梅勒克尼安、卡特兰·霍达普、玛丽·加内罗、马可·凯斯勒、劳拉·马姆洛克、劳伦·温多肯，凯里·格

第一夜
338

林克斯、莫伊纳·马赛。

布里吉特和萨拉·弗里西耶。

卡梅尔、卡门·瓦利拉。

伊戈尔·波格丹诺夫。

您可在以下网站搜寻到所有关于马克·李维的消息

www.marclevy.info

《偷影子的人》作者马克·李维最新小说

法国年度图书销售总榜冠军
缝补内心缺失的疗愈之书

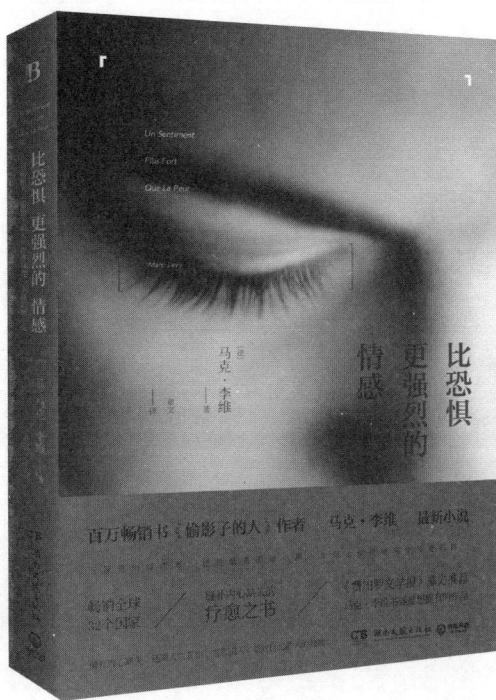

比恐惧
更强烈的
情感

《费加罗文学报》鼎力推荐
全球马克·李维书迷最想拥有的作品

《偷影子的人》作者

马克·李维

最丰满动人的奇特小说

Marc Levy

Le

premier

《第一日》

黎明，是从哪里开始的？
一天，又是在哪里结束？

jour

第一日

Le
premier
jour

[法] 马克·李维 著

陈姝 / 译

Marc Levy

黎明，是从哪里开始的？一天，又是在哪里结束？

《偷影子的人》作者 马克·李维 最丰满动人的奇

集奇诡瑰丽的想象与波澜壮阔的场景于一体
魔幻·探险·阴谋·爱情·亲情的完美融合

法国畅销榜冠军，《费加罗报》年度畅销书